# 연세 한국어 2

## 연세대학교 한국어학당 편

연세대학교 출판부

# 前言

　　在韓國享譽盛名的延世大學韓國語學堂擁有韓國語教育 50 年的優良傳統，為韓語教學，曾經編著許多優質的教材。近來，由於全世界人民對韓國和韓國文化的關心程度不斷提高，致力於學習韓語的海外人士也大幅增加，於此同時，學生對於韓語教材的要求也不斷變得更多元化。因此延世大學韓國語學堂針對多樣化的學生，出版本系列教材，不僅可以培養韓語能力，同時可以了解韓國文化的新教材。

　　《最權威的延世大學韓國語》教材的內容，不僅包括不同韓語學習階段所要求的內容為主題的會話，以及對詞彙和語法的系統性訓練，更包括為實踐聽、說、讀、寫能力培養發展而編寫的多樣練習題與情境活動等，是一套多元、綜合性的教材。本系列教材以學生為學習中心，以其感興趣的主題和情境為基礎，完成各種語言溝通的任務，進而精熟韓語。

　　希望《最權威的延世大學韓國語》對於所有致力於正確了解並使用韓語的學生都能有所幫助。

延世大學韓國語學堂
教材編輯委員會

# 일러두기

● '연세 한국어 2'는 한국어를 배우려는 성인 교포와 외국인을 위한 기초 단계의 책으로 초급 단계에서 꼭 알아야 할 주제를 중심으로 썼으며 이와 함께 필수적인 어휘와 문법, 문화와 사고방식을 소개함으로써 한국에 대한 이해를 넓히고자 하였다. 내용은 총 10개의 과로 이루어져 있다.

● '연세 한국어 2'에는 8명의 주요 인물들이 등장하며 이들 등장인물들의 일상생활을 중심으로 본문의 대화 내용을 구성하였다.

● 교재의 구성은 과 제목과 함께 과의 내용을 제목 밑에 표로 제시하였는데, 표에는 각 항의 제목과 기능, 어휘, 문법, 문화를 제시하여 각 과에서 다룰 내용을 한 눈에 알아보기 쉽게 하였다. 그리고 마지막 항은 '읽기'라는 이름으로 제시하였다. 문화 부분은 각 과의 내용과 관련된 내용을 선정하여 '리에가 본 한국'이라는 이름으로 외국인의 눈에 비친 한국의 문화를 가볍게 설명하는 식으로 다루었다.

● 각 과의 제목은 주제에 해당하는 명사로 제시하였으며, 각 항의 제목은 본문 대화 부분에 나오는 중요 문장으로 제시하였다.

● 각 항은 제목, 학습 목표, 삽화와 도입 질문, 본문 대화, 어휘, 문법 설명, 문법 연습, 과제의 순서로 구성되어 있다.

● 학습 목표에는 학습자들이 학습해야 할 의사소통적 기능과 어휘, 문법을 제시하였다.

● 도입 질문은 주제와 기능을 쉽게 이해할 수 있는 삽화와 함께 제시하여 학습자로 하여금 주제와 기능에 대한 흥미와 호기심을 가질 수 있도록 하였다.

● 본문 대화는 각 과의 주제와 관련된 가장 전형적이고 대표적인 대화 상황을 설정하고자 하였으며 각각 3개의 대화쌍으로 구성하였다.

● 어휘는 각 과의 주제나 기능과 관련된 어휘 목록을 선정하여 제시하고 연습 문제를 통해 확인하도록 하였으며, 과제에 나오는 새 단어는 과제 밑에 번역을 붙였다.

● 문법 연습은 각 과에서 다루어야 할 핵심 문법 사항을 추출하여 연습 문제의 형태로 제시하였다. 그리고 문법 설명 부분에서 해당 문법에 대해 설명하고 예문을 제시하였다.

● 과제는 학습 목표에서 제시한 의사소통 기능에 부합되는 것으로 제시하였다. 과제에서는 말하기, 듣기, 읽기, 쓰기의 네 기능을 적절히 제시하였다.

● 문화는 각 과의 끝 부분에 실었는데 일본인 리에가 한국의 문화를 간단히 설명하는 식으로 기술하였다. 또 자기 나라의 문화와 비교해 보거나 자신의 경우를 말하게 하는 등 지식에 그치지 않고 스스로에게 적용해 볼 수 있도록 하였다.

● 색인에서는 각 과에서 다룬 어휘를 가나다 순으로 정리하였으며 해당 본문의 과와 항을 함께 제시하였다.

# 內容介紹

● 《最權威的延世大學韓國語 2》是為學習韓語的僑胞和外國人準備的基礎階段教材，以初級階段必須掌握的主題為中心編寫，包括該階段必需的語彙和文法，並通過對文化及思考方式的介紹使學生們增加對韓國的了解。內容共有 10 課。

● 在《最權威的延世大學韓國語 2》的對話中主要人物有 8 名，對話內容由這些人物的日常生活為中心構成。

● 關於教材的部分，在每課的題目下面以表格的形式介紹整課內容，表格包含每個小單元的題目、溝通技巧、語彙、文法和文化等內容，使每一課裡出現的內容一目了然，而每個小單元的最後都以「閱讀」為題。在文化部分，選定與該課內容相關的文化主題，以「理惠眼中的韓國」為題，以外國人的視角對韓國文化進行簡單的說明。

● 每課的題目使用與主題相關的名詞，每個小單元的題目則使用在對話中出現的重要句子。

● 每個小單元以題目、學習目標、插畫和導入提問、課文對話、語彙、文法說明、文法練習、練習題為順序組成。

● 學習目標的部分，列出了學習者們必須掌握的溝通技巧、語彙及文法。

● 導入提問與有助於輕鬆了解主題和溝通技巧的插畫放在一起，使學習者增進對主題和溝通技巧的興趣和好奇心。

● 課文對話的部分，致力於列出與主題相關的最典型、最具代表性的對話情境，每篇課文以三組對話組成。

● 語彙部分，補充與各課主題或溝通技巧相關的語彙，透過練習題使學生們進一步確認語彙的用法；練習題中出現的新單字則另外翻譯在練習題下方。

● 文法練習部分，對每課中必須掌握的核心語法，以練習題的形式呈現，而文法說明部分，對該語法加以說明並提出範例。

● 練習題部分，與學習目標中的溝通技巧相結合，練習題的部分適當地運用了聽、說、讀、寫四種技能。

● 文化部分安排在每課的最後，以日本人理惠對韓國文化的觀察來編寫，同時與自己國家的文化相比較或分享自身經驗等，達到更深入的學習。

● 索引部分，對每一課出現的語彙以字母的順序排列，並標明所屬的章節。

# 차례

# 目錄

YONSEI KOREAN 2

# 課程大綱

| | 主題 | 小單元名稱 | 課程目標 | 語彙 | 文法 | 文化 |
|---|---|---|---|---|---|---|
| 01 | 介紹 | 如果您需要幫忙，請隨時告訴我。 | 在正式場合作介紹 | 與工作單位相關的語彙 | -기 때문에<br>이든지 | 輩份 |
| | | 您在這家公司工作多久了？ | 在非正式場合作介紹 | 與專業相關的語彙 | -은 지<br>-는데¹ (+疑問句) | |
| | | 我現在已經很習慣韓國生活了。 | 介紹朋友、親屬 | 與親戚相關的語彙 | -어지다¹<br>-으려고 | |
| | | 見到了家人，也見到了朋友，一定很開心吧？ | 介紹家鄉 | 與場所相關的語彙 | -어하다<br>-겠군요 | |
| | | ❶ 我美麗的學校<br>❷ 珍貴的物品 | | | | |
| 02 | 韓國飲食 | 你吃過牛雜湯嗎？ | 介紹飲食方法 | 與飲食相關的語彙 | -어 보다¹ (經驗)<br>-어야 하다 | 韓國的醬味 |
| | | 你吃過辣炒雞排嗎？ | 介紹飲食 | 飲食名稱語彙 | -은 적이 있다<br>-는데² (話題導入) | |
| | | 泡菜鍋怎麼做啊？ | 介紹烹飪方式 | 與烹飪相關的語彙 | 부터<br>-게 | |
| | | 不可以端起飯碗吃飯。 | 了解並練習說明餐桌禮儀 | 與餐桌禮儀相關的語彙 | -어도 되다<br>-으면 안 되다 | |
| | | ❶ 韓國人與年糕<br>❷ 特別時節吃的食物 | | | | |
| 03 | 市場 | 東西雖好，但價格太貴了。 | 在百貨公司購物 | 與百貨公司相關的語彙 | -을까 하다<br>-기는 하지만 | 韓國的市場 |
| | | 這可以試穿嗎？ | 在市場購物 | 與衣服的種類和特點相關的語彙 | -어 보다² (試圖)<br>-는데³ (+命令句) | |
| | | 我要用信用卡結帳。 | 在超市購物 | 與生活必需品相關的語彙 | -으로 하다<br>-어도 | |
| | | 看了廣告後，覺得10萬元的比較好的樣子。 | 訂貨 | 與賀禮相關的語彙 | -으니까 (發現)<br>-었으면 좋겠다 | |
| | | ❶ 市場和百貨公司<br>❷ 水產市場 | | | | |
| 04 | 招待 | 我打算只招待幾個人一起吃晚飯。 | 生日宴請 | 與生日派對相關的語彙 | 非敬語：-어,이야<br>이나¹,¹(+動詞) | 特別的日子時的禮物 |
| | | 決定要分開請還是一起請。 | 喬遷宴請 | 與家相關的語彙 | 非敬語：-지 마<br>-을지 -을지 | |
| | | 準備婚禮一定很忙吧？ | 婚禮宴請 | 與婚禮相關的語彙 | 非敬語：-는다-니?,-어라<br>-기로 하다 | |
| | | 花束我會買過去。 | 聚會邀請 | 與聚會相關的語彙 | 非敬語：-자<br>-어 가지고 | |
| | | ❶ 拜訪朋友的家<br>❷ 邀請函 | | | | |
| 05 | 交通 | 請問您知道怎麼去遊樂場嗎？ | 詢問交通工具 | 與交通工具相關的語彙 | -는지 알다/모르다<br>으로 (選擇) | 首爾的公車 |
| | | 若想去景福宮站得坐幾號公車？ | 乘坐公車 | 與公車相關的語彙 | -으려면<br>이나² | |
| | | 您得先出去，再進去。 | 乘坐地鐵 | 與地鐵相關的語彙 | -었다가<br>-나요? | |
| | | 距離看起來很近，要坐公車嗎？ | 問路 | 與交通標誌相關的語彙 | -어 보이다<br>-다가 | |
| | | ❶ 觀賞首爾<br>❷ 地下鐵的景象 | | | | |

### 톰슨 제임스
미국 기자

제임스의 하숙집 친구

### 요시다 리에
일본 은행원

제임스의 하숙집 친구

### 츠베토바 마리아
러시아 대학생

제임스의 반 친구

### 왕 웨이
대만 회사원 (연세무역)

제임스의 반 친구

### 김미선
한국 대학원생

마리아의방 친구/민철의여자 친구

### 정민철
한국 여행사 직원

미선의 남자 친구

### 이영수
한국 대학생

제임스와 리에의 하숙집 친구

### 오정희
한국 회사원 (연세무역)

웨이의 회사 동료

# 제1과 소개

# 1-1 도움이 필요하면 언제든지 말씀하세요

학습 목표 ● 과제 공식적인 자리에서 소개하기 ● 문법 -기 때문에, 이든지 ● 어휘 직장 관련 어휘

여기는 어디입니까?
두 사람이 무슨 이야기를 합니까?

🔊 001~002

양견   처음 뵙겠습니다. 대만에서 온 양견입니다.

정희   말씀 많이 들었습니다. 저는 오정희입니다.

양견   무역 회사 일이 처음이지만 열심히 하겠습니다.

정희   모두 친절한 분들이기 때문에 잘 가르쳐 주실 거예요.

양견   잘 부탁합니다.

정희   도움이 필요하면 언제든지 말씀하세요.

---

무역 (貿易) 貿易　　부탁하다 (付託-) 拜託　　도움 幫助　　필요하다 (必要-) 需要

## 어휘

**01** 여러 회사가 있습니다.

| | | |
|---|---|---|
| 무역 회사 | 신문사 | 여행사 |
| 증권 회사 | 항공사 | 잡지사 |

**02** 어느 회사에서 일하면 좋을까요?

1) 저는 경제학을 공부했습니다.
   전에 은행에서 일했습니다.                    (          )

2) 저는 여행을 좋아합니다.
   지금까지 세계 여러 나라를 여행했습니다.        (          )

3) 저는 글쓰기가 재미있습니다.
   제가 보고 들은 이야기를 쓰고 싶습니다.         (          )

## 문법 설명

### 01 -기 때문에

用在動詞之後表示「原因」。特別用來表示鮮明的因果關係。主要用於書面語。不能用於命令句和共動句。

- 다른 사람들과 같이 일하기 때문에 힘들지 않습니다.

  因為是和別人一起工作，所以並不辛苦。

- 큰 수술을 했기 때문에 움직일 수 없어요.

  因為做了大手術，所以無法活動。

#### 亦可用在「名詞 + 이다」以後。

- 저는 외국인이기 때문에 한국말을 잘 못합니다.

  因為我是外國人，所以韓語說得不太好。

- 지금은 수업 시간이기 때문에 전화를 받을 수 없습니다.

  因為現在是上課時間，所以無法接聽電話。

#### 也可以直接用在名詞之後。

- 아이들 때문에 행복합니다.

  因為孩子們而幸福。

- 날씨 때문에 기분이 안 좋아요.

  因為天氣而心情不好。

### 02 이든지/든지

用在 "언제, 어디, 누구, 무엇, 얼마" 等疑問代名詞之後，表示後面句子的動作和狀態不作特別的限制或選擇。

- 아침은 언제든지 7시에 먹어요.

  早飯總在七點吃。

- 필요하면 얼마든지 가져 가세요.

  如果您需要，不管多少都可以拿去。

- 돼지고기만 아니면 뭐든지 잘 먹어요.

  除了豬肉，我什麼都喜歡吃。

- 우리 학교 학생이면 누구든지 출입할 수 있습니다.

  只要是我們學校的學生，無論是誰都可以進去。

# 문법 연습

### -기 때문에

대답하십시오. 請回答。

[보기]

가 : 요즘 어떻게 지내세요?
나 : 방학이기 때문에 한가합니다.

❶

가 : 일하기가 어때요?

나 : _____

❷

가 : 왜 이렇게 음식을 많이 준비했어요?

나 : _____

❸

가 : 이 식당에는 언제나 손님이 많군요.

나 : _____

❹

가 : 웨이 씨가 왜 여자들에게 인기가

　　많아요?

나 : _____

❺

가 : 마리아 씨가 하루 종일 말을 안 하는데

　　무슨 일이 있어요?

나 : _____

이든지/든지

02

대화를 완성하십시오. 請完成對話。

[보기] 가 : 언제 만날까요? ( 언제 )
　　　나 : 언제든지 좋습니다.

1) 가 : 무슨 음식을 잘 드세요? (뭐)

　　나 : _____

2) 가 : 어디에 가고 싶어요? (어디)

　　나 : _____

3) 가 : 조금 더 먹을 수 있어요? (얼마)

　　나 : _____

4) 가 : 몇 시쯤 전화하면 통화할 수 있습니까? (언제)

　　나 : _____

5) 가 : 이 학교 학생들만 운동장을 이용할 수 있어요? (누구)

　　나 : _____

**과제 1**　쓰고 말하기 ●━━━━━

**01**　친구들과 인사를 하십시오. 請和朋友們介紹看看。

|  | 보기 | 나 |
|---|---|---|
| 사는 곳 | 수원 | |
| 학교에 오는 방법 | 지하철 | |
| 자주 먹는 음식 | 불고기 | |
| 자주 쇼핑하는 곳 | 신촌 시장 | |
| 자주 공부하는 곳 | 도서관 | |

[보기] 저는 이모가 수원에 사시기 때문에 수원에 삽니다.
아침에는 버스가 복잡하기 때문에 지하철을 탑니다.
맵지 않기 때문에 불고기를 자주 먹습니다.
싸고 구경할 것이 많기 때문에 신촌 시장에서 자주 쇼핑을
합니다.
그리고 시원하고 조용하기 때문에 도서관에서 자주 공부합
니다.

( 나 )
_____
_____
_____
_____

**02**　여러 사람들 앞에서 자기를 소개해 봅시다. 請在大家面前介紹自己看看。

_____
_____
_____
_____

# 1-2  이 회사에서 일한 지 얼마나 되셨습니까?

학습 목표 ● 과제 개인적인 자리에서 소개하기 ● 문법 -은 지, -는데¹ ● 어휘 전공 관련 어휘

▶ 두 사람이 무엇을 하고 있습니까?
두 사람이 무슨 이야기를 할까요?

🔊 003~004

양견   이 회사에서 일한 지 얼마나 되셨습니까?

정희   4년 됐어요. 대학을 졸업하고 일을 시작했어요.

양견   저는 경영학을 공부했는데 정희 씨는 전공이 뭐예요?

정희   전공요? 저도 경영학이에요.

양견   회사일은 어때요?

정희   배우는 것도 많고 일도 재미있어요.

| 졸업하다 (卒業-) 畢業 | 전공 (專攻) 專業 | 경영학 (經營學) 企業管理 |
|---|---|---|

# 어휘

**01** 여러 가지 전공이 있습니다.

| | | |
|---|---|---|
| 국어국문학 | 천문우주학 | 의학 |
| 역사학 | 신문방송학 | 경제학 |

**02** 이 사람의 전공은 무엇일까요?

[보기] 영수 씨는 한국어와 한국 소설, 시를 공부합니다. (국어국문학)

1) 다나카 씨는 일본의 역사와 세계의 역사를 공부합니다. (          )
2) 미나 씨는 의사가 되어서 아픈 사람들을 도와주고 싶어합니다. (          )
3) 에릭 씨는 하늘에 있는 별을 공부하고 새 별을 찾습니다. (          )
4) 수잔 씨는 한국과 세계의 경제를 공부합니다. (          )
5) 이얀 씨는 신문사에서 일하고 싶어합니다. (          )

문법
설명

## 01 -은/ㄴ 지

用於動作動詞之後表示事情發生後所經過的時間。

● 저는 결혼한 지 12년 됐습니다.　　　我結婚已有 12 年了。
● 이 회사에서 일한 지 4개월됐습니다.　我在這家公司上班已有 4 個月了。
● 에릭 씨가 대학을 졸업한 지　　　　　埃里克大學畢業已有 4 年了。
　4년 됐습니다.
● 독일이 통일된 지 20년 됐습니다.　　德國統一已有 20 年了。

## 02 -는데, -은데/ㄴ데[1]

用於動詞之後表示比較的意思。在疑問句中，在前句中使用 "-는데, -은데/ㄴ데" 將話者所知的信息提供給聽者，然後在後句中提出與前句相比較的問題。這是透過使用 "-는데,-은데/ㄴ데" 提示一些內容後再提問的形式，比直接提問給人的感覺更委婉些。

● 서울은 8월이 제일 더운데 도쿄는　　首爾八月最熱，東京什麼時候最熱？
　언제 제일 더워요?
● 저는 여름을 좋아하는데 미선 씨는　　我喜歡夏天，美善你喜歡什麼季節？
　어느 계절을 좋아해요?
● 우리 회사는 월급이 3퍼센트 올랐　　我們公司的薪水調漲了 3 個百分點，
　는데 제임스 씨 회사는 어때요?　　　詹姆斯你們公司呢？

# 문법 연습

**01**

### - 은/ㄴ 지

마이클 씨의 이야기를 보고 질문과 대답을 하십시오.
請看完麥克先生的故事後回答問題。

지금은 2007년 5월입니다.

저는 1980년에 태어났습니다.

1999년에 대학교에 입학했습니다.

2003년에 대학교를 졸업하고

회사에 취직했습니다.

날마다 열심히 일해서 2006년 3월에 과장이 됐습니다.

그리고 2006년 12월에 결혼했습니다.

저는 내년에 아빠가 될 겁니다.

[보기] 가 : 마이클 씨는 언제 태어났습니까?
　　　 나 : 태어난 지 27년 됐습니다.

1) 가 :

　 나 : .................................................................................................................

2) 가 : .................................................................................................................

　 나 : .................................................................................................................

3) 가 : .................................................................................................................

　 나 : .................................................................................................................

4) 가 : .................................................................................................................

　 나 : .................................................................................................................

5) 가 : .................................................................................................................

　 나 : .................................................................................................................

**02** -는데, -은데/ㄴ데¹

문장을 만드십시오. 請造句。

[보기] 서울은 여름에 비가 많이 옵니다 / LA는 언제 비가 많이 옵니까?
➲ 서울은 여름에 비가 많이 오는데 LA는 언제 비가 많이 옵니까?

1) 저는 사진 찍기를 좋아합니다 / 영수 씨는 뭘 좋아하세요?

    ➲ _____

2) 저는 쓰기가 제일 어렵습니다 / 왕웨이 씨는 뭐가 어려워요?

    ➲ _____

3) 우리 학교는 오늘 시험이 끝났습니다 / 제인 씨 학교는 언제 끝납니까?

    ➲ _____

4) 한국 사람들은 생일에 미역국을 먹습니다 / 일본 사람들은 무엇을 먹습니까?

    ➲ _____

**과제 1**  듣기 [🔊 005] ●──────────────────

두 사람의 이야기를 듣고 빈칸을 채우십시오. 聽完兩人的對話後，將空格填滿。

|  | 국적 | 전공 | 취미 | 사는 곳 |
|---|---|---|---|---|
| 아야코 |  |  |  |  |
| 세르게이 |  |  |  |  |

**과제 2**     말하기 ●

옆 사람에게 묻고 대답하십시오. 請詢問身旁的人後，回答看看。

[보기] **국적**
가 : 저는 일본에서 왔는데 제임스 씨는 어느 나라에서 왔어요?
나 : 저는 미국에서 왔어요.

● **전공**
가 : .............................................................................
나 : .............................................................................

● **사는 곳**
가 : .............................................................................
나 : .............................................................................

● **좋아하는 음식**
가 : .............................................................................
나 : .............................................................................

● **주말에 자주 하는 일**
가 : .............................................................................
나 : .............................................................................

● **한국에서 하고 싶은 일**
가 : .............................................................................
나 : .............................................................................

국적 (國籍) 國籍

## 1-3 이젠 한국 생활에 많이 익숙해졌습니다

학습 목표 ●과제 친구, 가족 소개하기 ●문법 -어지다¹, -으려고 ●어휘 친척 관련 어휘

세 사람이 무엇을 합니까?
친구를 다른 사람에게 어떻게 소개할까요?

🔊 006~007

정희    웨이 씨, 오래간만입니다. 요즘 어떻게 지내셨어요?

웨이    친구도 많이 사귀고 여행도 많이 했어요.

정희    한국 생활이 힘들지 않으세요?

웨이    괜찮아요. 이젠 한국 생활에 많이 익숙해졌습니다.

정희    그런데 옆에 계신 분은 누구세요?

웨이    대만에서 온 제 동생입니다.

       대학교에 들어가려고 한국말을 공부하고 있어요.

---

오래간만 好久     지내다 度過     사귀다 結交 (朋友)     힘들다 費力、艱難、辛苦     익숙하다 習慣

# 어휘

**01** 제 친척들입니다.

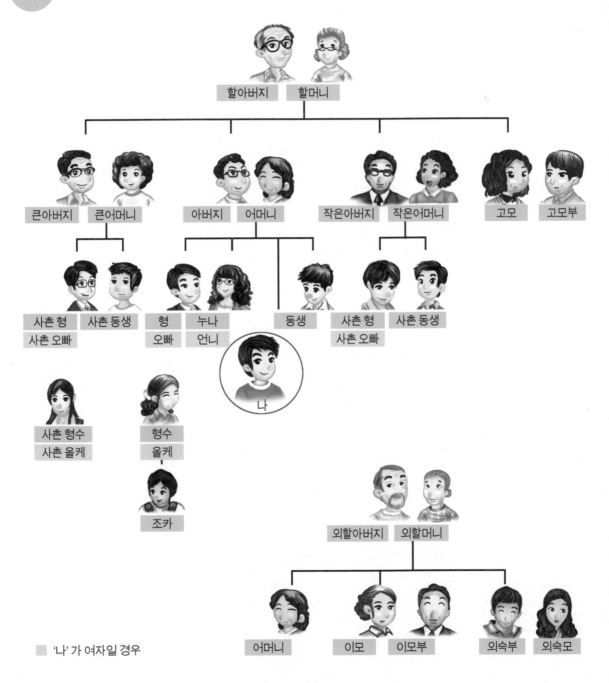

■ '나' 가 여자일 경우

**02** 여러분이 자주 만나는 친척을 써 봅시다.

문법
설명

## 01 -어지다/아지다/여지다[1]

　　用於狀態動詞之後，表示主語的狀態與以前對照已經發生了變化。

● 열심히 연습해서 발음이　　　　　經過努力練習，發音有了很大進步。
　좋아졌어요.
● 비가 오면 날씨가 많이 추워질　　如果下雨，天氣會變得很冷的。
　거예요.
● 두 사람이 같이 여행을 한 후에　　他們兩個人一起去旅行以後，變親近了。
　친해졌어요.
● 옆집에 술집이 생겨서 동네가　　　隔壁開了一家酒店，村子可能會變得很
　시끄러워질 것 같아요.　　　　　　吵鬧。

## 02 -으려고/려고

　　用於動作動詞之後，表示目的、意圖。為達到前句的目的而發生後句的行動。

● 환전하려고 은행에 가요.　　　　　　為了換錢而去銀行。
● 친구에게 주려고 과자를 만들었어요.　為了送給朋友，我做了點心。
● 유학을 가려고 돈을 모으고 있습니다.　為了去留學我正在籌錢。
● 비행기 안에서 읽으려고 만화책을　　為了在飛機上看，我買了漫畫書。
　샀어요.

## 문법 연습

### -어지다/아지다/여지다¹

**01** 어떻게 달라질까요? 會有什麼變化呢？

[보기]

운동을 많이 하면 건강해질 거예요.

❶

❷

❸

❹

| 17 | 18 | 19 | 20 | 21 |
| 24 | ㉕ 방학 | 26 | 27 | 28 |
| 31 |

❺

**-으려고/려고**

02

문장을 완성하십시오. 請完成句子。

[보기] 졸업식 때 <u>입으려고</u> 한복을 샀어요.

1) ＿＿＿＿＿＿＿＿＿＿＿＿＿＿ 으려고/려고 한국에 왔어요.
2) ＿＿＿＿＿＿＿＿＿＿＿＿＿＿ 으려고/려고 케이크를 만들었어요.
3) ＿＿＿＿＿＿＿＿＿＿＿＿＿＿ 으려고/려고 사진을 많이 찍었어요.
4) ＿＿＿＿＿＿＿＿＿＿＿＿＿＿ 으려고/려고 아침에 일찍 일어납니다.
5) ＿＿＿＿＿＿＿＿＿＿＿＿＿＿ 으려고/려고 열심히 한국말을 공부합니다.

## 과제 1  말하기 ●━━━━━━━━━━━━━━━━━

옆 사람에게 묻고 대답하십시오. 詢問身旁的人後，回答看看。

[보기] 가 : 제임스 씨는 왜 한국에 왔어요?
　　　 나 : 저는 한국말을 공부하려고 한국에 왔어요.
　　　 가 : 왜 한국말을 공부해요?
　　　 나 : 한국 회사에 취직하려고 한국말을 공부해요.

1) 가 : 지난 주말에 누구를 만났어요?

　　 나 : ＿＿＿＿＿＿＿＿＿＿＿＿＿　　가 : 무엇을 하려고 그 사람을 만났어요?

　　 나 : ＿＿＿＿＿＿＿＿＿＿＿＿＿

2) 가 : 어제 슈퍼마켓에서 무엇을 샀어요?

　　 나 : ＿＿＿＿＿＿＿＿＿＿＿＿＿　　가 : 무슨 음식을 만들려고 그것을 샀어요?

　　 나 : ＿＿＿＿＿＿＿＿＿＿＿＿＿

## 과제 2　쓰고 말하기 ●───────────────

이야기를 읽고 여러분의 가족 사진을 소개하십시오.
閱讀故事後，請各位介紹自己的全家福。

[보기] 이 사진에 있는 사람은 제 언니입니다. 이름은 앤이에요.
제 언니는 대학교에서 디자인을 공부하는데 아주 재미있고 성격이
밝은 사람이에요.
언니는 자전거 타기를 좋아해서 주말이면 자전거로 경치가 좋은 곳
을 여기저기 다닙니다.
저도 언니한테 자전거를 배워서 한국에 오기 전에는 같이 자전거
여행도 했어요. 그리고 언니는 사진 찍기도 좋아해서 멋있는 건물
이나 좋은 풍경이 있으면 사진도 많이 찍었어요.
요즘 바빠서 전화도 자주 못했는데 언니가 아주 많이 보고 싶어요.

...............................................................................

...............................................................................

...............................................................................

...............................................................................

디자인 設計　　성격 (性格) 性格　　멋있다 帥　　풍경 (風景) 風景

# 1-4 가족도 만나고 친구들도 만나서 좋았겠군요

학습 목표 ●과제 고향 소개하기 ●문법 -어하다, -겠군요 ●어휘 장소 관련 어휘

두 사람이 무엇을 하고 있습니까?
두 사람이 무슨 이야기를 할까요?

🔊 008~009

웨이　　지난 주말에 고향에 다녀왔어요.
정희　　가족도 만나고 친구들도 만나서 좋았겠군요.
웨이　　부모님께서 아주 반가워하셨어요.
정희　　웨이 씨 고향은 어떤 곳이에요?
웨이　　제 고향은 작은 시골이에요.
　　　　공기도 맑고 경치도 아름다운 곳이에요.
정희　　고향에서 찍은 사진이 있으면 보여 주세요.

**다녀오다** 去某地後回來　　**시골** 鄉村　　**경치 (景致)** 景色

20

## 어휘

**01** 어떤 곳입니까?

| 시골 | 도시 | 섬 |
| 관광지 | 유적지 | 바닷가 |

**02** 알맞은 단어를 쓰십시오.

1) 제 고향은 바닷가입니다. 맛있는 생선을 많이 먹을 수 있고 여름에는 바다에서 수영도 할 수 있습니다.

2) 제 고향은 ＿＿＿＿＿＿＿＿＿＿＿＿ 이기 때문에 아주 복잡합니다. 큰 빌딩도 많고 사람들도 많습니다.

3) 제 고향은 ＿＿＿＿＿＿＿＿＿＿ 입니다. 작은 산과 강이 있습니다. 사람들이 부자는 아니지만 착합니다.

4) 제 고향은 ＿＿＿＿＿＿＿＿＿＿ 입니다. 배를 타고 가기 때문에 교통은 불편하지만 사람들도 친절하고 경치도 아름답습니다.

5) 제 고향은 옛날 건물이 많은 ＿＿＿＿＿＿＿＿＿ 입니다. 구경도 하고 역사 공부도 하러 사람들이 많이 옵니다.

6) 제 고향은 ＿＿＿＿＿＿＿＿＿ 입니다. 경치가 아름다워서 계절마다 관광객들이 많이 찾아옵니다.

YONSEI KOREAN 2

## 01 −어하다/아하다/여하다

用於表感覺的狀態動詞後使其成為動作動詞，只限於第 3 人稱主語。

- 일이 많아서 마리아 씨가　　　　因為工作繁重，瑪利亞覺得很辛苦。
  힘들어합니다.
- 제임스 씨는 고향에 돌아가고　　詹姆斯想回家鄉去。
  싶어합니다.
- 사람들은 모두 거짓말하는 사람을　人們都不喜歡說謊話的人。
  싫어해요.
- 그 이야기를 듣고 양견 씨가 제일　聽了那個故事以後，楊堅最傷心了。
  슬퍼했어요.

但 "좋아하다、싫어하다（喜歡、不喜歡）" 也可以用於第1人稱主語。

- 저는 매운 음식을 좋아해요.(싫어해요)　我喜歡（不喜歡）辣的東西。

## 02 −겠군요

聽了對方的話後，對可能發生的狀況或者對方的感覺表示推測時使用。

- 가:이번 주말에 동생 결혼식이 있어요.　甲：這周末我弟弟結婚。
  나:친척들이 모두 모이겠군요.　　　乙：親戚們都會來吧？
- 가:어제 고등학교 동창 모임이 있었어요.　甲：昨天有一個高中同學聚會。
  나:반가운 사람들을 많이 만났겠군요.　　乙：一定見到很多想見的人吧？
- 가:지난주에는 하루도 쉬지 못했어요.　甲：上周一天也沒能好好休息。
  나:피곤하시겠군요.　　　　　　　乙：一定很疲倦吧？

## 문법 연습

**01**

-어하다/아하다/여하다

문장을 만드십시오. 請造句。

[보기]

요즘 어떻게 지내세요?

제임스 씨는 한국말을 잘하는 사람을 부러워합니다.

❶

❷

❸

❹

❺

YONSEI KOREAN 2

## -겠군요

**02** 대답하십시오. 請回答。

> [보기] 가 : 아직 점심을 못 먹었어요.
> 나 : 배가 고프겠군요.

1) 가 : 이번 주말에 유럽으로 출장을 갑니다.

나 : ....................................................................

2) 가 : 내일은 고등학교 동창 모임이 있습니다.

나 : ....................................................................

3) 가 : 저는 한국에 아는 사람이 하나도 없어요.

나 : ....................................................................

4) 가 : 요즘 일이 많아서 날마다 늦게 퇴근해요.

나 : ....................................................................

5) 가 : 어제 학교에서 한국 요리를 배웠어요.

나 : ....................................................................

읽고 말하기 ●─────────────────

이야기를 읽고 여러분의 고향을 소개하십시오.
閱讀故事後，請各位介紹自己的故鄉。

> 저는 파푸아뉴기니 (Papua New Guinea) 에서 왔습니다.
>
> 제 고향은 파푸아뉴기니의 포트모르스비입니다.
>
> 우리나라의 서쪽에는 인도네시아가 있고 남쪽에는 호주가 있습니다.
>
> 날씨는 항상 덥고 습기가 많습니다.
>
> 우리나라에는 금이 많고 커피와 카카오도 많아서 금이나 커피를 다른
>
> 나라에 팝니다.
>
> 바다가 아주 아름답고 숲에서는 캥거루도 볼 수 있습니다.
>
> 또 다른 나라에서는 볼 수 없는 여러 가지 새들도 많습니다.
>
> 여러분도 시간이 있으면 우리나라에 꼭 한번 놀러 오세요.

호주 (濠洲) 澳大利亞    습기 (濕氣) 濕氣    항상 (恆常) 總是    금 (金) 金
숲 森林    캥거루 袋鼠    새 鳥    위치 (位置) 位置

# 1-5❶ 읽기: 아름다운 우리 학교

🔊 010

저는 한국에 온 지 두 달 됐습니다. 제가 다니는 학교는 한국에서 유명한 대학교 중의 하나입니다. 우리 학교는 역사가 오래됐습니다. 그리고 캠퍼스도 넓고 아름답습니다. 학교 안에는 도서관과 학생회관과 병원이 있습니다. 도서관에는 컴퓨터실과 멀티미디어실이 있고 학생회관에는 식당과 은행, 음악감상실, 건강센터가 있습니다. 모두 가까이 있어서 이용하기가 편리합니다.

제가 한국말을 배우는 한국어학당에는 여러 나라에서 온 학생들이 많아서 다양한 친구들을 만날 수 있습니다. 저는 평일에 오전 9시부터 오후 1시까지 수업이 있습니다. 수업이 끝난 후에 저는 친구와 점심을 먹고 자주 컴퓨터실에 가서 인터넷을 합니다. 주말에는 학교 운동장에서 친구들과 같이 축구나 농구를 합니다.

한국어학당에 있으면 여러 나라를 여행하는 것 같습니다. 저는 날마다 넓고 큰 세계를 만납니다.

---

 **어휘**

| | |
|---|---|
| 오래되다 悠久 | 캠퍼스 校園 |
| 멀티미디어실 多媒體教室 | 음악감상실 (音樂鑑賞室) 音樂教室 |
| 건강센터 (健康-) 健康中心 | 가까이 近 |
| 이용하다 (利用-) 使用 | 편리하다 (便利-) 便利 |
| 다양하다 (多樣-) 各式各樣 | 평일 (平日) 平時 |

---

## 읽어 봅시다 🔊 011

모음2 /ㅔ/ /ㅘ/ /ㅐ/ /ㅢ/ /ㅣ/

- 세계        날마다 저는 넓고 큰 **세계**를 만납니다.
- 도서관과, 학생회관    학교 안에는 **도서관과 학생회관**이 있습니다.
- 됐습니다        저는 한국에 온 지 두 달 **됐습니다**.
- 중의        한국에서 유명한 대학교 **중의** 하나입니다.
- 가까이, 이용하기    모두 **가까이** 있어서 **이용하기**가 편리합니다.

**질문**

1) 이 사람은 언제 한국에 왔습니까?

2) 이 사람은 한국어학당에 있으면 왜 여러 나라를 여행하는 것 같습니까?

3) 앞 글의 내용과 같으면 O, 다르면 X 하십시오.

❶ 학생회관에 도서관이 있습니다. （　　　）

❷ 이 사람은 한국 생활이 즐겁습니다. （　　　）

❸ 이 사람은 주말에 친구들과 등산을 합니다. （　　　）

❹ 이 사람은 일주일에 스무 시간 수업을 합니다. （　　　）

4) 맞게 연결하십시오.

❶ 운동장　　●　　　　　　● ㉠ 넓고 아름답습니다.

❷ 캠퍼스　　●　　　　　　● ㉡ 안에 건강센터가 있습니다.

❸ 도서관　　●　　　　　　● ㉢ 안에 멀티미디어실이 있습니다.

❹ 학생회관　●　　　　　　● ㉣ 주말에 친구들과 농구를 합니다.

❺ 한국어학당 ●　　　　　　● ㉤ 여러 나라 친구들을 많이 만날 수 있습니다.

5) 여러분이 다닌 학교를 소개하십시오.

# 1-5② 읽기: 소중한 물건

🔊 012

저는 원룸에서 혼자 살기 때문에 물건이 많지 않습니다. 하지만 노트북, 엠피스리(MP3), 디카, 휴대전화, 가족사진 등 제가 좋아하는 것이 많습니다. 그 중에서 저에게 제일 소중한 것은 바로 밥솥입니다.

저는 작년까지 부모님과 같이 살았기 때문에 어머니께서 날마다 밥을 해 주셨습니다. 그런데 지금은 부모님과 같이 살지 않고 제가 요리를 잘 못하기 때문에 혼자서 밥을 해 먹는 것이 너무 어렵습니다. 그래서 밖에서 사 먹는 일이 많아서 건강이 조금 나빠졌습니다.

부모님은 항상 제 건강을 걱정하십니다. 그래서 어머니는 지난달에 저에게 밥솥을 보내 주셨습니다. 이 밥솥은 작아서 혼자 밥을 해 먹기도 좋고 밥도 아주 빨리 됩니다.

밥솥을 받고 오랜만에 따뜻한 밥을 해 먹었습니다. 반찬이 많지 않았지만 밥이 따뜻하니까 아주 맛있었습니다. 밥솥이 있어서 이제 밥을 하는 것이 어렵지 않습니다. 저는 이 밥솥으로 밥을 해 먹을 때마다 어머니를 생각합니다.

| 어휘 | | |
|---|---|
| 소중하다 (所重-) 珍貴 | 원룸 單人房 |
| 디카 數位相機 | 밥솥 電鍋 |
| 밥을 하다 做飯 | 생각하다 想念 |

## 읽어 봅시다 🔊 013

모음 3 /ㅐ/ /ㅕ/ /ㅚ/ /ㅝ/ /ㅠ/

- 오랜만에, 해
- 주셨습니다
- 됩니다
- 원룸, 어려웠습니다

- 휴대전화

밥솥을 받고 **오랜만에** 따뜻한 밥을 **해** 먹었습니다.
어머니는 지난달에 저에게 밥솥을 보내 **주셨습니다**.
이 밥솥은 작아서 밥도 아주 빨리 **됩니다**.
**원룸**에서 혼자 살기 때문에 밥을 해 먹는 것이 **어려웠습니다**.
노트북, **휴대전화**, 가족사진 등 제가 좋아하는 것이 많습니다.

질문

1) 어머니께서 왜 밥솥을 보내 주셨습니까?

2) 이 밥솥은 어떻습니까?

3) 앞 글의 내용과 같으면 O, 다르면 X 하십시오.
   ❶ 이 사람은 부모님과 함께 삽니다.                    (       )
   ❷ 이제는 밥을 잘 할 수 있습니다.                      (       )
   ❸ 이 사람은 부모님의 건강을 걱정합니다.               (       )
   ❹ 이 사람의 원룸에는 물건이 많지 않습니다.            (       )

4) 앞 글을 읽고 다음과 같이 묻고 대답하십시오.
   ❶ 가 : 이 사람은 왜 건강이 나빠졌습니까?
     나 : 혼자 밥을 해 먹는 것이 너무 어려워서 식당에서 사 먹는 일이 많았기
        때문입니다.
   ❷ 가 : 요즘도 밥을 하는 것이 어렵습니까?
     나 : _____ .
   ❸ 가 : _____ ?
     나 : _____ .
   ❹ 가 : _____ ?
     나 : _____ .

5) 여러분에게 제일 소중한 물건을 소개하십시오.

## 리에가 본 한국

### 촌수  014

한국 사람들의 친척 관계를 설명하는 방법 중에 촌수가 있습니다.

촌수는 숫자로 계산합니다.

부모와 자녀의 관계는 1촌이고 형제 관계는 2촌입니다.

이것으로 모든 친척 관계를 설명할 수 있습니다.

먼저, 부모님의 형제는 나와 3촌 관계입니다. 그래서 큰아버지, 작은아버지, 고모, 이모, 외삼촌 모두 3촌 관계입니다.

그럼 4촌과 6촌은 어떻게 될까요?

반대로 내 형제의 아이들인 조카도 나와 3촌 관계입니다.

그리고 부부는 0촌입니다.

그럼, 한번 생각해 봅시다.

할아버지의 동생의 딸은 나와 몇 촌 관계일까요?

---

촌수 (寸數) 輩份    방법 (方法) 方法    숫자 (數字) 數字    계산하다 (計算-) 計算    반대로 相反

# 제2과 한국 음식

# 2-1 설렁탕을 먹어 봤어요?

학습 목표 • 과제 음식 먹는 법 설명하기 • 문법 -어 보다¹, -어야 하다 • 어휘 식사 관련 어휘

> 두 사람은 무슨 음식을 먹고 있습니까?
> 이 음식은 어떻게 먹습니까?

🔊 015~016

영수  리에 씨, 설렁탕을 먹어 봤어요?

리에  아니요, 먹어 보지 못했어요. 어떻게 먹는 거예요?

영수  소금과 파를 좀 넣고 밥을 말아서 드세요.

리에  반찬은 어디에 있어요?

영수  여기 큰 그릇에 있어요. 접시에 덜어서 먹어야 해요.

리에  아, 여기 있군요.

---

설렁탕 (–湯) 牛雜湯    파 蔥    말다 泡    반찬 (飯饌) 小菜    접시 盤子
덜다 減、盛〈可用來表示將菜或飯盛到別的容器裡〉

32

**어휘**

**01** 음식을 먹을 때 사용하는 단어입니다.

| ❶ 넣다 | ❷ 덜다 | ❸ 뿌리다 |
| --- | --- | --- |
| ❹ 말다 | ❺ 비비다 | ❻ 찍다 |

**02** 알맞은 말을 넣으십시오.

[보기] 국이 너무 싱거우면 소금을 좀 **넣어서** 드세요.

1) 밥이 너무 많으면 작은 그릇에 좀 ...................으세요/세요.

2) 저는 피자에 치즈 가루를 많이 ...................어서/아서/여서 먹어요.

3) 국밥은 국에 밥을 ...................어서/아서/여서 먹는 음식입니다.

4) 밥에 채소와 고추장을 넣고 ...................으면/면 맛있어요.

5) 초밥을 간장에 ...................어서/아서/여서 드십시오.

## 01 어/아/여 보다[1]

用在動作動詞後表示經驗，與過去式一起使用。

- 설악산에 가 봤습니까?　　　　　　您去過雪嶽山嗎？
- 아니요, 설악산에 가 보지 않았습니다.　沒有，我沒去過。
- 저는 한복을 입어 봤습니다.　　　　我穿過韓服。
- 5년 전에 제주도에 가 봤어요.　　　五年前我去過濟州島。

## 02 -어야/아야/여야 하다

用在動詞後，強調所說的內容是義務性或必須的。"-어야 하다" 與 "-어야 되다" 可以通用。

- 이 일을 오늘 안으로 끝내야 해요　　這件事要在今天之內做完。
  /끝내야 돼요.
- 극장에서는 휴대 전화를 꺼야 해요　　在電影院應該將手機關掉。
  /꺼야 돼요.
- 제 시간에 도착하려면 택시를　　　　想按時到達就必須搭計程車。
  타야 해요/타야 돼요.
- 공부방은 밝아야 합니다/밝아야 됩니다　讀書室應該要明亮。

# 문법 연습

### -어/아/여 보다¹

**01**

대답하십시오. 請回答。

[보기]
> 리에 : 제주도에 가 봤어요?
> 영수 : 네, 제주도에 가 봤어요.
> 아니요, 제주도에 가 보지 못했어요.

1) 가 : 한복을 입어 봤어요?

　　나 : 네, _____

　　아니요, _____

2) 가 : 감자탕을 먹어 봤어요?

　　나 : 네, _____

　　아니요, _____

3) 가 : 새벽에 남대문 시장에 가 봤어요?

　　나 : 네, _____

　　아니요, _____

4) 가 : 3급 읽기 책을 읽어 봤어요?

　　나 : 네, _____

　　아니요, _____

5) 가 : 한국 전통 음악을 들어 봤어요?

　　나 : 네, _____

　　아니요, _____

## - 어야/아야/여야 하다

**02** 문장을 완성하십시오. 請完成句子。

[보기]

비가 오면 우산을 빌려야 합니다.

❶ 돈이 없으면 _____

❷ 머리가 아프면 _____

❸ 학교에 오지 못하면 _____

❹ 여행을 많이 하고 싶으면 _____

❺ 좋은 회사에 취직하고 싶으면 _____

**과제 1**　　쓰고 말하기 ●

한국에서 먹어 본 음식을 이야기 해 봅시다. 請說說看在韓國曾吃過的食物。

| 먹어 본 음식 | 맛 |
|---|---|
| 갈비 | 조금 달고 짜다 |
|  |  |

[보기] 저는 한국에서 갈비를 먹어 봤습니다. 조금 달고 짜지만 맛이 있었어요.

저는 한국에서
......................................................................................
......................................................................................
......................................................................................
......................................................................................

**과제 2**　　말하기 ●

음식을 먹는 방법을 이야기 해 봅시다. 請說說看飲食方式。

| 음식 이름 | 먹는 방법 |
|---|---|
| 비빔밥 | 큰 그릇에 밥을 담습니다. 그 위에 여러 가지 나물을 놓습니다. 그리고 계란프라이를 나물 위에 놓습니다. 참기름과 고추장을 한 숟가락씩 넣습니다. 숟가락으로 비빕니다. 맛있게 먹습니다. |
| 삼겹살 |  |
| 샤브샤브 |  |

담다 盛　나물 蔬菜　놓다 放　계란프라이 (雞卵---) 煎蛋　참기름 香油
고추장 (--醬) 辣椒醬　샤브샤브 火鍋

**37**

# 2-2 닭갈비를 먹어 본 적이 있어요?

학습 목표 ● 과제 음식 소개하기 ● 문법 –은 적이 있다. –는데² ● 어휘 음식 이름 어휘

두 사람은 무슨 이야기를 하고 있습니까?
영수가 소개하는 음식은 무엇입니까?

🔊 017~018

| | |
|---|---|
| 영수 | 리에 씨, 오늘은 한국 음식을 먹읍시다. |
| 리에 | 좋아요. 한국 음식 중에서 유명한 게 뭐예요? |
| 영수 | 음, 닭갈비를 먹어 본 적이 있어요? |
| 리에 | 아직 없어요. 어떤 음식이에요? |
| 영수 | 닭고기와 채소로 만든 음식인데 좀 매워요. |
| 리에 | 그래요? 맛있을 것 같아요. |

유명하다 (有名--) 有名    닭고기 雞肉    채소 (菜蔬) 蔬菜    좀 一點

# 어휘

**01** 음식 이름입니다.

| 비빔밥 | 회 | 김치찌개 | 탕수육 |
| 스파게티 | 짬뽕 | 샐러드 | 우동 |
| 순두부찌개 | 피자 | 튀김 | 잡채 |

**02** 각 나라의 음식을 골라서 쓰십시오.

| | 음식 이름 |
| --- | --- |
| 한국 음식 | |
| 중국 음식 | |
| 일본 음식 | |
| 서양 음식 | |

문법
설명

## 01 - 은/ㄴ 적이 있다

用在動作動詞後，表示到目前為止有做過某種行為的經驗。

- 저는 삼계탕을 먹은 적이 있습니다.　　我吃過參雞湯。
- 저는 한국 무용을 배운 적이 없습니다.　我沒學過韓國舞蹈。
- 이 노래는 한 번 들은 적이 있습니다.　這首歌我聽過1次。
- 에릭은 한복을 입은 적이 없습니다.　　埃里克沒有穿過韓服。

## 02 - 는데, 은데/ㄴ데²

在動作後，對某種事物的相關屬性或事實做解釋時，同時對其進行評價。用在 "-는데,은데/ㄴ데" 前面的內容有引出後續話題的作用。

- 이 사과는 한 개에 1,000원인데　這蘋果一個1000元，很甜又很好吃。
　달고 맛있어요.
- 이분은 우리 선생님인데 아주　這位是我們的老師，非常親切。
　친절한 분이에요.

- 이곳은 제주도인데 경치가 정말　這裡是濟州島，景色真的很漂亮。
　아름다워요.
- 이 가방은 어머니께 받았는데　這個包包是媽媽給我的禮物，
　튼튼하고 쓰기 편해요.　不僅堅固，用起來也很方便。

## 문법 연습

**01**

### -은/ㄴ 적이 있다

1) 여러분은 무엇을 한 적이 있습니까? 各位曾做過什麼呢？

| | -은/ㄴ 적이 있다 (O) <br> -은/ㄴ 적이 없다 (X) |
|---|---|
| 강에서 낚시를 하다 | × |
| 한복을 입다 | |
| 샌드위치를 만들다 | |
| 무서운 꿈을 꾸다 | |
| 한국 영화를 보다 | |
| 닭갈비를 먹다 | |

2) 문장으로 만들어 보세요. 請用上述的句子造句。

[보기] 저는 강에서 낚시를 한 적이 없습니다.

1) ................................................................................

2) ................................................................................

3) ................................................................................

4) ................................................................................

5) ................................................................................

**- 는데, -은데/ㄴ데²**

02  문장을 만드십시오.

[보기]

가격:500원

이 볼펜은 한 자루에 500원인데 쓰기가 편해요.

❶ 가격:5,000원

이 운동화는 _____

❷ 우리 선생님

이분은 _____

❸ 우리 어머니

이분은 _____

❹ 우리 반 친구들

이 학생들은 _____

❺ 아버지에게 선물로 받았습니다.

이 카메라는 _____

❻ 지난 여름에 간 곳

이 호텔은 _____

**과제 1**  쓰고 말하기 ●

**01** 여러분이 먹은 적이 있는 음식을 쓰고 이야기하십시오.
請各位寫下曾吃過的食物並說說看。

| 일본 음식 | 중국 음식 | 유럽 음식 |
|---|---|---|
| [보기] 낫토 | | |

저는 일본 음식 중에서 낫토를 먹은 적이 있습니다.

낫토는 콩으로 만드는데 아주 건강에 좋은 음식입니다.

-------------------------------------------------

-------------------------------------------------

**02** 여러분 나라의 음식을 소개하십시오. 請各位介紹自己國家的食物。

[보기]  이름 : 갈비탕
　　　　재료 : 소갈비, 물, 파, 마늘, 소금, 후추
　　　　설명 : 저는 한국 음식 중에서 갈비탕을 좋아합니다. 갈비탕은 맵
　　　　　　　지 않아서 아이들과 어른들이 모두 좋아합니다. 소갈비를
　　　　　　　물에 넣고 오래 끓여야 합니다. 2시간 정도 끓이면 갈비가
　　　　　　　먹기 좋아집니다. 2시간 정도 갈비를 끓인 후에 파하고 소
　　　　　　　금하고 후추를 넣어서 먹습니다. 어떤 사람은 국물에 국
　　　　　　　수를 넣기도 합니다. 저는 국수를 넣지 않고 밥을 말아서
　　　　　　　먹습니다. 갈비탕을 먹을 때는 보통 김치와 같이 먹습니
　　　　　　　다.

이름 :
-------------------------------------------------
재료 :
-------------------------------------------------
설명 :
-------------------------------------------------

-------------------------------------------------

---

낫토 納豆　　콩 大豆　　건강 (健康) 健康　　후추 胡椒

# 2-3 김치찌개는 어떻게 만들어요?

학습 목표 ●과제 요리법 설명하기 ●문법 부터, -게 ●어휘 요리 관련 어휘

두 사람이 무슨 이야기를 하고 있습니까?
웨이가 만들고 있는 음식은 무엇입니까?

🔊 019~020

| 영수 | 김치찌개는 어떻게 만들어요? |
| --- | --- |
| 웨이 | 우선 물부터 끓이세요. |
| | 그 다음에 김치와 돼지고기를 작게 썰어서 넣으세요. |
| 영수 | 간은 어떻게 맞춰요? |
| 웨이 | 조금 끓인 후에 맛을 보고 소금을 넣으세요. |
| 영수 | 누구한테서 한국 요리를 배웠어요? |
| 웨이 | 하숙집 아주머니께 배웠어요. |

---

우선 (于先) 首先    끓이다 煮    돼지고기 豬肉    썰다 切    간 鹹淡    맞추다 調配

**01** 요리할 때 사용하는 단어입니다.

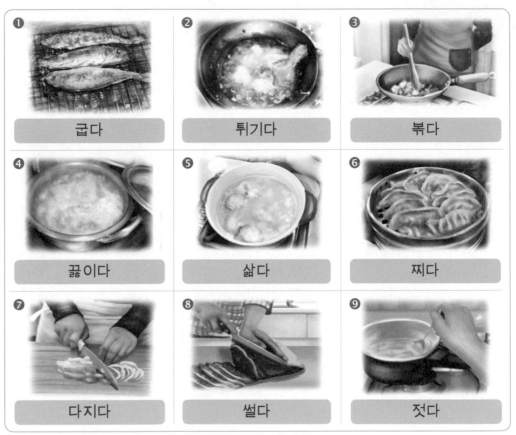

| ❶ 굽다 | ❷ 튀기다 | ❸ 볶다 |
| ❹ 끓이다 | ❺ 삶다 | ❻ 찌다 |
| ❼ 다지다 | ❽ 썰다 | ❾ 젓다 |

**02** 알맞은 단어를 쓰십시오.

[보기] 국수를 <u>삶은</u> 후에 빨리 찬물에 넣어요.

1) 생선은 불에 _____ 어서/아서/여서 먹으면 맛있어요.

2) _____ 은/ㄴ 음식을 많이 먹으면 뚱뚱해져요.

3) 채소와 고기를 프라이팬에 넣고 기름으로 _____ 으세요/세요.

4) 커피를 마시고 싶어서 물을 _____ 었어요/았어요/였어요.

5) 칼로 고기를 얇게 _____ 어서/아서/여서 넣으세요.

문법
설명

### 01 부터

用在名詞後，表示在許多行為中最先做某種行為。

- 우선 손부터 씻고 드세요.　　　　　　請先洗手再用餐。
- 뭐부터 할까요?　　　　　　　　　　先做什麼呢？
- 청소부터 할까요?　　　　　　　　　要先打掃呢？還是先洗碗呢？
  설거지부터 할까요?
- 배가 고프니까 식사부터 합시다.　　　肚子餓了，先吃飯吧。

### 02 -게

用在狀態動詞或動作動詞後，具體地表示後面動作動詞的意思。

- 방을 깨끗하게 청소했습니다.　　　　我把房間打掃乾淨了。
- 잘 보이게 사진을 벽에 걸까요?　　　相片要掛在牆上容易看到的地方嗎？
- 편안하게 앉아서 기다리세요.　　　　請舒服地坐著等待。
- 손님들에게는 밝게 웃으세요.　　　　面對客人要親切地微笑。

## 문법 연습

**01**

부터

대답하십시오. 請回答。

[보기] 가 : 집에 가면 무엇을 제일 먼저 해요?
나 : 우선 손부터 씻어요.

1) 가 : 학교에 오면 무엇을 제일 먼저 해요?

　나 : _____

2) 가 : 방학을 하면 제일 먼저 무엇을 하고 싶어요?

　나 : _____

3) 가 : 고향에 돌아가면 제일 먼저 무엇을 할 거예요?

　나 : _____

4) 가 : 청소할 때 무엇을 제일 먼저 해요?

　나 : _____

- 게

**02**

문장을 완성하십시오. 請完成句子。

[보기]

에릭은 음식을 맛있게 먹어요.

❶

미선이 머리를 _____ 잘랐어요.

❷

영수가 옷을 _____ 입었어요.

❸

사진을 찍을 때는 ......................................

웃으세요.

❹

시장에 가면 옷을 ........................ 살 수

있어요.

---

과제 1　　쓰기 ●────────────────────

불고기를 만듭니다. 요리법을 설명하십시오. 我做了烤肉。請說明烹飪方法。

 →  →  →

 →  →

우선 고기를 얇게 썰어요. 그 다음에 ..................................

..............................................................................................

..............................................................................................

..............................................................................................

..............................................................................................

요리법 (料理法) 烹飪方法　　설명하다 (說明--) 說明

**과제 2**　　듣기 [🔊 021]

● 듣고 질문에 대답하십시오. 請聽聽看，再回答問題。

**01**　들은 이야기와 같으면 ○, 다르면 X 하십시오.
若聽到的談話是正確的請打○，不正確的請打X。

1) 카레는 다 맵습니다. 　　　　　　　　　　　　　　　　（　　　　）

2) 인도에서 카레는 숟가락으로 먹습니다. 　　　　　　　（　　　　）

3) 카레 소스에는 토마토와 요구르트를 넣습니다. 　　　（　　　　）

**02**　듣고 대답하십시오. 請聽聽看，再回答。

1) 이 음식의 이름은 무엇입니까?

．．．．．．．．．．．．．．．．．．．．．．．．．．．．．．．．．．．．．．．．

2) 이 음식의 면은 한 가지입니까?

．．．．．．．．．．．．．．．．．．．．．．．．．．．．．．．．．．．．．．．．

**03**　듣고 대답하십시오. 請聽聽看，再回答。

1) 돈가스는 무엇으로 만듭니까?

．．．．．．．．．．．．．．．．．．．．．．．．．．．．．．．．．．．．．．．．

2) 이 음식의 설명으로 맞지 않는 것은 무엇입니까? (　　　)

❶ 처음에 일본에서 만들었습니다.

❷ 돼지고기를 부드럽게 해서 만듭니다.

❸ 기름에 튀깁니다.

❹ 요즘은 소고기, 닭고기, 생선으로도 만듭니다.

---

카레 咖哩　　　토마토 番茄　　　요구르트 優酪乳　　　면 (面) 麵　　　　　　돈가스 炸豬排
부드럽다 柔軟、細膩

# 2-4 밥그릇을 들고 먹으면 안 돼요

학습 목표 ●과제 식사 예절을 알고 말하기 ●문법 -어도 되다, -으면 안 되다 ●어휘 상차림 관련 어휘

사람들은 무엇을 하고 있습니까?
한국에는 어떤 식사 예절이 있습니까?

◀) 022~023

제임스   한국에서는 식사할 때 어떻게 해야 돼요?

미선   윗사람이 식사를 시작할 때까지 기다려야 해요.

제임스   아, 그래요. 또 다른 예절은 없어요?

미선   밥그릇을 들고 먹으면 안 돼요.

제임스   재미있군요. 젓가락과 숟가락을 양손에 들고 먹어도 돼요?

미선   아니요, 왼손은 내려놓고 오른손만 써야 돼요.

---

윗사람 長輩    다른 別的、其他的    예절 (禮節) 禮節    들다 拿、提    양손 (兩-) 雙手    내려놓다 放下

어휘

**01** 상차림 단어입니다

식탁

냄비

반찬

숟가락

젓가락

국그릇

밥그릇

접시

컵

**02** 자기 나라의 상차림을 그리고 이름을 써 봅시다.

문법
설명

## 01 -어도/아도/여도 되다

用在動作動詞後，表示允許做所說的內容。也可用 "-어도 돼요?" 的提問形式。

- 여기에 앉아도 됩니다.　　　　　　可以在這裡坐著。
- 이제 웃어도 돼요.　　　　　　　　現在可以笑了。
- 조금 늦게 출발해도 돼요.　　　　　晚一點出發也可以。
- 여기에서 담배를 피워도 돼요?　　　在這裡抽菸可以嗎？

## 02 -으면/면 안 되다

用在動作動詞或狀態動詞後，表示禁止或限制所說的內容。一般用 "-어도 돼요?" 詢問是否允許，不允許時用 "-으면 안 돼요" 來回答。

- A : 내일 좀 늦어도 돼요?　　　　　A ：明天可以晚一點嗎？
  B1 : 네, 좀 늦어도 돼요.　　　　　B1 : 可以，晚一點可以，沒什麼要緊
  　　　바쁜 일이 없어요.　　　　　　　 的事。
  B2 : 아니요, 내일은 늦으면 안 돼요.　B2 : 不可以，明天晚一點不行，我從
  　　　아침부터 아주 바빠요.　　　　　 早上就很忙。
- 길 옆에 주차하면 안 돼요.　　　　不可以在路邊停車。
- 날짜가 지난 음식이니까 먹으면　　過期的食品不可以吃。
  안 돼요.
- 공부방은 너무 어두우면 안 돼요.　讀書的房間太暗不行。

## 문법 연습

**01**

- 어도/아도/여도 되다, - 으면/면 안 되다

대답하십시오. 請回答。

[보기] 가 : 아침 일찍 전화해도 돼요?
나1: 네, 전화해도 돼요.
나2: 아니요, 전화하면 안 돼요.

1) 가 : 책상 위에 있는 종이를 버려도 돼요?

　　나 :

2) 가 : 냉장고에 있는 우유를 제가 마셔도 돼요?

　　나 :

3) 가 : 모르는 게 있을 때 질문해도 돼요?

　　나 :

4) 가 : 이 지우개를 써도 돼요?

　　나 :

5) 가 : 미선 씨 전화번호를 친구에게 말해도 돼요?

　　나 :

**02** 자기의 생각을 써 봅시다. 請寫下自己的想法。

| [보기] 도서관에서는 | – 어도/아도 /여도 돼요 | ● 신문을 봐도 돼요. |
| --- | --- | --- |
| | – 으면/면 안 돼요 | ● 큰 소리로 떠들면 안 돼요. |
| ❶ 우리 학교에서는 | – 어도/아도 /여도 돼요 | |
| | – 으면/면 안 돼요 | |
| ❷ 비행기에서는 | – 어도/아도 /여도 돼요 | |
| | – 으면/면 안 돼요 | |
| ❸ 영화관에서는 | – 어도/아도 /여도 돼요 | |
| | – 으면/면 안 돼요 | |
| ❹ 한국에서는 | – 어도/아도 /여도 돼요 | |
| | – 으면/면 안 돼요 | |
| ❺ 병원에서는 | – 어도/아도 /여도 돼요 | |
| | – 으면/면 안 돼요 | |

**과제 1** 쓰기 •——————————————————————

여러분 나라의 식사 예절에 대해서 써 봅시다. 請各位寫下自己國家的用餐禮儀。

우리나라의 식사 예절은 여러 가지가 있습니다.

........................................................................

........................................................................

........................................................................

재미있는 식사 예절도 있습니다.

........................................................................

........................................................................

........................................................................

우리나라의 식사 예절은 한국와 다릅니다.

........................................................................

........................................................................

........................................................................

그래서 저는 한국에서 식사할 때 실수를 한 적이 있습니다.

........................................................................

........................................................................

........................................................................

실수 (失手) 失誤、錯誤

# 2-5❶ 읽기: 한국 사람과 떡

🔊 024

　　떡은 한국 전통 음식 중의 하나입니다. 한국 사람들은 옛날부터 떡을 먹었습니다. 한국 사람들은 떡을 좋아하기 때문에 특별한 날에는 떡을 나눠 먹습니다. 아기가 태어난 지 100일이 됐을 때와 1년이 됐을 때, 그리고 60번째 생일에 큰 잔치를 합니다. 이렇게 큰 잔치를 할 때마다 떡을 먹습니다. 해마다 설날에는 흰떡으로 만든 떡국을 먹고 추석에는 송편을 만들어서 같이 먹습니다. 결혼식 날에도 떡을 준비하고 이사한 날에도 이웃 사람들과 떡을 나눠 먹습니다. 제사를 지낼 때에도 떡을 준비합니다.

　　한국에서는 '붉은 떡을 먹으면 나쁜 일이 생기지 않을 거예요.' 하고 생각합니다. 그래서 잔치를 할 때나 이사를 했을 때 붉은 떡을 먹습니다.

　　떡은 건강에 좋고 맛있어서 아침이나 간식으로 먹는 사람들이 많습니다. 그래서 떡으로 만드는 음식도 여러 가지가 있습니다. 떡으로 떡국, 떡볶이, 떡라면, 떡피자 같은 음식을 만들 수 있습니다.

　　여러분도 한국에 있을 때 떡을 많이 드셔 보세요.

---

| **어휘** | | |
|---|---|---|
| 전통 (傳統) 傳統 | 옛날 從前 | 특별하다 (特別) 特別 |
| 나누다 分 | 잔치 宴會 | 떡국 年糕湯 |
| 송편 (松-) 松糕 | 이사 (移徙) 搬家 | 이웃 사람 鄰居 |
| 제사를 지내다 (祭祀--) | 붉다 紅 | 간식 (間食) 零食 |

---

## 읽어 봅시다 🔊 025

| 모음 어울림 2 | /ㅓ/ + 었 ➲ 었 | /ㅜ/ + 었 ➲ 웠 |
|---|---|---|
| | /ㅡ/ + 었 ➲ 었 | /ㅣ/ + 었 ➲ 였 |

- 먹다 ➲ 먹었습니다　　한국 사람들은 옛날부터 떡을 **먹었습니다**.
- 외우다 ➲ 외웠습니다　　어제 배운 단어를 모두 다 **외웠습니다**.
- 크다 ➲ 컸습니다　　　그 농구 선수는 키가 아주 **컸습니다**.
- 만들다 ➲ 만들었습니다　떡으로 떡국, 떡볶이를 **만들었습니다**.
- 다니다 ➲ 다녔습니다　　저는 연세대학교 한국어학당에 **다녔습니다**.

**질문**

1) 한국 사람들은 언제 떡을 나눠 먹습니까?

2) 한국 사람들은 왜 잔치를 할 때나 이사를 했을 때 붉은 떡을 먹습니까?

3) 앞 글의 내용과 같으면 O, 다르면 X 하십시오.

❶ 한국 사람들은 옛날부터 떡을 먹었습니다. (　　　　)

❷ 붉은 색 떡을 먹으면 나쁜 일이 생깁니다. (　　　　)

❸ 한국 사람들은 아기의 첫 번째 생일에 잔치를 합니다. (　　　　)

❹ 만들기가 쉬워서 한국 사람들은 아침에 떡을 많이 먹습니다. (　　　　)

4) 언제 다음 음식을 먹습니까? 그림을 보고 쓰십시오.

| | | 언제 먹어요? |
|---|---|---|
| | ❶ | |
| | ❷ | |
| | ❸ | |
| | ❹ | |

5) 여러분 나라의 간식을 소개해 보십시오.

# 읽기: 특별한 날에 먹는 음식

🔊 026

　　오늘은 제 생일이기 때문에 친구들을 만났습니다. 저는 친구들과 같이 케이크를 먹으려고 했는데 친구들은 이렇게 말했습니다.

　　"제임스 씨, 오늘 미역국을 먹었어요?"

　　"오늘은 제임스 씨 생일이니까 미역국을 먹으러 가요. 한국에서는 생일에 미역국을 먹는 풍습이 있어요."

　　그래서 우리는 한식집으로 갔습니다. 맛있게 미역국을 먹고 있는데 친구들은 모두 수진 씨에게 이렇게 물었습니다.

　　"수진 씨, 언제 국수를 먹여 줄 거예요?"

사람들은 계속 그 질문을 했지만 수진 씨는 대답을 하지 않고 얼굴만 빨개졌습니다. 그래서 저는 "수진 씨, 왜 그래요? 국수를 싫어해요?" 하고 물었습니다. 친구들은 제 말을 듣고 모두 웃었습니다. 그때 다른 친구가 저에게 설명을 해 주었습니다.

　　"제임스 씨, 한국에서는 결혼식 날 손님들에게 국수를 대접해요."

저는 수진 씨에게 다시 물어봤습니다.

　　"수진 씨, 그럼 우리 언제 국수를 먹을 수 있어요?"

　　"제임스 씨, 저 다음 달에 결혼해요."

수진 씨는 부끄러워했습니다.

　　결혼식에서 먹는 국수는 특별한 맛일 것 같습니다. 저는 수진 씨의 결혼식에 가서 친구들과 같이 국수를 먹고 싶습니다.

---

**어휘** 　풍습 (風習) 風俗　　　｜　국수 麵條　　　　　｜　먹이다 給……吃
　　　　계속 (繼續) 繼續　　　｜　대접하다 (待接-) 招待　｜　부끄러워하다 害羞

---

## 읽어 봅시다　🔊 027

모음 어울림 3　/하/ + 였 ➲ 했

- 말하다　　　　　➲ 말했습니다　　　한국 친구와 한국말로 **말했습니다**.
- 설명하다　　　　➲ 설명했습니다　　제가 모르는 것을 친구가 **설명했습니다**.
- 대접하다　　　　➲ 대접했습니다　　결혼식 날 손님들에게 국수를 **대접했습니다**.
- 부끄러워하다　➲ 부끄러워했습니다　친구가 한국말을 잘 못해서 **부끄러워했습니다**.
- 특별하다　　　　➲ 특별했습니다　　결혼식에서 먹은 음식은 **특별했습니다**.

**질문**

1) 오늘 무슨 음식 이야기를 했습니까?

2) 앞 글에서 "언제 결혼할 거예요?" 와 같은 문장을 찾아서 쓰십시오.

3) 다음 중 맞는 것을 고르십시오. ( )

❶ 수진 씨는 국수를 싫어합니다.

❷ 우리는 케이크를 맛있게 먹었습니다.

❸ 제임스 씨와 수진 씨는 다음 달에 결혼합니다.

❹ 제임스 씨는 오늘 친구들과 같이 미역국을 먹었습니다.

4) 다음 ( )에 맞는 말을 쓰십시오.

> 한국 사람들은 생일에 ( )을/를 먹습니다. 한국에서는 아기가 태어나면 아기의 어머니는 건강에 좋은 ( )을/를 먹습니다. 그래서 사람들은 생일에 ( )을/를 먹고 어머니를 생각합니다.

> 한국 사람들은 결혼식에서 ( )을/를 먹습니다. 신랑과 신부는 오래오래 잘 살고 싶어서 긴 ( )을/를 먹습니다. 그리고 여러 사람들에게 ( )을/를 대접합니다.

5) 여러분 나라에서 생일이나 결혼식에 무엇을 먹습니까? 왜 그 음식을 먹습니까?

## 리에가 본 한국

### 한국의 장맛 🔊 028

저는 한국에 와서 여러 가지 한국 음식을 먹어 봤어요. 한국 음식에는 된장, 고추장, 간장이 많이 들어가요. 그래서 저는 장에 관심이 생겼어요. 한국의 장은 좀 특별한 것 같아요.

저는 지난 주에 한국 친구의 할머니 댁에 놀러 갔어요. 할머니 댁 마당에는 이상한 큰 그릇들이 있었어요. 친구는 그것이 '장독'이라고 했어요.

장독 안에는 된장, 고추장, 간장이 있었어요. 할머니께서는 된장, 고추장, 간장의 좋은 점을 설명해 주셨어요.

먼저 된장은 콩과 소금으로 만들어요. 된장은 생선이나 고기의 나쁜 냄새를 없애 주고 음식 맛을 부드럽게 해 줘요.

고추장은 콩과 찹쌀가루와 고춧가루로 만들어요. 고추장에는 여러 가지 재료가 들어가서 구수한 맛, 단맛, 매운맛, 짠맛이 같이 있어요.

고추장이 들어가는 음식이 많아요.

간장은 콩과 소금과 물로 만들어요.

한국 사람들은 국을 끓일 때 보통 간장으로 간을 맞춰요.

된장, 고추장, 간장은 모두 발효 식품이에요. 그래서 오랫동안 맛이 변하지 않고 건강에도 아주 좋아요.

| 간장 | 고추장 | 된장 |

된장 (-醬) 豆瓣醬　　장독 (醬-) 醬缸　　냄새 氣味　　없애다 消除、去除　　찹쌀가루 糯米粉
구수하다 香噴噴　　발효 식품 (醱酵 食品) 發酵食品

# 제3과 시장

# 3-1 물건이 좋기는 하지만 값이 너무 비싸요

학습 목표 ● 과제 백화점에서 물건 사기 ● 문법 -을까 하다 ● 어휘 백화점 이용과 관련된 어휘
-기는 하지만

두 사람은 무슨 이야기를 합니까?
시장과 백화점은 무엇이 다릅니까?

🔊 029~030

마리아 지금 백화점에 가는데 같이 가시겠어요?

미선 뭘 사러 가세요?

마리아 학교에 행사가 있어서 정장을 한 벌 살까 해요.

미선 백화점은 물건이 좋기는 하지만 값이 너무 비싸요.

마리아 그렇지만 시장은 백화점보다 물건을 고르기가 힘들어요.

미선 제가 같이 가서 도와드리겠어요.

행사 (行事) 活動　　정장 (正裝) 正式服裝　　고르다 選

어휘

**01** 백화점에 여러 가지 물건이 있습니다.

식당가

가전제품

아동복 스포츠용품

남성복

여성복

패션 잡화

식품

연세백화점

SALE

Y

**02** 사고 싶은 물건이 있습니다. 어디로 가야 합니까?

[보기] **가방 : 패션 잡화**

운동복: ..................................................................

냉장고: ..................................................................

케이크: ..................................................................

치마 : ..................................................................

문법
설명

**01 -기는 하지만**

　　用在動作動詞、狀態動詞之後，表示雖然同意前句的內容，但與之相對的後句內容也存在。話者主要強調的內容在後句。

● 이 옷은 질이 좋기는 하지만 값이 너무 비싸요.

這件衣服的品質好是好，但價格太貴了。

● 오피스텔이 편하기는 하지만 좀 시끄러워요.

辦公綜合大樓舒適是舒適，但有點吵。

● 영수와 자주 만나기는 하지만 별로 친하지 않아요.

和英秀常見面是常見面，但沒有很熟。

● 신촌식당은 분위기가 좋기는 하지만 음식값이 너무 비싸요.

新村餐廳環境氣氛好是好，但食物價格太昂貴了。

**02 -을까/ㄹ까 하다**

　　用在動作動詞之後，表示話者的計劃或意圖，這時表示話者的計劃或意圖尚未確定，仍在考慮中。

● 방학에 부모님을 모시고 여행을 갈까 해요.

我正考慮放假陪父母去旅行。

● 영어를 배울까 하는데 어느 학원이 좋아요?

我正考慮學英文，哪個補習班比較好呢？

● 이번 크리스마스는 가족과 함께 지낼까 합니다.

這次聖誕節我正考慮和家人一起過。

● 다음 학기에는 하숙집으로 이사를 할까 합니다.

我正考慮下學期搬到校外去寄宿。

## 문법 연습

**-을까/ㄹ까 하다**

**01**

대답하십시오. 請回答。

[보기]

가 : 주말에 뭘 할 거예요?
나 : 친구와 같이 영화를 볼까 합니다.

❶

가 : 손님, 뭘 찾으세요?
나 : _____

❷

가 : 방학에 뭘 할 계획이에요?
나 : _____

❸

가 : 부산까지 어떻게 가실 거예요?
나 : _____

❹

가 : 부모님께 무슨 선물을 드릴 거예요?
나 : _____

❺

가 : 고향에서 친구들이 오면 뭘 할
　　 거예요?
나 : _____

**-기는 하지만**

**02** 대화를 완성하십시오. 請完成對話。

> [보기] 가 : 여행을 좋아하세요?
> 나 : 좋아하기는 하지만 자주 가지 못해요.

1) 가 : 하숙집 아주머니가 친절해요?
   나 :
   ........................................................................

2) 가 : 학교에서 생활하기가 어때요?
   나 :
   ........................................................................

3) 가 : 생일 선물로 받은 가방이 마음에 들어요?
   나 :
   ........................................................................

**과제 1**     말하기 ●────────────────────

두 가지 중에서 하나를 선택하고 이유를 이야기하십시오.
請在兩件物品中選擇一個並說明理由。

[보기]
> 저는 배낭을 사겠습니다.
> 서류 가방이 배낭보다 멋있기는 하지만 불편할 것 같습니다.

배낭 (背囊) 背包、行囊　　서류 가방 (書類--) 公文包

**과제 2**  　쓰고 말하기 ●━━━━━━━━━━━━━━━━━

백화점에서 물건을 사려고 합니다. 쇼핑 계획을 세우고 이야기해 봅시다.
想在百貨公司買東西。請制定購物計畫並說說看。

[보기]　지난주에 한국으로 유학을 왔습니다.
　　　　아파트를 빌려서 혼자 삽니다.

　　　먼저 가전제품 매장으로 가겠습니다. 텔레비전도 사야 하고
　　　냉장고도 사야 합니다. 그리고 식품 매장에도 가겠습니다.
　　　제가 음식을 만들어야 하기 때문에 요리 재료가 필요합니다.

1)　다음 주부터 여름 휴가입니다.
　　가족과 함께 해외여행을 가려고 합니다.

_____

_____

2)　졸업을 하고 회사에 취직을 했습니다.
　　다음 주 월요일부터 출근해야 합니다.

_____

_____

3)　이번 방학에 고향에 가겠습니다.
　　가족과 친구들에게 줄 선물을 사려고 합니다.

_____

_____

**매장 (賣場)** 賣場、銷售地　　**재료 (材料)** 材料

# 3-2 이거 입어 봐도 돼요?

학습 목표 ● 과제 시장에서 물건사기 ● 문법 -어 보다², -는데³ ● 어휘 옷의 종류와 특징 관련 어휘

▶ 미선 씨와 마리아 씨가 무엇을 합니까?
마리아 씨와 가게 주인이 무슨 이야기를 할까요?

🔊 031~032

주인　어서 오세요. 뭘 드릴까요?

마리아　저쪽에 있는 하늘색 정장 좀 보여 주세요.

주인　여기 있습니다. 손님은 얼굴이 하얘서 밝은 색이 잘 어울릴 거예요.

마리아　이거 입어 봐도 돼요?

주인　그럼요. 저기 오른쪽에 갈아입는 곳이 있어요.

마리아　이건 좀 작을 것 같은데 한 치수 큰 것으로 주세요.

---

하늘색 (-色) 天藍色　　하얗다 白色　　어울리다 適合　　갈아입다 更衣　　치수 (-數) 尺寸

**01** 여러 가지 옷과 특징입니다.

한복　　양복　　정장　　원피스　　반바지　　치마　　티셔츠　　와이셔츠

꽃무늬　　줄무늬
체크무늬　　물방울무늬

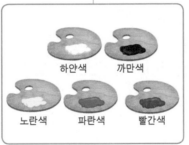

하얀색　　까만색
노란색　　파란색　　빨간색

디자인이　　디자인이　　디자인이
단순하다　　복잡하다　　귀엽다

**02** 어떤 것들이 어울릴까요?

[보기] 한복에는 꽃무늬와 노란색이 잘 어울릴 것 같아요.
　　　그리고 한복은 디자인이 단순한 것이 좋을 것 같아요.

문법
설명

**01** –어/아/여 보다[2]

　　用在動作動詞詞幹之後，表示「嘗試做沒做過的事情」。

- 유럽에 한번 가 보고 싶습니다.　　　　我想去一次歐洲。
- 제가 만든 김밥을 한번 드셔 보세요.　　請嚐嚐我做的紫菜包飯。
- 누구든지 쉽게 할 수 있으니까　　　　任何人都可以輕易地學會，您也試
　만들어 보세요.　　　　　　　　　　試看。
- 이 티셔츠가 마음에 드는데 입어　　　這件襯衫我很滿意，可以試穿嗎？
　볼 수 있어요?

**02** –는데, –은데/ㄴ데[3]

　　狀態動詞之後用 "-은데/ㄴ데"，動作動詞之後用 "-는데"。前句說明話者所知道的狀況，後句連接在前句狀況下可能實現的命令句或共動句。

- 맛이 좀 이상한데 버리세요.　　　　味道有點奇怪，請扔掉吧。
- 할일이 많은데 좀 도와주세요.　　　要做的事情很多，請幫幫我吧。
- 심심한데 같이 영화나 볼까요?　　　好無聊喔，一起去看場電影怎樣？
- 지금 비가 많이 오는데 조금 후에　　現在下大雨，等一會兒再出發吧。
　출발합시다.

## 문법 연습

**01**

**-어/아/여 보다²**

문장을 만드십시오. 請造句。

[보기] 이 음식은 맛있고 건강에도 좋아요.
쉬우니까 집에서 만들어 보세요.

1) 이 바지가 정말 편해요.

　　　　　　　　　　　　　　　　어/아/여 보세요.
..................................................................

2) 웨이 씨가 도와 줄 수 있을 거예요.

　　　　　　　　　　　　　　　　어/아/여 보세요.
..................................................................

3) 이 구두를 신으면 발이 편하실 거예요.

　　　　　　　　　　　　　　　　어/아/여 보세요.
..................................................................

4) 목소리가 좋아서 노래를 잘 하실 것 같아요.

　　　　　　　　　　　　　　　　어/아/여 보세요.
..................................................................

5) 동대문 시장에는 볼 것도 많고 먹을 것도 많아요.

　　　　　　　　　　　　　　　　어/아/여 보세요.
..................................................................

## -는데, -은데/ㄴ데³

**02** 관계있는 것끼리 연결하고 문장을 만드십시오. 請將相關的句子連起來並造句。

김 선생님을 만나러 갑니다 ●       ● 다시 설명해 주세요

저도 그 책을 읽고 싶습니다 ●       ● 같이 갑시다

이해하기가 어렵습니다 ●       ● 조심해서 운전하십시오

모두가 기다리고 있습니다 ●       ● 좀 빌려 주십시오

[보기] 김 선생님을 만나러 가는데 같이 갑시다.

1) _____

2) _____

3) _____

## 과제 1     말하기 ●

사고 싶은 물건을 선택하고 이야기해 봅시다. 請選擇想購買的物品並說說看。

1) 옷 가게에서

27,000원   45,000원   60,000원   15,000원   10,000원   20,000원   24,000원   13,000원

■ 분홍색 (粉紅色) 粉紅色

[보기] 점원 : 어서 오세요. 뭘 찾으십니까?
　　　손님 : 원피스를 사려고 하는데요.
　　　점원 : 이 분홍색 원피스는 어떠세요?
　　　손님 : 색은 괜찮지만 무늬가 마음에 안 들어요.
　　　점원 : 그럼 이건 어때요? 요즘은 꽃무늬가 유행이에요.
　　　손님 : 좋아요. 그런데 얼마예요?
　　　점원 : 6만 원인데 조금 더 싸게 해 드릴 수 있어요.
　　　손님 : 그럼 5만 5천 원에 주세요.
　　　점원 : 네, 그렇게 하세요. 그리고 다음에 또 오세요.

점원 : .....................................................................................
손님 : .....................................................................................
점원 : .....................................................................................
손님 : .....................................................................................
점원 : .....................................................................................
손님 : .....................................................................................
점원 : .....................................................................................
손님 : .....................................................................................

2) 신발 가게에서

3) 악세사리 가게에서

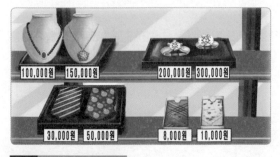

악세사리 飾品

# 3-3 계산은 카드로 하겠습니다

학습 목표 ● 과제 슈퍼마켓에서 물건사기 ● 문법 으로 하다, -어도 ● 어휘 생활필수품 관련 어휘

▶ 리에 씨는 무엇을 합니까?
두 사람이 무슨 이야기를 할까요?

🔊 033~034

리에  계산 부탁합니다.

주인  물건을 봉투에 넣어 드릴까요?

리에  아니오. 가방을 가지고 왔어요. 그리고 계산은
     카드로 하겠습니다.

주인  여기에 서명해 주세요.

리에  그런데 직접 오지 않고 전화로 주문해도 배달해 줍니까?

주인  네. 아침 10시부터 밤 10시까지 배달해 드립니다.

---

계산 (計算) 結帳、計算    봉투 (封套) 包裝袋、信封    서명하다 (署名--) 簽名
직접 (直接) 直接    배달하다 (配達) 配送

## 어휘

**01** 슈퍼마켓에서 볼 수 있습니다.

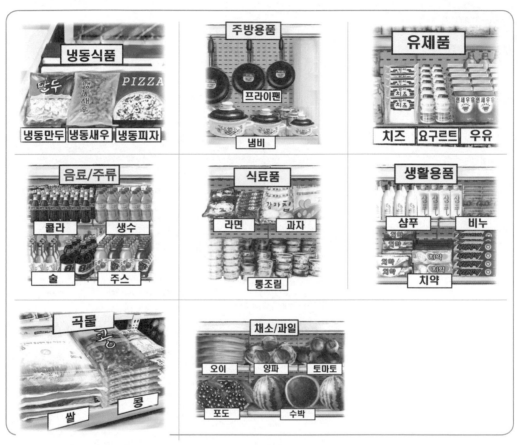

**02** 다음 물건을 찾으려면 어느 매장으로 가야 합니까?

[보기] 라면 – 식료품 매장

1) 휴지 –

2) 딸기 우유 –

3) 커피 잔 –

4) 쌀 –

5) 껌 –

문법
설명

**01** 으로/로 하다

用在名詞後，表選擇。

- 선물은 케이크로 하는 게 어때요? 　　用蛋糕作禮物怎麼樣？
- 책 제목은 '한국어와 함께'로 했어요. 　書名以「與韓文同行」命名了。
- 회의는 다음 주 월요일 2시로 　　　會議在下周一2點舉行吧。
  합시다.
- 우리 반 대표는 야마다 씨로 　　　　我們班選山田為班長。
  하겠습니다.


**02** –어도/아도/여도

用在動作動詞和狀態動詞之後，表示即使假定前句的內容成立，所預想的結果也不會在後句發生。

- 공기가 없어도 살 수 있습니까? 　　沒有空氣也可以生存嗎？
- 김치는 날마다 먹어도 싫증이 　　　泡菜即使每天吃也不會厭倦。
  나지 않아요.
- 수업 시간에는 모르는 단어가 　　　在上課時間，即使遇到不知道的單
  있어도 사전을 찾지 마세요. 　　　字，也不要查字典。
- 늦게 오셔도 기념품을 받을 수 　　　即使來晚了也可以拿紀念品，請不
  있으니까 걱정하지 마세요. 　　　要擔心。

## 문법 연습

**으로/로 하다**

**01**

대답을 찾아서 쓰십시오. 請找出回答並寫下來。

- 첫째 주는 모두 바쁘니까
  둘째 주로 합시다.
- 흰색이나 베이지색으로 하세요.
- 카드로 하겠습니다.

- 한식으로 합시다.
- 학생들이니까 책으로 합시다.
- 저는 커피로 하겠습니다.

[보기] 가 : 뭘 드시겠어요?
　　　나 : 저는 커피로 하겠습니다.

1) 가 : 선물은 뭐가 좋을까요?

　　나 :
　　.......................................................................................

2) 가 : 음식은 뭘로 준비할까요?

　　나 :
　　.......................................................................................

3) 가 : 가방은 무슨 색으로 할까요?

　　나 :
　　.......................................................................................

4) 가 : 계산은 어떻게 하시겠습니까?

　　나 :
　　.......................................................................................

5) 가 : 다음 모임은 12월 첫째 주가 어떻습니까?

　　나 :
　　.......................................................................................

**-어도/아도/여도**

02

문장을 완성하십시오. 請完成句子。

[보기]

비가 와도 여행을 갑니다.

❶

아파도 _____

❷

_____

어도/아도/여도

정상까지 가겠어요.

❸

_____

❹

_____

❺

_____

## 과제 1    듣기 [🔊 035]

● 듣고 대답하십시오. 請聽聽看，再回答。

**01**

1) 이 물건을 사려면 어디로 가야 합니까? (          )

❶ 과일 코너

❷ 채소 코너

❸ 생선 코너

❹ 곡물 코너

2) 이 물건의 값은 얼마입니까?

(                              )원

**02**

1) 무엇을 세일합니까? (          )

❶ 닭

❷ 인삼

❸ 대추

❹ 삼계탕 재료

2) 지금부터 몇 명이 더 살 수 있습니다?

(                              )명

**03**

1) 세일하기 전에 갈치는 한 마리에 얼마였습니까? (       )

❶ 이천 원

❷ 이천오백 원

❸ 오천 원

❹ 만 원

2) 왜 갈치를 세일합니까?

(                                        )

세일하다 打折

## 3-4 광고를 보니까 10만 원짜리가 좋을 것 같아요

학습 목표 • 과제 물건 주문하기 • 문법 -으니까, -었으면 좋겠다 • 어휘 축하 선물 관련 어휘

제임스 씨가 무엇을 하고 있습니까?
제임스 씨가 무슨 말을 할까요?

🔊 036~037

| | |
|---|---|
| 제임스 | 여보세요? 꽃바구니를 하나 주문하려고 합니다. |
| 꽃집 주인 | 어떤 것으로 보내 드릴까요? |
| 제임스 | 광고를 보니까 10만 원짜리가 좋을 것 같아요. |
| 꽃집 주인 | 예쁘게 만들어 드리겠습니다. |
| 제임스 | 선물이 친구 마음에 들었으면 좋겠어요. |
| 꽃집 주인 | 좋아하실 거예요. 받으실 분의 주소를 말씀해 주세요. |

바구니 籃子    광고 (廣告) 廣告    마음에 들다 滿意、喜歡

**01** 여러 가지 선물이 있습니다.

| 꽃다발 | 와인 | 과일 | CD |
| 반지 | 시계 | 손수건 | 목도리 |
| 장갑 | 넥타이 | 향수 | 책 |
| 구두 | 거울 | 현금 | 가방 |

**02** 무슨 선물을 하겠습니까?

[보기] 내일은 여자 친구 생일입니다.
꽃다발과 향수를 선물할 거예요.

1) 가 : 사촌 누나가 결혼을 합니다.

나 : ..................................................................

2) 가 : 동생이 고등학교를 졸업합니다.

나 : ..................................................................

3) 가 : 친구가 새 집으로 이사를 했습니다.

나 : ..................................................................

## 문법 설명

**01** –으니까/니까

用在動作動詞之後，表示完成該動作之後發現了以前所不知道的內容。前句的主語一般是第 1 人稱，而後句的主語一般是第 3 人稱。話者在前句的行為完成之前不知道後句的內容。

- 창밖을 보니까 눈이 오고 있었어요.　　　一看窗外才發現正在下雪。
- 집안에 들어가니까 아무도 없었어요.　　　回到家才發現誰都不在。
- 다시 생각해 보니까 제가 잘못한　　　　　重新想一想才發現好像是我做錯了。
  것 같아요.
- 김치를 먹어 보니까 제 생각보다　　　　　吃了泡菜後才發覺沒有想像中的辣。
  맵지 않아요.

**02** –었으면/았으면/였으면 좋겠다

用在動作動詞、狀態動詞後，表示希望、願望。

- 듣기시험이 쉬웠으면 좋겠다.　　　　　　聽力考試能簡單一點就好了。
- 올 겨울은 따뜻했으면 좋겠어요.　　　　　今年冬天能溫暖一點就好了。
- 한국말을 잘 했으면 좋겠어요.　　　　　　韓文能說得好一點就好了。
- 노래대회에서 우리 반이 1등을 했으면　　我們班在歌唱比賽中能得第一就
  좋겠어요.　　　　　　　　　　　　　　好了。

# 문법 연습

**01**

## -으니까/니까

문장을 만드십시오. 請造句。

[보기]

집에 가니까 할머니께서 와 계셨어요.

❶

_____

❷

_____

❸

_____

**02**

## -었으면/았으면/였으면 좋겠다

문장을 만드십시오. 請造句。

[보기] 내일이 크리스마스입니다.
오늘밤에 눈이 왔으면 좋겠습니다.

1) 오늘은 너무 피곤합니다.

_____

2) 내일 친구들과 놀이공원에 갈 거예요.

_____

3) 저는 내년에 대학교를 졸업해요.

_____

과제 1     쓰기

**01** 다음 그림에 순서대로 번호를 쓰십시오. 下圖請依照順序寫下號碼。

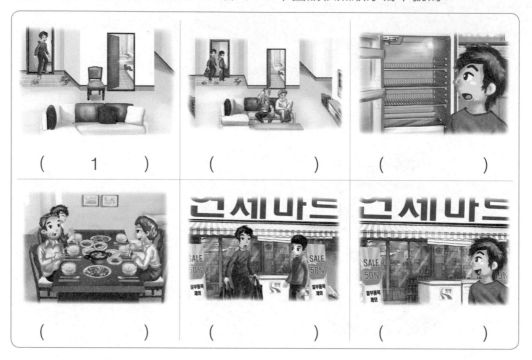

(     1     )     (     )     (     )

(     )     (     )     (     )

**02** 그림의 순서대로 이야기를 만들어서 써 봅시다. 請依序寫下圖案的故事。

[보기] 집에 오니까 가족들이 없었어요.

**과제 2**   말하기 ●

전화로 주문해 봅시다. 請用電話點餐。

1) 중국집

| | |
|---|---|
| 자장면 | 3,500원 |
| 짬뽕 | 4,000원 |
| 군만두 | 3,500원 |
| 볶음밥 | 5,000원 |
| 탕수육 | 12,000원 |

2) 홈쇼핑

| | |
|---|---|
| YS 디지털 카메라 | 345,000원 |
| DM 전자사전 | 190,000원 |
| OZ MP3 플레이어 | 126,000원 |
| NT 스팀청소기 | 138,000원 |
| KX 노트북 컴퓨터 | 1,350,000원 |

[보기] 손님 : 여보세요? 중국집이지요?
점원 : 네, 말씀하세요.
손님 : 자장면 둘하고 짬뽕 셋, 탕수육 하나 배달해 주세요.
점원 : 네, 주소를 말씀해 주세요.
손님 : 여기는 신촌동 145번지예요. 세탁소 옆 하숙집 3층이에요.
점원 : 네, 알겠습니다. 그리고 군만두는 서비스로 드리겠습니다.
손님 : 감사합니다. 그럼 모두 얼마예요?
점원 : 잠시만요. 31,000원입니다. 감사합니다.

점원 : ................................................................................................

손님 : ................................................................................................

점원 : ................................................................................................

손님 : ................................................................................................

점원 : ................................................................................................

손님 : ................................................................................................

점원 : ................................................................................................

손님 : ................................................................................................

군만두 (-饅頭) 煎餃    서비스 服務    디지털 카메라 數位相機    전자사전 (電子辭典) 電子辭典
P3 플레이어 MP3播放器              스팀 청소기 (--清掃機) 蒸氣吸塵器

# 3-5❶ 읽기: 시장과 백화점

🔊 038

　　저는 백화점보다 시장을 더 좋아합니다. 시장에는 여러 가지 물건도 많고 여기저기 돌아다니면 좋은 물건을 싸게 살 수 있기 때문입니다.

　　백화점은 보통 오전 10시 반에 문을 여는데 시장은 저녁에 문을 여는 곳도 있습니다. 시장은 백화점과 다르게 카드를 쓸 수 없는 곳도 있지만 현금을 내면 물건 값을 깎아주는 곳도 있습니다. 물건을 산 후에 물건이 마음에 안 들어서 바꾸려면 영수증이 필요합니다.

　　지난 주말에 저는 친구와 같이 옷을 사러 동대문시장에 갔습니다. 남대문시장에는 가 본 적이 있지만 동대문시장은 처음이었습니다. 밤에 가면 재미있는 공연도 보고 더 싸게 살 수 있을 것 같아서 밤에 갔습니다. 사람들이 쇼핑몰 앞에서 노래도 하고 춤도 추고 있었는데 아주 재미있었습니다. 동대문시장에는 디자이너가 옷을 만들어서 파는 가게들이 많아서 값도 싸고 다양한 모양의 예쁜 옷들이 많았습니다. 배우나 가수의 얼굴 사진이 있는 티셔츠를 파는 가게도 있었습니다.

　　저는 노란 모자와 제가 좋아하는 가수의 얼굴 사진이 있는 티셔츠를 샀고 친구는 하얀 블라우스와 까만색 긴 바지를 샀습니다.

　　"좀 깎아 주세요."

　　"한국말도 잘 하고 많이 샀으니까 싸게 드릴게요."

　　우리는 예쁜 옷을 싸게 사서 기분이 좋았습니다.

 **어휘**　돌아다니다 到處逛逛　　｜현금 (現金) 現金　　　　｜영수증 (領收證) 收據
　　　　　쇼핑몰 購物中心　　　｜디자이너 設計者　　　　｜모양 (模樣) 樣式
　　　　　블라우스 女式襯衫

## 읽어 봅시다  🔊 039

**소리 이음 2**

- 값을[갑쓸], 깎아[까까]　　물건 **값을 깎아** 주는 곳도 있습니다.
- 있었는데[이썬는데],　　　사람들이 노래를 하고 **있었는데** 아주 재미**있었습니다**.
  있었습니다[이 썼습니다]
- 짧은[짤븐]　　　　　　　요즘은 **짧은** 치마가 유행입니다.
- 읽으십시오[일그십씨오]　41쪽을 **읽으십시오**.
- 앉았습니다[안잗씀니다]　학생들이 모두 자리에 **앉았습니다**.

**질문**

1) 이 사람은 백화점과 시장 중에서 어디를 더 좋아합니까? 왜 그렇습니까?

2) 이 사람과 친구는 동대문시장에서 무엇을 샀습니까?

3) 앞 글의 내용과 같으면 O, 다르면 X 하십시오.
   ❶ 물건을 사려면 영수증이 필요합니다.                    (      )
   ❷ 이 사람은 전에 동대문시장에 간 적이 없습니다.          (      )
   ❸ 이 사람과 친구는 오전에 동대문시장에 갔습니다.         (      )
   ❹ 이 사람은 동대문시장에서 사람들이 춤추는 것을 봤습니다. (      )

4) 시장이면 '시', 백화점이면 '백'을 쓰십시오.
   ❶ 물건 값을 깎을 수 있습니다.                          (      )
   ❷ 저녁에 문을 여는 곳도 있습니다.                      (      )
   ❸ 모든 매장에서 카드를 쓸 수 있습니다.                  (      )
   ❹ 밤에 가면 재미있는 구경을 많이 할 수 있습니다.        (      )

5) 여러분 나라에서 사람들이 많이 가는 시장은 어떤 시장입니까?

# 3-5② 읽기: 수산 시장

🔊 040

　제 한국 친구 중에는 생선을 아주 좋아하는 친구가 있습니다. 그 친구는 저도 생선을 좋아하는 것을 알고 수산 시장을 소개해 줬습니다. 시장에는 여러 가지 해산물이 참 많았습니다. 새우, 낙지, 오징어 등 모두 다 싱싱하고 맛있을 것 같았습니다. 저는 살아서 움직이는 낙지를 들고 사진도 찍었습니다.

　우리는 친구가 자주 가는 단골 가게에 가서 큰 생선 한 마리와 새우를 샀습니다. 가게 주인아저씨는 서비스로 새우 두 마리를 더 주셨습니다. 우리는 가게 앞에 있는 식당으로 갔습니다. 식당에서는 우리가 사 간 생선으로 회와 매운탕을 만들어 줬습니다. 친구 두 명과 함께 모두 셋이 먹었는데 아주 넉넉했습니다. 한국에 와서 이렇게 싱싱하고 맛있는 회는 처음 먹어 봤습니다. 매운탕은 좀 맵지만 여러 가지 채소도 있고 맛있었습니다.

　저는 한국에 여러 종류의 시장이 있는 것을 알고 있었습니다. 친구들과 동대문시장에도 가 보고 용산에 있는 전자상가에도 가 봤습니다. 그렇게 큰 수산 시장에는 처음 가 봤는데 오늘 여러 가지 재미있는 구경도 하고 맛있는 생선도 먹어서 정말 기분이 좋았습니다. 다음에는 또 다른 시장에 가서 구경하고 싶습니다.

|  어휘 | 수산 시장 (水産市場) 水產市場<br>낙지 章魚<br>움직이다 動<br>넉넉하다 足夠 | 해산물 (海産物) 海產<br>오징어 魷魚<br>단골 가게 常光顧的店<br>종류 (種類) 種類 | 새우 蝦子<br>싱싱하다 新鮮<br>매운탕 (–湯) 辣湯<br>전자상가 (電子商街) 電子商城 |

## 읽어 봅시다 🔊 041

### 소리 이음 3
- 많았습니다[마낟씀니다]
- 많아서[마나서], 않을[아늘]
- 괜찮아요[괜차나요]
- 싫어요[시러요]
- 잃어버린[이러버린]

시장에는 여러 가지 해산물이 **많았습니다**.
오늘 일이 **많아서** 친구를 만나지 **않을** 거예요.
창문을 열어도 **괜찮아요**?
피곤해서 운동을 하기 **싫어요**.
사전을 **잃어버린** 학생이 누구예요?

질문

1) 이 사람은 수산 시장에서 무엇을 샀습니까?


2) 이 사람은 수산 시장에서 무엇을 했습니까?


3) 앞 글의 내용과 같으면 0, 다르면 X 하십시오.

❶ 이 사람은 생선을 좋아합니다.                    (        )

❷ 이 사람은 수산 시장에 혼자 갔습니다.           (        )

❸ 이 사람은 시장에서 새우와 낙지, 오징어를 먹었습니다.   (        )

❹ 이 사람은 한국에서 시장에 가 본 적이 있습니다.      (        )


4) 시장에서 단골 가게 아저씨와 한 대화를 만들어 보십시오.

> 아저씨 : 어서 오세요. 오랜만에 오셨군요. 뭘 드릴까요?
>
> 친  구 : 안녕하셨어요? 아저씨, 친구들과 같이 왔으니까 잘 해 주세요.
>
> 아저씨 : 그럼요. 우리 가게 단골 손님인데 잘 해 드릴게요.
>
> 친  구 : 오늘 제일 싱싱한 게 뭐예요?
>
> 아저씨 : ...........................................................................................
>
> 친  구 : ...........................................................................................
>
> 아저씨 : ...........................................................................................
>
> 친  구 : ...........................................................................................
>
> 아저씨 : ...........................................................................................
>
> 친  구 : ...........................................................................................

5) 여러분 나라의 다양한 종류의 시장을 소개해 보십시오.

리에가 본 한국

## 한국의 시장 🔊 042

여러분은 한국에서 물건을 살 때 어디로 가세요?

저는 값이 싸고 물건이 많은 남대문 시장과 동대문 시장에 자주 가요.

남대문 시장과 동대문 시장에는 물건을 직접 만드는 가게가 많아요. 가게들은 보통 밤 10시 30분부터 문을 열기 시작해요. 새벽 3시쯤이 되면 손님들이 많이 모입니다. 이런 특별한 광경을 보려고 외국인들도 많이 찾아옵니다.

시장은 백화점보다 주차장과 쉴 곳이 적습니다. 그리고 물건이 마음에 들지 않을 때 바꾸기가 쉽지 않아요. 어떤 시장은 3일이나 5일마다 열리기 때문에 이용하기가 불편합니다. 그렇지만 신선한 식품을 싸게 살 수 있고 주인과 이야기해서 물건 값을 깎을 수 있습니다.

여러분도 시장의 물건 값이 비쌀 때는 이렇게 말해 보세요.

"아저씨(아줌마), 너무 비싸요. 좀 깎아 주세요."

한국에는 특별한 시장도 있습니다. 서울에서 유명한 시장은 한약을 많이 파는 경동시장과 가락동 농수산물시장, 노량진 수산시장, 강남 꽃시장, 종로 보석상가, 그리고 악기로 유명한 낙원상가, 용산 전자상가 등이 있습니다.

이 시장에는 같은 물건들이 모여 있어서 다른 시장에서보다 더 싸게 살 수 있어요.

경동시장

가락동 농수산물시장

노량진 수산시장

종로 보석상가

광경 (光景) 情景、景色　　주차장 (駐車場) 停車場　　신선하다 (新鮮--) 新鮮　　한약 (韓藥) 中藥
농수산물 (農水産物) 農産品和水産　　　　　　　　　보석 (寶石) 寶石、珠寶　　악기 (樂器) 樂器

제4과 초대

## 4-1 몇 명만 초대해서 저녁이나 같이 먹으려고 해

학습 목표 ● 과제 생일에 초대하기 ● 문법 반말(-어, 이야), 이나¹ ● 어휘 생일 파티 관련 어휘

◗ 미선 씨와 리에 씨가 무엇을 하고 있습니까?
두 사람이 무슨 이야기를 할까요?

🔊 043~044

미선   다음 주 수요일에 내 생일 파티를 하려고 하는데 시간 있어?

리에   응, 다른 약속은 없어. 친구들을 많이 초대할 거야?

미선   아니. 몇 명만 초대해서 저녁이나 같이 먹으려고 해.

리에   무슨 선물을 받고 싶어? 필요한 게 있으면 얘기해.

미선   선물은 안 가지고 와도 되니까 잊지 말고 꼭 와.

리에   그럼 선물은 내가 생각해 보고 준비할게.

| 파티 派對 | 초대하다 (招待-) 邀請 | 잊다 忘記 | 꼭 一定 |

어휘

**01** 생일 파티를 하고 있습니다.

폭죽을 터뜨리다

풍선을 불다

촛불을 끄다

카드를 쓰다

케이크를 자르다

생일 축하 노래를 부르다

박수를 치다

**02** 빈칸을 채우십시오.

어제는 제 생일이었어요.

한국에서의 첫 번째 생일이어서 친구들을 많이 초대했어요.

저는 친구들이 오기 전에 간단한 음식을 준비했어요.

친구들은 선물도 준비하고 (　　　　)도 써서 저에게 주었어요.

우리는 다 같이 생일 축하 노래를 불렀어요.

제가 생일 케이크의 (　　　　　　)을/ㄹ 때 친구들은

(　　　　　　　　　　).

한 친구가 (　　　　　　　　)어서/아서/여서 모두 깜짝 놀랐어요.

같이 (　　　　　　　)어서/아서/여서 먹었어요.

정말 즐거운 생일이었어요.

## 01 非敬語：-어/아/여, 이야/야

　　非敬語用於同輩或晚輩，有格式體與非格式體。非格式體的
終結語尾是在動詞詞幹後面加 "-어/아/여"，該形式是從非格式體
敬語的 "-어요/아요/여요" 中省略 "요" 而成的。非格式體非敬語
在與長輩關係熟稔的情況下也可使用。

- 수업은 9시에 시작해서 1시에 끝나.　　　　上課從 9 點開始，1 點結束。
- 화 났어? 왜 아무 말도 안 해?　　　　　　你生氣了？為何什麼話也不說？
- 언니, 모르는 단어가 있는데 좀　　　　　姐姐，我有不會的單字，教我一
　가르쳐 줘.　　　　　　　　　　　　　下。
- 너무 더운데 창문을 좀 열까?　　　　　太熱了，把窗戶打開如何？

　　　名詞後面的 "-이에요/예요" 變成 "-이야/야"。

- 우리 집은 신촌 근처야.　　　　　　　我們家在新村附近。
- 저 사람은 아주 유명한 사람이야.　　　那個人是非常有名的人。


## 02　이나/나¹

　　用在名詞後表示選擇。但是該選擇並不是說話人原本最理想
的選擇，而是因為各種原因而不能實現最佳方案時而提出的第二
道方案。用在其他助詞後面時表示在助詞原有的意思上加上選擇
的意思。

- 심심한데 영화나 한 편 볼까요?　　　　好無聊，去看場電影怎樣？
- 방학이 짧아서 공부나 하려고　　　　　假期好短，我打算來讀書了。
　합니다.
- 시간이 없어서 샌드위치나 먹으려고　　因為沒有時間，我打算吃個三明
　해요.　　　　　　　　　　　　　　　治。
- 별일 없으면 같이 동대문 시장에나　　如果沒有別的事，一起去東大門
　갑시다.　　　　　　　　　　　　　市場吧。

## 문법 연습

**01** -어/아/여, 이야/야

빈칸을 채우십시오. 請填空。

| -어요/아요/여요<br>→ -어/아/여 | 기숙사에서 살아요 | 기숙사에서 살아 |
|---|---|---|
| | 친구를 만났어요 | |
| | 어디에서 오셨어요? | |
| | 같이 가요 | |
| | 지금 얘기하세요 | |
| | 일찍 올게요 | |

| 이에요/예요 → 이야/야 | 한국 사람이에요 | 한국 사람이야 |
|---|---|---|
| | 제 친구예요 | |
| | 9시까지 올 거예요 | |

**02** 이나/나¹

문장을 완성하십시오. 請完成句子。

[보기]

가 : 뭘 드시겠어요?
나 : 아직 배가 고프지 않으니까 물이나
　　좀 주십시오.

❶

가 : 졸업한 후에 뭘 하실 거예요?
나 : 시간이 좀 있으니까 _____
_____

❷

가 : 생일에 무슨 선물을 받고 싶으세요?
나 : 선물은 안 받아도 되니까 _____
_____

❸

리아 사인회

가 : 우리도 저 가수한테 사인을 받읍시다.
나 : 줄이 너무 기니까 _____
_____

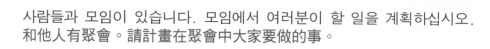

사람들과 모임이 있습니다. 모임에서 여러분이 할 일을 계획하십시오.
和他人有聚會。請計畫在聚會中大家要做的事。

[보기] **친구 생일 파티**

| | |
|---|---|
| **장소** | 양견 씨 집 |
| **시간** | 이번 주 토요일 저녁 7시 |
| **초대할 사람** | 양견 씨 한국어학당 친구들과 중국 친구들, 그리고 한국 친구들 모두 15명쯤 초대하면 좋겠어요. |
| **필요한 물건** | 생일 파티니까 풍선과 샴페인, 케이크를 준비하겠어요. |
| **음악** | 양견 씨 생일이니까 가수 권진원 씨가 부른 'Happy birthday to you'를 준비하겠어요. |
| **음식** | 여러 나라 사람이 오니까 샌드위치, 김밥, 탕수육, 샐러드 등 여러 음식을 준비해서 뷔페식으로 차리고 싶어요. |

**졸업 파티**

장소 _____

시간 _____

초대할 사람 _____

필요한 물건 _____

_____

_____

뷔페 自助餐

# 과제 2  쓰기

초대합니다

영호 오빠께

영호 오빠,

그동안 잘 지내셨어요?

다음 주말에 한국말을 배우는 친구들과 같이 파티를 할 거예요.

모든 학생들이 한국 사름들을 한 사람씩 초대할 거예요.

저는 영호 오빠를 초대하고 싶어요.

시간이 있으면 꼭 와 주세요.

사간은 다음주 토요일 오후 7시이고, 장소는 연세대학교 어학당

이에요.

그럼 전화 드릴께요.

2007년 12월

리에 올림

이해하다 (理解-)了解    모든 所有的

# 4-2 같이 초대할지 따로 초대할지 결정해

학습 목표 ● 과제 집들이에 초대하기 ● 문법 반말(-지 마), -을지 -을지 ● 어휘 집 관련 어휘

▶ 민철 씨와 제임스 씨가 무엇을 하고 있습니까?
두 사람이 무슨 이야기를 할까요?

🔊 045~046

민철　이사를 했으면 집들이를 해야 돼.

제임스　그래? 그런데 집들이를 어떻게 해야 하지?

민철　어렵게 생각하지 마. 누구누구를 초대하고 싶어?

제임스　반 친구들하고 회사 동료들을 초대하면 좋겠어.

민철　우선 꼭 초대하고 싶은 사람을 적어 봐.

　　　그 후에 같이 초대할지 따로 초대할지 결정해.

제임스　응, 형도 와서 음식 준비를 도와줘야 해.

---

집들이 喬遷宴　　동료 (同僚) 同事　　적다 寫　　따로 另外　　결정하다 (決定-) 決定

# 어휘

**01** 집들이를 할 때 친구들이 집안을 구경합니다.

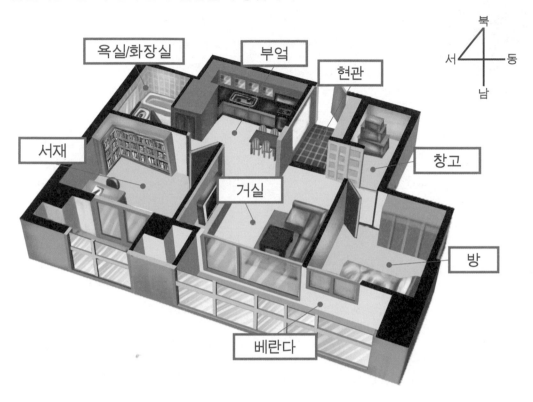

**02** 여러분이 살고 싶은 집을 그리고 설명하십시오?

## 01 非敬語：-지 마

是敬語命令形式 "-으세요/세요" 的非敬語形式，是省略 "-요" 和 "-시-" 而成的。

- 늦을 것 같으니까 기다리지 마.　　　可能會很晚，所以不要再等了。
- 밤 늦게 피아노를 치지 마.　　　　晚上不要太晚彈鋼琴。

## 02 -을지/ㄹ지 -을지/ㄹ지

用在動作動詞之後表示正在考慮在列舉事項中選擇某一個。

- 하숙을 할지 기숙사에 살지 결정　　請決定要在校外寄宿還是在學校住
  하세요.　　　　　　　　　　　宿。
- 산으로 갈지 바다로 갈지 이야기해　我們來聊一下是去登山還是去海邊
  봅시다.　　　　　　　　　　　吧。
- 음식을 집에서 만들지 주문할지　　我們來討論一下在家裡煮飯還是叫
  의논합시다.　　　　　　　　　外賣。
- 대학원에 갈지 회사에 취직할지　　我正在考慮要上研究所還是就業。
  생각 중입니다.

# 문법 연습

반말 : -지 마

**01** 그림을 보고 이야기합시다. 請看圖說說看。

[보기] **밤늦게 피아노를 치지 마. 시끄러우니까.**

1)

2)

3)

4)

5)

**02**

- 을지/ㄹ지 - 을지/ㄹ지

문장을 연결하십시오. **請連接句子。**

[보기] 집으로 초대할까요? / 밖에서 만날까요? / 생각해 봅시다
　　　➔ 집으로 초대할지 밖에서 만날지 생각해 봅시다.

1) 하숙집에서 살까요? / 기숙사에서 살까요? / 친구들과 이야기하고 있어요.

　➔ _____

2) 대학원에 갈까요? /취직을 할까요? /아직 결정하지 못했어요.

　➔ _____

3) 중고차를 살까요? / 새 차를 살까요? / 생각 중입니다.

　➔ _____

4) 친구에게 이야기해야 할까요? / 비밀로 해야 할까요? / 잘 모르겠어요.

　➔ _____

5) 회사를 그만둬야 할까요? / 계속 다녀야 할까요? / 생각하고 있어요.

　➔ _____

쓰고 말하기 ●

저는 이사를 하려고 합니다. 그런데 여러 가지 고민이 있습니다.
我想搬家，但是有各式各樣的煩惱。

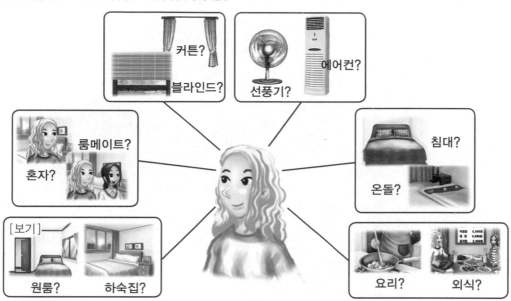

[보기]

저는 한국에서 2년 동안 살 계획이에요. 원룸으로 이사할지 하숙집으
로 이사할지 생각 중입니다. 원룸에 살면 자유롭지만 요리하기가 귀찮
아요. 하숙집은 식사하기는 편하지만 화장실을 다른 사람들과 같이 써
야 하니까 불편할 것 같아요.

1) ........................................................................................................

........................................................................................................

2) ........................................................................................................

........................................................................................................

3) ........................................................................................................

........................................................................................................

4) ........................................................................................................

........................................................................................................

5) ........................................................................................................

........................................................................................................

고민 (苦悶) 煩惱　　커튼 窗簾　　블라인드 百葉窗　　외식 (外食) 在外吃飯　　자유롭다 (自由-) 自由自在的

## 4-3 결혼 준비 때문에 바쁘겠구나

학습 목표 ● 과제 결혼식에 초대하기 ● 문법 반말(-는다, -니? -어라)
-기로 하다 ● 어휘 결혼식 관련 어휘

▶ 두 사람이 무슨 이야기를 할까요?
한국의 결혼식을 보신 일이 있습니까?

🔊 047~048

후배　형, 이거 받으세요. 제 청첩장이에요.

민철　청첩장? 너 결혼하니?

후배　부모님께서 연세가 많으셔서 좀 서둘렀어요.

민철　축하한다. 결혼 준비 때문에 바쁘겠구나.

후배　부모님과 같이 살기로 해서 준비할 게 별로 없어요.

민철　내가 도와줄 일이 있으면 연락해라.

---

후배 (後輩) 晚輩　　청첩장 (請牒狀) 請柬　　연세 (年歲) 年齡(敬語)　　서두르다 著急
별로 (別-) 不太、不怎麼

## 어휘

**01** 결혼식에서 무엇을 합니까?

| | | |
|---|---|---|
| 축의금을 내다 | 예물을 교환하다 | 축가를 부르다 |
| 부케를 던지다 | 기념 촬영을 하다 | 피로연을 하다 |

**02** 빈칸을 채우십시오.

결혼식을 축하하러 오는 손님은 하객입니다.

하객들은 신랑, 신부에게 선물을 주기도 하고 (                    )

기도 합니다. 결혼식장 앞에서 신랑과 신부의 부모님들이 하객들에게 인사를 합니다. 결혼식이 시작되면 신랑과 신부는 하객들 앞에서 영원히 사랑할 것을 약속합니다. 그리고 반지, 시계 등 (                ).

결혼식이 끝나면 가족과 친척들이 모여서 (                    ).

신랑과 신부의 친구들도 사진을 찍습니다.

신부가 친구들에게 (                ).

결혼식이 끝나면 (                    ).

하객들은 음식도 먹고 같이 이야기도 합니다.

문법
설명

**01 非敬語：-는다/ㄴ다/다, -니?, -어라/아라/여라**

　　"-는다/ㄴ다" 是格式體敬語的陳述形式終結詞尾 "-습니다/ㅂ니다" 的非敬語形式。"-니?" 是疑問句終結詞尾 "-습니까/ㅂ니까?" 的非敬語形式，而 "-어라/아라/여라" 是命令句終結詞尾 "-으십시오/십시오" 的非敬語形式。

- 네 방 청소는 네가 해라.　　　　你自己的房間自己打掃。
- 오후에는 보통 뭘 하니?　　　　下午通常做什麼？
- 민철아, 결혼을 축하한다.　　　　敏哲，恭喜你結婚。
- 오늘은 비가 오고 바람이 많이　　今天下雨又颳大風。
  불었다.

**02 -기로 하다**

　　用在動作動詞後表示所決定的內容。一般用於透過許多人討論而決定的情況。

- 회의는 15일에 하기로 했어요.　　　會議決定在 16 日召開。
- 다음 주에 다시 의논하기로 합시다.　我們決定下周再重新討論。
- 주말에 친구와 도서관에 가기로　　周末決定和朋友一起去圖書館。
  했어요.
- 1층 휴게실은 여자들만 사용하기로　我們決定 1 樓為女生專用休息室。
  했어요.

## 문법 연습

**01**

반말 : -는다/ㄴ다, -다, -니?, -어라/아라/여라

빈칸을 채우십시오. 請填空。

| -는다/ㄴ다 | 친구하고 같이 연습합니다. | 친구하고 같이 연습한다. |
|---|---|---|
| | 매일 신문을 읽습니다. | |
| -다 | 날씨가 너무 덥습니다. | |
| | 그 분은 미국 사람입니다. | |
| -니? | 언제 한국에 왔습니까? | |
| -어라/아라 여라 | 9시까지 오십시오. | |
| | 열심히 공부하십시오. | |

**02**

-기로 하다

두 사람이 이야기한 후에 대답하십시오. 兩人對談後，請回答。

[보기]

우리는 점심에 한식을 먹기로 했어요.

❶

❷

❸

여러분이 다음 달에 결혼을 합니다. 두 사람이 신랑과 신부가 되어서
이야기하십시오. 여러분이 세운 계획을 이야기해 봅시다.
各位在下個月結婚。請兩人中一人當新郎，一人當新娘，對話看看，談談所制
定的計畫。

| 결혼식 장소 | 예식장 |
|---|---|
| 결혼식 옷 | |
| 결혼식 시간 | |
| 결혼 예물 | |
| 결혼식에 초대할 손님의 수 | |
| 결혼식 음식 | |
| 신혼 여행 | |
| 신혼 집 | |

[보기] 결혼식 장소

제가 다니는 교회에서 결혼식을 하고 싶었어요. 그런데 교회가 너무 작아서 시내에 있는 예식장에서 하기로 했어요.

1) 결혼식 옷

2) 결혼식 시간

3) 결혼 예물

4) 결혼식에 초대할 손님의 수

5) 결혼식 음식

6) 신혼 여행

7) 신혼 집

**과제 2**　　쓰고 말하기 ●

여러분 나라의 결혼식은 어떻습니까? 쓰고 친구들과 이야기하십시오.
各位國家的結婚典禮是什麼樣子呢？請寫下來並和朋友們分享。

|  | 다른 나라와 다른 것 |
|---|---|
| 결혼 전에 하는 것 |  |
| 결혼식에서 꼭 하는 것 |  |
| 결혼식 후에 하는 것 |  |

제목 : 우리나라의 결혼식

........................................................................................

........................................................................................

........................................................................................

........................................................................................

........................................................................................

........................................................................................

........................................................................................

........................................................................................

........................................................................................

........................................................................................

........................................................................................

........................................................................................

........................................................................................

........................................................................................

# 4-4 꽃다발은 내가 사 가지고 갈게

학습 목표 ● 과제 모임에 초대하기 ● 문법 반말(-자), -어 가지고 ● 어휘 모임 관련 어휘

▶ 미선 씨와 마리아 씨가 무엇을 하고 있습니까?
두 사람이 어떻게 이야기합니까?

🔊 049~050

| 미선 | 금요일 저녁에 같이 음악회에 가자. |
| 마리아 | 언니, 갑자기 무슨 음악회야? |
| 미선 | 피아노를 전공한 동창이 음악회를 해. 음악회도 보고 뒤풀이에 가서 친구들도 만나자. |
| 마리아 | 재미있겠다. 그런 모임에 가 본 적이 없어서 기대가 돼. |
| 미선 | 수업이 끝나면 우리 집으로 와서 같이 가자. |
| 마리아 | 알았어. 꽃다발은 내가 사 가지고 갈게. |

음악회 (音樂會) 音樂會    동창 (同窓) 同學    뒤풀이 活動結束後的非正式聚會    기대가 되다 (期待-) 期待

**어휘**

**01** 여러 가지 모임이 있습니다.

● 저는 대학생입니다. 대학에 처음 왔을 때는 혼자여서 재미가 없었습니다. 하지만 **동아리**에 들어간 후부터 학교 생활이 즐거워졌습니다. 책읽기를 좋아하는 사람들의 모임입니다.

● 제 취미는 음식 만들기입니다. 특히 한식에 관심이 많아서 한식 **동호회**에 들어갔습니다. 새로운 요리 방법을 배우고 맛있는 음식을 만들어서 먹을 때 정말 즐겁습니다.

● 저는 고등학교 때 같이 공부한 친구들과 두 달에 한 번씩 **동창회**를 합니다. 가끔 선생님을 모시고 옛날이야기도 하고 같이 식사도 합니다.

● 우리 아파트에서는 주민들이 한 달에 한 번씩 모여서 **반상회**를 합니다. 아파트 생활에서 필요한 여러 가지 일들을 이야기합니다.

● 우리 회사에 두 사람이 새로 들어왔습니다. 그래서 이번 주말에 서로 인사도 하고 회사에 들어온 것을 축하하기 위해서 신입사원 **환영회**를 합니다.

● 친구가 다음 주에 캐나다로 돌아갑니다. 그래서 우리들은 오랫동안 만나지 못할 겁니다. 그래서 친한 친구들 몇 명이 모여서 **송별회**를 하기로 했습니다.

**02** 마리아 씨는 이 사람들과 무슨 모임을 할까요?

## 문법 설명

**01 非敬語：-자**

    "-자" 是格式體共動句的終結詞尾 "-읍시다/ㅂ시다" 的非敬語形式。

- 같이 가자.                                一起走吧。
- 다음에 커피나 한잔 하자.          下次一起喝杯咖啡吧。
- 어렵겠지만 포기하지 말자.        雖然很難，但我們不要放棄。
- 다른 사람들에게 이야기하지 말자.   別跟他人講。

**02 -어/아/여 가지고**

    用在動作動詞後表示保持或利用前句的內容來完成後句的內容。

- 집에서 생각해 가지고 오세요.        請在家想好後再來。
- 집들이에는 보통 세제를 사 가지고 가요.  參加喬遷宴時，一般買洗衣粉去。
- 은행에서 돈을 빌려 가지고 집을 샀어요.  從銀行借錢買了房子。
- 영어를 배워 가지고 무역 회사에 취직    我打算學好英文去貿易公司就業。
  하려고 합니다.

# 문법 연습

**01**

### 반말 : -자

반말로 대답하십시오. 請用非敬語回答。

[보기] 가 : 몇 시쯤 만날까?
　　　 나 : 10시쯤 만나자.

1) 가 : 내일은 무엇을 할까?

　　나 :
　　　─────────────────────────────

2) 가 : 반 친구 생일 파티를 어디에서 할까?

　　나 :
　　　─────────────────────────────

3) 가 : 더우니까 에어컨을 켤까?

　　나 :
　　　─────────────────────────────

**02**

### - 어/아/여 가지고

그림을 보고 문장을 만드십시오. 請看圖造句。

[보기]

➜ 도시락을 준비해 가지고 소풍을 갔어요.

❶ ➜ ─────────────────────

❷ ➜ ─────────────────────

❸ ➜ ─────────────────────

**과제 1**     쓰고 말하기

친구에게 여러분의 모임을 소개하고 그 모임에 초대해 보십시오.
(반말로 이야기하십시오.)

請向朋友介紹各位的聚會，並邀約大家去那聚會。〈請用非敬語對談。〉

[보기] 가 : 이번 주말에 뭘 해?
　　　나 : 사진 동아리에 가.
　　　가 : 사진을 찍는 것을 좋아하는구나.
　　　나 : 응, 사진 찍는 것은 좋아하지만 잘 찍지는 못해.
　　　　　그런데 동아리에서 선배들에게 배울 수 있으니까
　　　　　좋은 것 같아.
　　　가 : 나도 며칠 전에 좋은 사진기를 샀는데 아직 잘 찍을
　　　　　수 없어.
　　　나 : 그러면 나와 같이 우리 동아리에 갈까?
　　　가 : 언제 모이니?
　　　나 : 토요일 2시부터 5시까지 모여. 괜찮으면 같이 가자.
　　　가 : 좋아. 그럼 같이 가자.
　　　나 : 그래. 그럼 토요일에 만나자.

가 :

나 :

가 :

나 :

가 :

나 :

가 :

나 :

가 :

나 :

모임 聚會、集合

**과제 2**  듣고 말하기 [🔊 051] ●────────────

듣고 어떤 모임인지 이야기해 보십시오. 請聽完後說明是什麼樣的聚會。

1) 이 모임은 무슨 모임입니까?

➲ ...................................................................................................

이 모임에서는 무엇을 배울 수 있습니까?

➲ ...................................................................................................

2) 이 모임은 어떤 모임입니까?

➲ ...................................................................................................

이 모임에 가면 무엇을 할 수 있습니까?

➲ ...................................................................................................

3) 이 모임은 겨울에만 있습니까?

➲ ...................................................................................................

왜 이 모임을 만들었습니까?

➲ ...................................................................................................

4) 이 모임의 사람들은 어떤 그림을 그립니까?

➲ ...................................................................................................

그림을 그려서 무엇을 하려고 합니까?

➲ ...................................................................................................

# 4-5❶ 읽기: 친구 집 방문

🔊 052

　　언어 교환을 하는 한국 친구가 저를 집으로 초대했습니다. 한국 사람 집에 처음 가보는 것이어서 며칠 전부터 기다려졌습니다. 그 동네에는 가 본 적이 없기 때문에 걱정이 됐는데 친구가 버스정류장에 마중 나와서 고마웠습니다.

　　친구 집에 가니까 친구 가족이 모두 저에게 반갑게 인사를 했습니다. 저는 친구 어머니께 꽃다발을 드렸는데 친구 여동생이 꽃보다 더 예쁜 것 같았습니다. 미국과 다르게 한국에서는 집 안에 들어갈 때 신발을 벗어야 했습니다. 방에 들어가니까 상에는 맛있는 음식이 많이 있었습니다.

　　"차린 것은 없지만 많이 드세요."

　　"네? 음식이 정말 많은데요. 잘 먹겠습니다."

　　제가 젓가락을 사용할 때 힘들어하니까 친구 어머니께서 포크를 주셨습니다. 그리고 제가 고기와 생선을 잘 먹는 것을 보시고 고기와 생선을 제 앞에 놓아 주셨습니다. 음식을 맛있게 먹은 후에 저는 친구 가족과 같이 밤늦게까지 이야기도 하고 게임도 했습니다. 아주 재미있었습니다. 그리고 친구 아버지께서 자동차로 저를 기숙사까지 데려다 주셨습니다.

　　친구 가족의 따뜻한 마음을 느낄 수 있는 좋은 시간이었습니다.

---

**어휘**

| | | |
|---|---|---|
| 언어 교환 (言語交換) 語言交換 | 동네 (洞-) 村子、社區 | 마중 나오다 迎接 |
| 벗다 脫 | 상 (床) 桌子 | 차리다 準備 |
| 포크 叉子 | 게임 遊戲 | 데려다 주다 送 |
| 느끼다 感到 | | |

---

## 읽어 봅시다 🔊 053

거센소리 4　/ㅈ/ + /ㅎ/ ⇨ /ㅊ/　/ㅎ/ + /ㅈ/ ⇨ /ㅊ/

- 많지[만치], 않지만[안치만]　　　차린 것은 **많지 않지만** 많이 드세요.
- 좋지[조치]　　　기분이 **좋지** 않은 리에를 보면 미안해집니다.
- 놓지[노치]　　　여기에 뜨거운 것을 **놓지** 마세요.
- 하얗지요[하야치요]　　　미선 씨는 피부가 참 **하얗지요**?
- 싫지요[실치요]　　　여러분은 시험이 **싫지요**?

질문

1) 이 사람은 오늘 어디에 갔습니까?

2) 이 사람은 거기에 무엇을 가지고 갔습니까?

3) 앞 글의 내용과 같으면 0, 다르면 X 하십시오.
   ❶ 이 사람은 혼자 친구 집까지 찾아 갔습니다.                    (        )
   ❷ 친구 어머니께서 음식을 많이 준비하셨습니다.               (        )
   ❸ 친구 가족은 모두 마음이 따뜻한 것 같습니다.                 (        )
   ❹ 이 사람은 버스를 타고 기숙사에 돌아갔습니다.                (        )

4) 누구를 설명한 것입니까? 쓰십시오.
   ❶ 이 사람과 언어 교환을 합니다.                    이 사람 친구
   ❷ 꽃다발을 받았습니다.                    ..............................................
   ❸ 꽃보다 더 예뻤습니다.                    ..............................................
   ❹ 이 사람에게 포크를 줬습니다.                    ..............................................
   ❺ 이 사람을 기숙사까지 데려다 줬습니다.                    ..............................................
   ❻ 버스 정류장에 이 사람을 마중 나왔습니다.                    ..............................................

5) 여러분은 집에 친구가 오면 어떻게 대접합니까?

# 4-5② 읽기: 청첩장

🔊 054

오랫동안 기다렸습니다.
그리고 드디어 인생의 반쪽을 만났습니다.
저희 두 사람은 두 개의 반쪽으로 하나의 가정을 이루려고 합니다.
사랑과 믿음으로 아름다운 가정을 만들어 더 큰 사랑을 나누겠습니다.
바쁘시겠지만 오셔서 축하해 주시면 큰 기쁨이 되겠습니다.

김 영 수 의 장남 준 혁
강 양 자
박 정 근 의 차녀 지 혜
한 은 실

• 일시 : 2010년 10월 21일 목요일 저녁 6시
• 장소 : 연세대학교 동문회관 2층

|  어휘 | | |
|---|---|---|
| 드디어 終於 | 인생 (人生) 人生 | 반쪽 (半-) 一半 |
| 가정 (家庭) 家庭 | 이루다 達成 | 믿음 信任 |
| 기쁨 快樂 | 장남 (長男) 長男 | 차녀 (次女) 次女 |
| 일시 (日時) 日期和時間 | 동문회관 (同門會館) 同門會館 | |

## 읽어 봅시다 🔊 055

된소리 1 /ㄲ, ㄸ, ㅃ, ㅆ, ㅉ/

- 반쪽　　　　　　　　　　드디어 인생의 **반쪽**을 만났습니다.
- 기쁨　　　　　　　　　　오셔서 축하해 주시면 큰 **기쁨**이 되겠습니다.
- 불꽃　　　　　　　　　　**불꽃**축제 전에 유명한 가수들의 공연도 있습니다.
- 딸, 뜨거운, 떡국　　　**딸**들이 앉아서 <u>**뜨거운**</u> **떡국**을 먹습니다.
- 씻은, 썰어서, 쌀국수　양파를 잘 <u>**씻은**</u> 후에 <u>**썰어서**</u> **쌀국수**에 넣었어요.

**질문**

1) 어디에 초대하는 글입니까?

2) 누가 결혼합니까?

3) 앞 글의 내용과 같으면 0, 다르면 X 하십시오.

    ❶ 결혼식은 낮에 합니다.                                 (       )

    ❷ 준혁 씨는 형이 없습니다.                               (       )

    ❸ 김영수는 신부의 아버지입니다.                        (       )

    ❹ 신랑과 신부는 서로를 만나려고 오래 기다렸습니다.      (       )

4) 앞 글의 준혁 씨나 지혜 씨가 되어 이 청첩장을 다른 사람에게 주는 대화를 만들어 보십시오.

> 가(준혁/지혜) : 형(언니), 이거 받으세요. 제 청첩장이에요.
>
> 나(선생님/선배/친구) : 어, 그래? 너 결혼하니? 언제?
>
> 가 : ....................................................
>
> 나 : ....................................................
>
> 가 : ....................................................
>
> 나 : ....................................................
>
> 가 : ....................................................
>
> 나 : ....................................................
>
> 가 : ....................................................
>
> 나 : ....................................................

5) 여러분은 청첩장을 어떻게 만들고 싶습니까? 거기에 무슨 말을 쓰고 싶습니까?

## 리에가 본 한국

### 특별한 날의 선물 ◀» 056

저는 친구와 같이 돌잔치에 갔습니다. 아기의 첫 번째 생일 파티였습니다. 친구는 돌잔치에 가기 전에 보석상가에 가서 아기 금반지를 하나 샀습니다. 아기가 부자가 되고 또 건강하게 살기를 바라는 의미였어요.

한국 사람들은 특별한 날 특별한 선물을 합니다. 이사를 한 다음에 처음으로 그 집에 초대를 받았을 때는 초, 비누를 선물합니다. 촛불이나 비누 거품처럼 크게 부자가 되기를 바라는 의미예요. 그런데 요즘은 풍습이 달라져서 생활에 필요한 물건을 선물하는 사람들이 많아졌어요.

또 중요한 시험을 보는 사람들에게는 엿과 찹쌀떡을 선물해요. 엿과 찹쌀떡은 잘 붙으니까 시험에도 잘 붙기를 바라는 거예요.

결혼식에는 돈을 가지고 가요. 결혼 준비에 돈이 많이 들기 때문에 돈을 주면 신랑, 신부에게 도움이 될 것 같아요.

선물은 나라마다 다르고 그 의미도 달라요.

| 돌반지 | 초 | 비누 |
| 엿 | 찹쌀떡 | 축의금 |

돌잔치 周歲宴席　　금반지 (金半指) 金戒指　　거품 泡沫　　의미 (意味) 意義　　시험에 붙다 (試驗-) 考試合格

제5과 교통

# 5-1 놀이 공원에 어떻게 가는지 아세요?

학습 목표 ● 과제 교통편 묻기 ● 문법 -는지 알다/모르다, 으로 ● 어휘 교통편 관련 어휘

두 사람은 무슨 이야기를 하고 있습니까?
리에는 어디에 가려고 합니까?

🔊 057~058

리에    주말에 친구들과 같이 놀이 공원에 가려고 해요.

영수    놀이 공원에 어떻게 가는지 아세요?

리에    아니요. 여기에서 직접 가는 버스가 있어요?

영수    직접 가는 버스는 없으니까 지하철을 타세요.

리에    지하철은 한 번만 타면 돼요?

영수    아니요. 충무로에서 4호선으로 갈아타야 돼요.

---

놀이 공원 (–公園) 遊樂場　　번 (番) 次　　충무로 (忠武-) 忠武路(地名)　　호선 (號線) 號線　　갈아타다 換乘

# 어휘

**01** 한국의 대중교통 수단입니다.

| 버스 | 택시 | 기차 |
|---|---|---|
| 고속버스 | 일반택시 | 무궁화호 |
| 시내버스 | 개인택시 | 새마을호 |
| 마을버스 | 모범택시 | KTX |

**02** 단어를 쓰십시오.

1) 지하철역에서 아파트, 집 근처의 길 등
   가까운 거리를 다니는 버스예요.                    (          )
2) 서울에서 부산까지 두 시간 반쯤 걸려요.
   제일 빠른 기차예요.                              (          )
3) 서울에서 광주, 광주에서 부산 등 먼 거리를
   쉬지 않고 한 번에 가는 버스예요.                  (          )
4) 다른 택시보다 비싸지만 택시 기사가 정말 친절해요.  (          )
5) 여러 역에서 서기 때문에 시간이 많이 걸리지만
   요금이 싼 기차예요.                              (          )

문법
설명

**01** –는지 알다/모르다, –은지/ㄴ지 알다/모르다

用在動作動詞或狀態動詞後表示知道或不知道某事。同時 "알다/모르다" 前必須使用 "-는지/은지/ㄴ지",句子中還必須使用疑問代詞。

- 우리 반에서 누가 제일 마음씨가 좋은지 알아요?

  你知道我們班誰的心地最善良嗎?

- 저는 그 공원에 어떻게 가는지 알아요.

  我知道怎麼去那個公園。

- 가 : 백화점이 어디에 있는지 알아요?

  甲 : 你知道百貨公司在哪裡嗎?

  나1 : 백화점이 어디에 있는지 알아요. 지하철 역 근처에 있어요.

  乙1 : 我知道百貨公司在哪裡,在地鐵站附近。

  나2 : 미안해요. 백화점이 어디에 있는지 몰라요.

  乙2 : 對不起,我不知道百貨公司在哪裡。

**02** 으로/로

用在表交換的動作動詞前面表式交換的對象。通常與 "가다, 오다, 갈아타다, 갈아입다, 바꾸다" 等表示交換的動詞一起使用。

- 다음 정류장에서 272번 버스로 갈아타세요.

  請在下一站換乘 272 號公車。

- 옷이 더러우니까 새 옷으로 갈아입으세요.

  衣服髒了,請換件新衣服。

- 만 원짜리를 천 원짜리 열 장으로 바꿔주세요.

  請將 1 萬元換成 10 張 1 千元。

- 조금 더 큰 옷으로 바꾸는 것이 좋겠어요.

  如果能換一件大一點的衣服就好了。

## 문법 연습

**-는지 알다/모르다, -은지/ㄴ지 알다/모르다**

**01** 대답하십시오. 請回答。

[보기] 가 : 오후 수업이 몇 시에 끝나는지 알아요?
나1 : 네, 오후 수업이 몇 시에 끝나는지 알아요.
4시에 끝나요.
나2 : 아니요, 오후 수업이 몇 시에 끝나는지 몰라요.

1) 가 : 지하철 몇 호선이 월드컵 경기장에 가는지 알아요?

나 : 네, ⋯⋯⋯⋯⋯⋯⋯는지 알아요. ⋯⋯⋯⋯⋯⋯⋯⋯

2) 가 : 인천 공항에 가는 버스가 몇 분마다 있는지 알아요?

나 : 네, ⋯⋯⋯⋯⋯⋯는지 알아요. ⋯⋯⋯⋯⋯⋯⋯⋯

3) 가 : 선생님께서 몇 년 전에 학교를 졸업하셨는지 ⋯⋯⋯⋯⋯⋯⋯⋯⋯

나 : 아니요, ⋯⋯⋯⋯⋯⋯⋯는지 몰라요.

4) 가 : 시내버스비가 얼마인지 알아요?

나 : 네, ⋯⋯⋯⋯⋯⋯인지 알아요.

5) 가 : 요즘 극장에서 무슨 영화를 하는지 알아요?

나 : 아니요, ⋯⋯⋯⋯⋯⋯는지 몰라요.

**02**

으로/로

질문에 대답하십시오. 請回答問題。

[보기]

→ 서대문

가 : 서울역에 가고 싶은데 몇 번 버스로 갈아 타야 합니까?
나 : 서대문에서 161번 버스로 갈아타야 합니다.

❶
2호선
1호선
→ 시청역

가 : 청량리에 가고 싶은데 시청 역에서 몇 호선으로 갈아탑니까?

나 : ·······

❷

가 : 옷을 어떤 색으로 바꾸고 싶습니까?

나 : ·······

❸

가 : 어떤 신발로 갈아신을까요?

나 : ·······

❹

가 : 어떤 배터리로 갈까요?

나 : ·······

❺
환전

가 : 어느 나라 돈으로 바꾸실 거예요?

나 : ·······

**과제 1**  말하기 ●───────────

다음 사진을 보고 이야기해 봅시다. 請看完下圖後再說說看。

| 이층 버스 | 수상 버스 | 씨클로 |
| 트램 | 케이블카 | 모노레일 |

1) 어느 나라에서 볼 수 있습니까?

.................................................................................

2) 여러분은 무엇을 타고 싶습니까?

.................................................................................

3) 이것들의 좋은 점은 무엇입니까?

.................................................................................

점 (點) 處

# 5-2  경복궁역에 가려면 몇 번 버스를 타야 합니까?

학습 목표 ●과제 버스 이용하기 ●문법 −으려면, 이나² ●어휘 버스 관련 어휘

여기는 어디입니까?
리에는 무엇을 하고 있습니까?

🔊 059~060

| | |
|---|---|
| 리에 | 경복궁역에 가려면 몇 번 버스를 타야 합니까? |
| 아주머니 | 파란색 272번 버스를 타세요. |
| 리에 | 경복궁역까지 얼마나 걸려요? |
| 아주머니 | 한 30분쯤 걸릴 거예요. |
| 리에 | 30분이나요? |
| 아주머니 | 보통 출퇴근 시간에는 그 정도 걸려요. |

| | |
|---|---|
| 경복궁역 (景福宮驛) 景福宮站 | 한 大概、左右  보통 (普通) 一般、普通 |
| 출퇴근 (出退勤) 上下班 | 정도 (程度) 程度、左右 |

## 어휘

**01** 버스를 탈 때 볼 수 있는 단어입니다.

노선도
벨
거스름 돈
하차
승차
버스정류장
단말기
교통카드
노약자석

**02** (      )에 알맞은 단어를 쓰십시오.

1) 버스를 탈 때는 버스 (       )에 가세요. 버스 (       )을/를 보고 몇
   번 버스를 탈지 정하세요.

2) 버스는 보통 앞에 있는 문으로 (       )을/를 하고, 뒤에 있는 문으로
   (       )을/를 합니다.

3) 차에 오르면 (       )에 (       )을/를 대야 합니다. (       )이/가
   없으면 돈을 내고 (       )을/를 받을 수 있습니다.

4) 버스 안에는 (       )과/와 일반석이 있습니다. (       )은/는
   어린이나 노인들, 몸이 아픈 사람을 위한 자리입니다.

5) 다음 (       )에서 (       )하고 싶으면 창문 옆에 있는
   (       )을/를 눌러야 합니다.

## 01 -으려면/려면

用在動作動詞後表示所做之事將成為前提，即表示「如果想做什麼事情」的意思。尾音結尾時用 "-으려면"，無尾音結尾時則用 "-려면"。

● 종합 운동장에 가려면 몇 번버스를 　　我若想去綜合運動場應該搭幾號公
　타야 합니까?　　　　　　　　　　　車？
● 좋은 자리에 앉으려면 일찍 가야 합니다.　若想坐到好位置，就得早點去。
● 버스를 타려면 교통카드가 있어야 해요.　若想搭公車，得有交通卡。
● 지각하지 않으려면 뛰어야 합니다.　　不想遲到的話就快跑。

## 02 이나/나

用在名詞後表示說話人感覺份量很多。尾音結尾時用 "-이나"，無尾音結尾時則用 "-나"。

● 가: 내 동생은 하루에 다섯 번 먹어요.　　甲：我弟弟一天吃五次。
　나: 다섯 번이나요?　　　　　　　　　乙：五次，那麼多？
● 가: 어제는 친구와 같이 세 시간 걸었어요.　甲：昨天和朋友走了 3 小時。
　나: 세 시간이나요?　　　　　　　　　乙：3 小時，那麼久？
● 한국에 5년이나 살았지만 한국말을　　雖然在韓國生活了 5 年之久，但韓語
　잘 못해요.　　　　　　　　　　　　還是說不好。
● 어제 아이스크림을 다섯 개나 먹었어요.　昨天冰淇淋吃了 5 個之多。

## 문법 연습

**01** **-으려면/려면**

대답하십시오. 請回答。

[보기] 가 : 한국어를 잘 하고 싶어요.
　　　나 : 한국어를 잘 하려면 한국 친구를 사귀세요.

1) 가 : 내년에 유학을 가고 싶어요.

　　나 :
　　──────────────────────────────

2) 가 : 좋은 회사에 취직을 하고 싶어요.

　　나 :
　　──────────────────────────────

3) 가 : 건강해지고 싶어요.

　　나 :
　　──────────────────────────────

4) 가 : 비행기표를 싸게 사고 싶어요.

　　나 :
　　──────────────────────────────

5) 가 : 서울의 야경을 보고 싶어요.

　　나 :
　　──────────────────────────────

**이나/나²**

**02**

대화를 만드십시오. 請完成對話。

[보기]

가 : 철수가 자장면을 오 인분 먹었어요.
나 : 오 인분이나요?

❶

가 : 생일 선물로 꽃을 백 송이 받았어요.

나 : ........................................?

❷

가 : 저는 아이를 다섯 명 낳을 거예요.

나 : ........................................?

❸

가 : 어제는 잠을 열한 시간 잤어요.

나 : ........................................?

❹

가 : 저는 구두가 스무 켤레 있어요.

나 : ........................................?

❺

가 : 어제는 소설책을 일곱 권 읽었어요.

나 : ........................................?

　쓰기 •────────────

신촌에서 분당까지 가고 싶습니다. 어떻게 갈까요?
我想從新村到盆唐。要怎麼去呢？

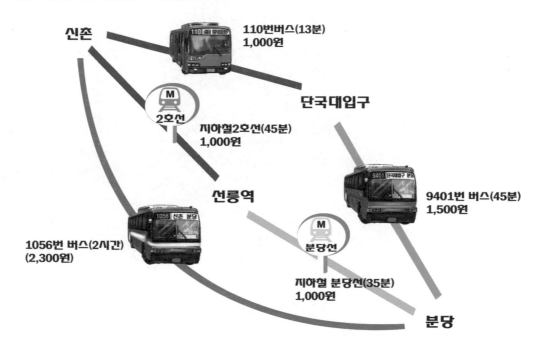

- 빨리 가는 방법
  신촌에서 분당까지 빨리 가려면 110번 버스를 타고 단국대 입구에 가서
  9401번 버스로 갈아타야 합니다.

- 싸게 가는 방법

────────────────────────────────────────

- 편하게 가는 방법

────────────────────────────────────────

- 여러분의 집에서 학교까지 가는 여러 가지 방법을 이야기하십시오.

────────────────────────────────────────

분당 (盆唐) 盆唐(地名)　　여러분 大家、各位

# 5-3 밖으로 나갔다가 다시 들어오셔야 합니다

학습 목표 ● 과제 지하철 이용하기 ● 문법 -었다가, -나요? ● 어휘 지하철 관련 어휘

두 사람은 어디에 있습니까?
리에는 무엇을 하고 있습니까?

🔊 061~062

리에   아저씨, 이쪽에서 타면 과천에 갈 수 있어요?

아저씨   아니요, 잘못 오셨어요. 반대쪽 승강장으로 가셔야 돼요.

리에   반대쪽으로 어떻게 가나요?

아저씨   밖으로 나갔다가 다른 쪽으로 다시 들어가셔야 합니다.

리에   요금을 다시 내야 하나요?

아저씨   역무원에게 이야기하면 안 내도 될 거예요.

| | | |
|---|---|---|
| 과천 (果川) 果川(地名) | 반대 (反對) 反方向、相反 | 승강장 (乘降場) 月台 |
| 요금 (料金) 費用 | 역무원 (驛務員) 站務員 | 내다 交 |

**01** 지하철에서 볼 수 있는 단어입니다.

**02** 빈 칸을 채우십시오.

1) 지하철을 타는 곳은 역입니다. 역 중에서 다른 지하철로 갈아탈 수 있는
   역은 (          )입니다.

2) 지하철의 마지막 역은 알면 편리합니다. 마지막 역이 수원일 때 안내
   방송에서는 "수원 열차가 들어옵니다."라고 하기 때문입니다.

3) 열차를 기다리는 곳은 (        )입니다. (        )이/가 들어오면,
   승객들은 안전을 위해서 (        ) 뒤로 한 걸음 물러나는 것이 좋습니다.

4) 열차가 멈추고 (        )이/가 열리면, 사람들이 열차에서
   내립니다.

## 01 -었다가/았다가/였다가

用在動作動詞後表示該行為結束後接著發生與之相反的行為。前句和後句的主語相同，兩句的動作動詞要表示相反的意思，句子才自然。

- 창문을 열었다가 닫았어요.　　　　　　窗戶打開了，又關起來。
- 옷을 입었다가 더워서 벗었어요.　　　　我穿了衣服，但因為熱脫掉了。
- 버스를 탔다가 잘못 타서 내렸어요.　　　我本來搭公車，因為搭錯了，就下車了。
- 옷을 샀다가 너무 커서 바꾸었어요.　　　我買了衣服，但因為太大又拿去換了。

## 02 -나요, 은가요/ㄴ가요?

用在動作動詞後形成疑問句。與 "-어요?" 相似，不同的是只限於說話時使用。特別是必須在話者對問題的前提或背景知識有所了解時才能使用 "-나요?" 提問。在狀態動詞後使用 "-은가요/ㄴ가요?"；名詞後使用 "-인가요?"；動作動詞後使用 "-나요?"；在 "-었/았/였-"、"-겠-"、"있다/없다" 等後也使用 "-나요"。

- 가 : 제 고향은 생선이 많아요.　　　　　甲 : 我的故鄉盛產魚。
  나 : 그럼, 에릭 씨 고향은 바다에서　　　乙 : 那麼，埃里克你的故鄉離海近
  　　 가까운가요?　　　　　　　　　　　　　 嗎？
- 가 : 그 음식은 정말 맛이 이상해요.　　　甲 : 道菜味道真奇怪。
  나 : 이 음식을 전에 먹은 적이 있나요?　乙 : 這道菜你之前吃過嗎？
- 가 : 이제 출발합시다.　　　　　　　　　甲 : 現在出發吧！
  나 : 식사를 다 하셨나요?　　　　　　　乙 : 飯都吃完了嗎？
- 가 : 제 차로 같이 갑시다.　　　　　　　甲 : 坐我的車一起去吧。
  나 : 언제 출발하실 건가요?　　　　　　乙 : 什麼時候出發？

# 문법 연습

**-었다가/았다가/였다가**

**01**

문장을 만드십시오. 請完成句子。

[보기]

선생님이 앉았다가 일어났습니다.

❶

_____

❷

_____

❸

_____

❹

_____

❺

_____

**02** -나요, 은가요/ㄴ가요?

대답을 보고 질문을 만드십시오. **請看完對話後提出問題。**

[보기]
가 : 어제 전자사전을 하나 샀어요.
나 : 어디에서 샀나요?
가 : 전자 상가에서 샀어요.

1) 가 : 제 생일 파티에 오세요.
   나 : _____?
   가 : 다음 주 토요일이에요.

2) 가 : 가까운 지하철역에서 만나요.
   나 : _____?
   가 : 신촌 역이 가까워요. 집 근처에 있어요.

3) 가 : 반 친구들과 같이 여행을 가기로 했어요.
   나 : _____?
   가 : 4명이 같이 갈 거예요. 재미있을 거예요.

4) 가 : 어제 선생님과 같이 저녁을 먹었어요.
   나 : _____?
   가 : 한식을 먹었어요. 아주 맛있었어요.

5) 가 : 빨리 끝내세요. 시간이 얼마 남지 않았어요.
   나 : _____?
   가 : 10분쯤 남았어요.

**과제 1**  듣고 쓰기 [🔊 063] ●

지하철 안내 방송을 듣고 질문에 대답하십시오.
請聽完地下鐵的廣播指南，再回答問題。

[보기] 가 : 이 열차는 어디까지 갑니까?
　　　 나 : 청량리까지 갑니다.

1) 가 : 어느 쪽으로 내려야 합니까?

　　 나 :
　　　 ................................................................................................

2) 가 : 마천 쪽으로 가려면 몇 호선으로 갈아타야 합니까?

　　 나 :
　　　 ................................................................................................

3) 가 : 이 열차를 타고 계속 갈 수 있습니까?

　　 나 :
　　　 ................................................................................................

4) 가 : 이번 역은 타고 내릴 때 왜 조심해야 합니까?

　　 나 :
　　　 ................................................................................................

5) 가 : 무엇을 주의해야 합니까?

　　 나 :
　　　 ................................................................................................

6) 가 : 어떤 사람들이 있으면 자리를 양보해야 합니까?

　　 나 :
　　　 ................................................................................................

방송 (放送) 播放　　　주의하다 (注意-) 注意　　　양보하다 (讓步-) 讓步

## 5-4 가까워 보이는데 버스를 타야 합니까?

학습 목표 ● 과제 길 묻기 ● 문법 -어 보이다, -다가 ● 어휘 교통 표지판 관련 어휘

▶ 여기는 어디입니까?
리에는 무엇을 하고 있습니까?

🔊 064~065

리에  실례합니다. 이 약도에 있는 놀이 공원이 어디인가요?

학생  저기 산이 보이는 곳이에요.

리에  가까워 보이는데 버스를 타야 합니까?

학생  아니요, 걸어서 15분쯤만 가면 돼요.

리에  길 좀 가르쳐 주시겠어요?

학생  똑바로 가다가 사거리에서 오른쪽으로 가세요. 첫

번째 횡단보도를 건너서 쭉 가면 돼요.

| 약도 (略圖) 簡圖 | 보이다 看到 | 똑바로 直直地 | 사거리 (四--) 十字路口 | 쭉 一直 |

## 어휘

**01** 교통표지판입니다.

| | | |
|---|---|---|
| 횡단보도 | 어린이 보호 | 좌회전 |
| 우회전 | 유턴 | 버스 전용차로 |
| 일방통행 | 보행자 통행금지 | 주차금지 |

**02** 이 설명은 어떤 교통표지판의 설명입니까? 쓰십시오.

1) 사람들이 길을 건너는 곳입니다. 조심하십시오.    ( 횡단보도 )

2) 어린이들이 다니는 길입니다. 조심하십시오.    (        )

3) 여기에서는 오른쪽으로 갈 수 있습니다.    (        )

4) 이 차로는 버스만 다닐 수 있습니다.    (        )

5) 이 길은 한쪽 방향으로만 갈 수 있습니다.    (        )

6) 여기에 차를 세우면 안 됩니다.    (        )

문법
설명

## 01 -어 보이다

用在狀態動詞之後表示看過之後產生某種想法，"A가 B보다 크다" 是事實，而 "A가 B보다 커 보입니다." 卻表示說話人看過以後產生的某種想法。

● 이 학교는 정말 좋아 보여요. 　　　這所學校看起來真好。
● 미선 씨는 나이보다 어려 보여요. 　美善看起來比實際年齡小。
● 오늘은 청바지를 입으니까 편해 보 　今天你穿了牛仔褲，看起來很舒
　 이네요 　　　　　　　　　　　　服。
● 그 남자는 바보 같아 보이지만 사실은 　那男生看起來傻傻的，但事實上
　 아주 똑똑해요. 　　　　　　　　非常聰明。

## 02 -다가

用在動作動詞之後表示前面的動作結束便開始後面的動作。例如：吃飯時接到電話，其句子為 "밥을 먹다가 전화를 받았어요."。因為是同一個人做兩個動作，所以前句和後句主語相同。

● 잠을 자다가 깼어요. 　　　　　　睡覺睡一睡就醒了。
● 운동을 하다가 쉬고 있어요. 　　　做了一下子的運動，現在在休息。
● 영화를 보다가 재미없어서 나왔어요. 　電影看一看覺得很無聊就出來了。
● 하숙집에 살다가 기숙사로 이사했어요. 　在校外寄宿了一段時間就搬到校內
　　　　　　　　　　　　　　　　　　住宿了。

# 문법 연습

### -어/아/여 보이다

**01** 그림을 보고 대답하십시오. 請看圖回答。

[보기]

가 : 누가 더 커 보입니까?
나 : 리에가 더 커 보입니다.

❶

가 : 어느 주스가 더 많아 보입니까?

나 : _____

❷

가 : 어느 옷이 더 예뻐 보입니까?

나 : _____

❸

가 : 어느 방이 더 좋아 보입니까?

나 : _____

❹

가 : 우리 선생님 첫인상이 어때요?

나 : _____

❺

가 : 이 가방이 어때요?

나 : _____

## -다가

**02** 그림을 보고 문장을 만드십시오. 請看圖造句。

[보기]

아이가 놀이터에서 놀다가
넘어져서 웁니다.

❶

❷

❸

❹

❺

과제 1 말하기 ●

친구에게 설명하십시오. 請向朋友說明。

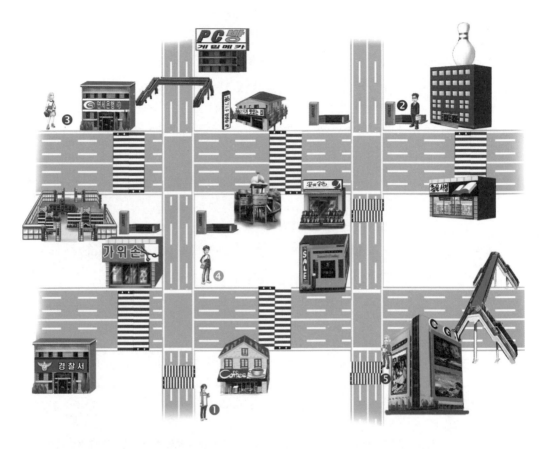

[보기] 가: 1번에 있는 사람이 백화점에 어떻게 가야 합니까?
나: 똑바로 가다가 사거리에서 오른쪽으로 가세요. 조금만 더 가면 오른 쪽에 커피숍이 있어요. 커피숍 앞에 있는 횡단보도를 건너서 오른쪽 오른쪽으로 5분쯤 가면 백화점이 있어요.

1) 1번에 있는 사람이 볼링장에 어떻게 가야 합니까?

2) 2번에 있는 사람이 극장에 어떻게 가야 합니까?

3) 3번에 있는 사람이 경찰서에 어떻게 가야 합니까?

4) 4번에 있는 사람이 책방에 어떻게 가야 합니까?

5) 5번에 있는 사람이 놀이터에 어떻게 가야 합니까?

볼링장 (--場) 保齡球場    경찰서 (警察署) 警察局    놀이터 遊樂場

Y O N S E I   K O R E A N 2

# 5-5① 읽기: 서울 구경

🔊 066

　나는 오늘 친구와 같이 서울 시내를 구경하는 서울 도심순환버스를 탔다. 이 버스는 오전 9시부터 밤 9시까지 다니는데 표를 한 번 사면 하루 종일 이용할 수 있다. 또한 공휴일에도 탈 수 있어서 편리하다. 우리는 10시에 광화문에 있는 면세점 앞에서 이 버스를 탔다. 이 버스에는 외국어 서비스가 있어서 듣고 싶은 언어로 설명을 들을 수 있다.

　"다음 정류장은 국립중앙박물관입니다. 내리실 분은 벨을 눌러 주세요. 버스는 30분마다 있습니다."

　안내원이 한국어와 영어로 친절하게 설명해 줬다. 국립중앙박물관은 구경할 게 많았지만 1시간만 구경하고 다시 버스를 탔다. 우리는 이태원에 내려서 쇼핑도 하고 점심도 먹었다. 그 다음에는 한옥 마을에 가서 여기저기 구경하고 한복도 입어 보고 떡도 먹어 봤다. 그런 다음에 서울타워와 대학로도 구경했다.

　하루에 버스나 지하철을 여러 번 갈아타고 여기저기를 구경하기가 어려운데 도심순환버스가 있어서 편리했다. 다음에는 다른 코스도 구경하고 싶다.

---

 **어휘**

| | |
|---|---|
| 시내 (市內) 市內 | 도심순환버스 (都心循環--) 市區循環公車 |
| 하루 종일 (-- 終日) 一整天 | 광화문 (光化門) 光化門 |
| 면세점 (免稅店) 免稅店 | 국립중앙박물관 (國立中央博物館) 國立中央博物館 |
| 안내원 (案內員) 解說員 | 이태원 (梨泰院) 梨泰院(地名) |
| 한옥 마을 (韓屋--) 韓屋村 | 서울타워 首爾塔 |
| 대학로 (大學路) 大學路(地名) | |

---

## 읽어 봅시다 🔊 067

**된소리3　받침 [ㄱ, ㄷ, ㅂ] 뒤의 /ㄷ/ ➲ /ㄸ/**

- 한복도[한복또], 떡도[떡또]　나는 한옥 마을에서 **한복도** 입어 보고 **떡도** 먹어 봤다.
- 식당[식땅]　　　　　　　이 근처에 음식을 잘하는 **식당**이 있어요?
- 탔다[탇따]　　　　　　　오늘 서울 시내를 구경하는 서울 도심순환버스를 **탔다**.
- 없다[업따]　　　　　　　요즘은 방학이어서 학생이 별로 **없다**.
- 곳도[곧또], 싶다[십따]　다음에는 다른 **곳도** 구경하고 **싶다**.

**질문**

1) 이 사람은 오늘 어떤 버스를 탔습니까?

2) 이 사람은 오늘 어디를 구경했습니까? 순서대로 쓰십시오.

3) 앞 글의 내용과 같으면 0, 다르면 X 하십시오.
   ❶ 저녁에는 이 버스를 이용할 수 없습니다.                    (        )
   ❷ 이 사람은 학교 앞에서 이 버스를 탔습니다.                 (        )
   ❸ 이 버스 안에서 영어로 설명을 들을 수 있습니다.            (        )
   ❹ 이 버스에서 내려서 다시 탈 때 표를 또 사야 합니다.        (        )

4) 빈 칸을 채우십시오.

| | |
|---|---|
| 1. 이 사람이 탄 것 | ❶ |
| 2. 이것을 처음 탄 곳 | ❷ |
| 3. 처음 탄 시간 | ❸ |
| 4. 같이 탄 사람 | ❹ |
| 5. 처음 내린 곳 | ❺ |

5) 여러분 나라에도 이런 버스가 있습니까? 이 버스의 좋은 점을 이야기해 봅시다.

# 5-5② 읽기: 지하철 풍경

🔊 068

　　많은 사람들은 지하철에서 하루를 시작합니다. 지하철은 버스보다 시간이 정확하고 갈아타기 쉽기 때문에 지하철을 타는 사람들이 많습니다.

　　한국의 지하철은 안전하고 교통 카드를 사용할 수 있어서 이용하기가 편리합니다. 요금도 다른 나라보다 싸고 새벽부터 밤늦게까지 이용할 수 있습니다. 서울에는 여러 지하철이 있는데 호선마다 색이 다르기 때문에 가고 싶은 역을 쉽게 찾을 수 있습니다. 그리고 안내 방송이 나오기 때문에 어느 역인지 쉽게 알 수 있습니다. 지하철 안에는 노약자들만 앉는 노약자석이 있고 젊은 사람들은 할아버지, 할머니가 타시면 자리를 양보합니다. 그리고 한국에서 65세가 넘은 노인들은 무료로 지하철을 이용할 수 있습니다.

　　나는 지하철 안에서 사람들의 다양한 모습을 봅니다. 신문이나 책을 읽는 사람, 음악을 듣는 사람, 휴대전화로 게임을 하는 사람, 꾸벅꾸벅 조는 사람이 있습니다. 그리고 큰 소리로 전화를 하는 사람이 있어서 시끄러울 때도 있습니다. 저는 가끔 지하철 안에서 숙제를 하는데 친절하게 가르쳐 주는 한국 사람도 있습니다.

　　좀 복잡하기는 하지만 한국의 여러 사람들과 여러 모습을 볼 수 있는 지하철, 서울에서 어디든지 쉽게 갈 수 있게 해 주는 지하철, 이 지하철에서 저도 많은 사람과 함께 하루를 시작합니다.

---

|  어휘 | 정확하다 (正確--) 準確<br>젊다 年輕<br>졸다 打盹 | 안전하다 (安定--) 安全<br>노인 (老人) 老人<br>함께 一起 | 새벽 凌晨<br>꾸벅꾸벅 一點一點地 |
|---|---|---|---|

### 읽어 봅시다  🔊 069

**된소리 4  받침 [ㄱ, ㄷ, ㅂ] 뒤의 /ㅈ/ ➲ /ㅉ/**

- 노약자[노약짜]　　　　지하철 안에는 **노약자**석이 있습니다.
- 숙제[숙쩨]　　　　　　저는 가끔 지하철 안에서 **숙제**를 합니다.
- 듣지[듣찌]　　　　　　너무 시끄러워서 안내방송을 **듣지** 못했습니다.
- 청첩장[청첩짱]　　　　제 **청첩장**인데요, 다음 달 첫째 토요일입니다.
- 잡지[잡찌]　　　　　　지하철 안에서 신문이나 **잡지**를 읽는 사람도 있습니다.

**질문**

1) 왜 사람들이 지하철을 많이 탑니까?

2) 노인들이 지하철을 이용할 때 좋은 점은 무엇입니까?

3) 다음 중 맞는 것을 고르십시오. ( )

❶ 호선마다 색이 달라서 편리합니다.

❷ 지하철을 타려면 현금이 있어야 합니다.

❸ 이 사람은 지하철 타는 방법을 잘 모릅니다.

❹ 이 사람은 지하철에서 숙제를 하는 한국 사람을 봅니다.

4) 이 사람은 지하철에서 어떤 모습을 봅니까?

❶ 신문이나 책을 읽는 사람의 모습

❷

❸

❹

❺

❻

5) 여러분 나라의 지하철은 어떻습니까? 한국의 지하철과 무엇이 다릅니까?

## 서울의 버스 🔊 070

서울시 버스에는 네 가지가 있습니다. 파란색 버스는 간선버스(BLUE BUS)인데, 보통 서울시 안에서 주변과 시내를 연결해 주는 버스입니다. 버스 번호는 3자리 숫자로 되어 있습니다. 처음 숫자는 출발하는 곳, 두 번째 숫자는 도착하는 곳, 그리고 세 번째 숫자는 그 버스의 고유한 번호입니다.

빨간색 버스는 광역버스(RED BUS)인데, 서울과 서울 주변의 경기도를 연결해 주는 버스입니다. 버스 번호는 4자리 숫자로 되어 있습니다. 처음 숫자는 경기도 어느 지역에서 서울로, 또는 서울에서 어느 지역으로 가는지 알려주는 번호이고, 두 번째는 출발하는 곳, 뒤의 두 숫자는 그 버스의 고유한 번호입니다.

녹색 버스는 지선버스(GREEN BUS)인데, 보통 파란색 버스와 지하철을 연결해 주는 버스입니다. 버스 번호는 4자리 숫자로 되어 있습니다. 처음 숫자는 출발하는 곳, 두 번째 숫자는 도착하는 곳이고, 뒤의 두 숫자는 그 버스의 고유한 번호입니다.

노란색 버스는 순환버스(YELLOW BUS)인데, 보통 시내의 일부 지역을 돌거나 가까운 쇼핑 지역을 돌아다니는 버스입니다. 버스 번호는 2자리 숫자로 되어 있습니다. 처음 숫자는 그 버스가 다니는 지역 번호, 두 번째 숫자는 그 버스의 고유한 번호입니다.

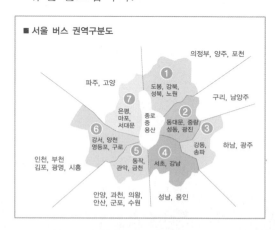

■ 서울 버스 권역구분도

| 번호 | 지역 |
|---|---|
| 0 | 종로, 중, 용산 |
| 1 | 도봉, 강북, 성북, 노원 |
| 2 | 동대문, 중랑, 성동, 광진 |
| 3 | 강동, 송파 |
| 4 | 서초, 강남 |
| 5 | 동작, 관악, 금천 |
| 6 | 강서, 양천, 영등포, 구로 |
| 7 | 은평, 마포, 서대문 |

간선 (幹線) 幹線　　주변 (周邊) 周圍　　고유하다 (固有--) 原有、特有　　광역 (廣域) 廣闊區域
지역 (地域) 地區　　알려주다 告訴　　녹색 (綠色) 綠色　　지선 (支線) 支線　　일부 (一部) 一部份

# 제6과 공공기관

# 6-1 한국 종교에 대해서 알아보려고 왔어요

학습 목표 ● 과제 도서관 이용하기 ● 문법 에 대해서, -을지 모르겠다 ● 어휘 도서관 관련 어휘

◗ 여기는 어디입니까?
여러분은 이곳에서 무엇을 합니까?

🔊 071~072

미선     마리아 씨, 공부하러 오셨어요?

마리아   네, 한국 종교에 대해서 알아보려고 왔어요.

미선     그럼, 2층 자료실로 가시면 돼요.

마리아   러시아어로 된 책도 있을까요?

미선     아마 있을 거예요. 먼저 컴퓨터로 검색을 해 보세요.

마리아   월요일까지 보고서를 내야 되는데 자료가 있을지 모르겠어요.

---

종교 (宗敎) 宗教     알아보다 了解、打聽     검색 (檢索) 搜尋     보고서 (報告書) 報告     자료 (資料) 資料

## 어휘

**01**  도서관에서 무엇을 합니까?

**02**  빈칸을 채우십시오.

우리 학교 도서관에 들어가려면 (          )이/가 있어야 합니다.

도서관으로 들어가면 층마다 (          )이/가 있습니다.

그곳에서 학생들이 (          )고 공부도 합니다.

책을 빌리려면 먼저 그 책이 도서관에 있는지 없는지 검색을

해야 합니다.

제가 찾는 책을 다른 사람들이 빌려서 없을 때에는 예약을 합니다.

그러면 다음에 제가 그 책을 빌릴 수 있습니다.

학생들은 한 달 동안 책을 빌릴 수 있습니다.

책을 빌리면 한 달 안에 (          )어야/아야/여야 합니다.

빌린 책을 제 시간에 반납하지 않으면 (          )을/를 내야 합니다.

## 01 에 대해서

　　連接在名詞後表示某種動作以該名詞有關的內容完成。最廣泛被使用的兩種形式是 "에 대해서", "에 대한"。

- 친한 친구에 대해서 발표해 봅시다. 　我們要發表關於好朋友的主題。
- 저는 환경 문제에 대해서 이야기
  하겠습니다. 　我要談一談關於環境的問題。
- 저는 가족에 대해서 한 번도 말하지
  않았습니다. 　關於我的家人，我一次也沒提過。
- 선생님께서는 학기말 시험에 대해서
  설명하셨어요. 　老師對期末考做了說明。

## 02 －을지/ㄹ지 모르겠다

　　連接在動作動詞或狀態動詞之後，表示正在為不確定的狀況擔心。

- 주말이어서 표가 있을지 모르겠어요. 　因為是周末，不知道有沒有票。
- 연락을 했지만 다 참석할지 모르겠습
  니다. 　雖然都連絡了，但不知道會不會全
  部出席。
- 사전이 너무 많아서 어느 것이 좋을지
  모르겠어요. 　辭典太多，不知道哪一個好。
- 눈이 많이 와서 차가 제시간에 도착할지
  모르겠어요. 　雪下得太大，不知道車能不能按時
  抵達。

## 문법 연습

**01** 에 대해서

대화를 완성하십시오. 請完成對話。

[보기]  가 : 대학교에서 무엇을 공부하고 있어요?
　　　 나 : 저는 한국 역사에 대해서 공부하고 있어요.


1) 가 : 친구들과 만나면 무엇에 대해서 이야기해요?

　　나 : .............................................................................................................

2) 가 : 사람을 처음 만나면 무엇에 대해서 질문해요?

　　나 : .............................................................................................................

3) 가 : 인터넷으로 무엇에 대해서 자주 알아봐요?

　　나 : .............................................................................................................

4) 가 : 앞으로 무엇에 대해서 더 공부하고 싶어요?

　　나 : .............................................................................................................

5) 가 : 누구에 대해서 더 알고 싶어요?

　　나 : .............................................................................................................

## - 을지/ㄹ지 모르겠다

**02** 그림을 보고 이야기를 완성하십시오. **請看圖完成對話。**

[보기]

내일이 친구 생일이어서 책을 샀습니다.
친구가 이 선물을 좋아할지 모르겠어요.

❶

저는 이번에 대학교를 졸업합니다.

_____

❷

저는 좋아하는 사람이 생겼습니다.

_____

❸

부모님께 급한 소포를 보내야 합니다.

_____

❹

2시에 회의가 시작됩니다.

_____

❺

외국 친구들을 우리 집에 초대했습니다.

_____

**과제 1**  듣기 [🔊 073] ●─────────────

사람들이 무엇에 대해서 이야기합니까? 那些人在談論什麼事呢？

[보기] 도서관 이용 시간에 대해서 이야기합니다.

1) _____
2) _____
3) _____

**과제 2**  말하기 ●─────────────────

도서관에서 다음의 일을 해 봅시다. 請在圖書館做下列事項。

[보기] 찾고 있는 책이 없어서 도서관 직원에게 그 책을 신청합니다.

| | |
|---|---|
| 학생 | : 실례지만 여기 만화로 된 한국 문화 책이 있어요? |
| 도서관 직원 | : 그런 책은 없어요. |
| 학생 | : 그래요? 그럼 어떻게 해야 돼요? |
| 도서관 직원 | : 신청을 하시면 저희가 준비해 드리겠습니다. |
| 학생 | : 신청을 하고 싶은데 어떻게 해야 돼요? |
| 도서관 직원 | : 여기에 책 이름과 출판사를 쓰세요. |
| 학생 | : 이렇게 쓰면 돼요? |
| 도서관 직원 | : 네, 좋습니다. |

도서관에 들어가려고 하는데 학생증을 가지고 오지 않았습니다.
도서관 직원과 이야기해 봅시다.

─────────────────────────────────────────
신청하다 (申請) 申請    만화 (漫畫) 漫畫    출판사 (出版社) 出版社    반납일 (返納日) 歸還日期

# 6-2 지난주에 비해서 조금 떨어졌어요

학습 목표 ●과제 은행 이용하기 ●문법 에 비해서, -는 동안 ●어휘 은행 관련 어휘

여기는 어디입니까?
여기에서는 무엇을 할 수 있습니까?

🔊 074~075

제임스   환전을 하려고 하는데요.

은행원   어느 나라 돈을 바꾸실 거예요?

제임스   달러를 원으로 바꾸려고 합니다. 환율이 어떻게 됩니까?

은행원   지난주에 비해서 조금 떨어졌어요.

　　　　이 서류에 이름과 여권 번호를 적으세요.

제임스   두 가지만 쓰면 됩니까?

은행원   네, 처리하는 동안 잠시만 기다려 주십시오.

| | |
|---|---|
| 환전 (換錢) 換錢　　환율 (換率) 匯率 | 떨어지다 下降、下跌 |
| 서류 (書類) 證件、文件 | 처리하다 (處理) 處理、辦理 |

## 어휘

**01** 사람들이 은행에서 무엇을 하고 있습니까?

**02** 빈칸을 채우십시오.

은행에 가서 (        )을/를 만들려면 신분증이 있어야 합니다.

필요하지 않은 돈은 집에 두지 않고 (        ).

현금이 필요할 때는 언제든지 (        )을/ㄹ 수 있습니다.

은행에 기다리는 사람이 많으면 (        )고 차례를 기다립니다.

의자에 앉아 있다가 번호가 나오면 (        )으로/로 갑니다.

현금 카드가 있으면 (        )에서 쉽게 돈을 찾을 수 있습니다.

다른 사람이 현금 자동 인출기를 사용하고 있으면 노란선 뒤에서

(        )어야/아야/여야 합니다.

다른 사람의 비밀번호를 보면 안 되니까요.

문법
설명

## 01 에 비해서

用在名詞後，表示該名詞是對比的基準。

- 이번 달은 지난 달에 비해서 손님이 많습니다.      這個月的客人比上個月的多。

- 우리 회사는 다른 회사에 비해서 출근 시간이 빠릅니다.      我們公司上班時間比其他公司早。

- 학생 수에 비해서 교실이 좀 작은 것 같아요.      與學生數相比，教室似乎有點小。

- 우리 동네 시장은 물건값에 비해서 질이 좋아요.      我們社區市場的東西與價格相比，品質很好。

## 02 -는 동안

用在動作動詞後，表示在前句動作進行過程中發生了後句動作。

- 친구가 운전하는 동안 저는 옆자리에서 잤어요.      朋友在開車的時候，我在副駕駛座位上睡著了。

- 선생님이 설명하시는 동안 학생들이 열심히 메모를 합니다.      老師講解的過程中，同學們認真地做筆記。

- 집에서 쉬는 동안 책을 많이 읽을 거예요.      在家休息期間，我會讀很多書的。

- 한국에 사는 동안 좋은 친구를 많이 사귀었습니다.      在韓國生活期間，結交了很多好朋友。

也可以用在表示期間的名詞後。

- 1주일 동안 비가 왔어요.      下了一星期的雨。
- 방학 동안 일본에 갔다가 올 거예요.      放假期間將會去一趟日本。

# 문법 연습

## 에 비해서

**01** 문장을 만드십시오. 請造句。

[보기]

서울 20℃
대구 29℃

서울에 비해서 대구가 더 더워요.

❶ 작년 / 올해

❷

❸

❹ 2,000원

❺ A. f(x)=(x-5)(
f(5)=(5-5)
B. f(x)

## - 는 동안

**02**

두 문장을 연결하십시오. 請連接兩個句子。

[보기]   아이가 잡니다 / 엄마가 집안일을 합니다
➲ 아이가 자는 동안 엄마가 집안일을 합니다.

1)   영화를 봅니다 / 휴대 전화를 꺼 놓으세요.

➲ ............................................................................................

2)   직원들이 회의를 합니다 / 밖에서 기다려 주세요.

➲ ............................................................................................

3)   한국에서 삽니다 / 한국 친구를 많이 사귀고 싶어요.

➲ ............................................................................................

4) 언니가 음식을 준비합니다 / 우리는 방을 정리합니다.

➲ ............................................................................................

5)   대학교에 다닙니다 / 여러 가지 아르바이트를 했습니다.

➲ ............................................................................................

## 과제 1　쓰고 말하기 ●

어느 은행에 가겠습니까? 要去哪一家銀行呢？

| 시민은행 |
|---|
| ● 거리 : 집에서 5분 거리 |
| ● 이자 : 3%/1년 |
| ● 환율 : 살 때-1,050원/1달러<br>　　　　팔 때-1,000원/1달러 |
| ● 송금 수수료 : 1,000원 |
| ● 기다리는 시간 : 보통 3분 |

| 국제은행 |
|---|
| ● 거리 : 집에서 15분 거리 |
| ● 이자 : 4%/1년 |
| ● 환율 : 살 때-1030원/1달러<br>　　　　팔 때-980원/1달러 |
| ● 송금 수수료 : 800원 |
| ● 기다리는 시간 : 보통 20분 |

### 돈을 찾을 때
[보기]　저는 돈을 찾을 때 시민은행에 가겠어요.
　　　　집에서 가깝고 기다리는 시간이 짧기 때문이에요.

1) 예금할 때

2) 송금할 때

3) 공과금(전기 요금, 가스 요금, 휴대 전화 요금)을 낼 때

거리 (距離) 距離　　이자 (利子) 利息　　송금 (送金) 匯款　　공과금 (公課金) 稅金
전기 (電氣) 電　　가스 煤氣、瓦斯

# 6-3 비싸지 않습니다만 보험에 들게요

학습 목표 ●과제 우체국 이용하기 ●문법 -거나, -습니다만 ●어휘 우체국 관련 어휘

리에 씨가 어디에 있습니까?
여러분은 이곳에서 무엇을 했습니까?

◀» 076~077

리에 일본에 소포를 보내려고 합니다.

직원 저울에 물건을 올려 놓으세요.

리에 물건이 없어지거나 이상이 생기면 어떻게 합니까?

직원 비싼 물건이면 보험에 드세요.

리에 비싸지 않습니다만 잃어버리면 안 되니까 보험에 들게요.

직원 보험료까지 모두 삼만 원입니다.

---

소포 (小包) 包裹  저울 秤  이상 (異常) 問題、異狀  생기다 發生  보험에 들다 (保險---) 買保險

**01** 편지와 소포를 어떻게 보냅니까?

| 항공편 | 택배 | 특급 우편 |
| 배편 | 국제 특급 | 등기 |

**02** 빈칸을 채우십시오.

편지를 보내려면 편지 봉투에 받는 사람과 보내는 사람의 주소를
쓰고 우표를 붙여야 합니다. 편지를 빨리 보내고 싶으면 (              )
으로/로 보내십시오. 보통 우편보다 하루나 이틀 빨리 도착합니다.
우체국에 갈 시간이 없는 사람은 우체국 (              )을/를 이용하면 됩니다.
우체국 직원이 집까지 직접 와서 우편물을 가지고 가기 때문에
참 편리합니다.
중요한 소포나 편지는 등기로 보내면 좋습니다.
등기로 보낸 편지는 받는 사람이 직접 받아야 합니다.
외국으로 우편물을 보낼 때는 보통 (          )으로/로 보냅니다.
배편보다 시간이 적게 걸리기 때문입니다. 급한 물건을 (              )
으로/로 보내면 미국에 2, 3일 안에 도착합니다.

## 01 -거나

　　用在動作動詞和狀態動詞之後，表選擇。表示從 "-거나" 前後的兩個動作動詞或狀態動詞中選擇其中一個。

- 요즘은 이메일을 쓰거나 전화를　　　最近我寫電子郵件或打電話。
  합니다.
- 시간이 있을 때는 영화를 보거나　　　有時間時我看電影或逛街。
  쇼핑을 합니다.
- 결석 시간이 많거나 시험 점수가　　　缺課多或考試成績不好的話，會被
  나쁘면 낙제입니다.　　　　　　　　留級。
- 디자인이 특별하거나 값이 싼　　　　設計特別或價錢便宜的商品很受歡
  물건이 인기가 있어요.　　　　　　迎。

## 02 -습니다만/ㅂ니다만

　　用在動作動詞和狀態動詞後，表示前句與後句是對立關係。與連接語尾 "지만" 相比，"-습니다만/ㅂ니다만" 常使用在正式場合。

- 만난 적이 있습니다만 이름은 모릅　　雖然見過面，但不知道名字。
  니다.
- 죄송합니다만 조금만 더 기다려　　　非常抱歉，請再稍等一下。
  주십시오.
- 설명을 들었습니다만 이해할 수가　　雖然聽了說明，但還是不能理解。
  없습니다.
- 여러 번 메일을 보냈습니다만 답장　　雖然發了多次郵件，但是都沒有答
  이 없습니다.　　　　　　　　　　覆。

# 문법 연습

Y O N S E I   K O R E A N   2

**01**  **- 거나**

대답하십시오. 請回答。

[보기] 가 : 시간이 있으면 뭘 하세요?
　　　 나 : 운동을 하거나 책을 읽어요.

1) 가 : 친구들을 만나면 뭘 하세요?

　　 나 : ...........................................................................................

2) 가 : 잠이 오지 않을 때 뭘 해요?

　　 나 : ...........................................................................................

3) 가 : 감기에 걸리면 어떻게 하세요?

　　 나 : ...........................................................................................

4) 가 : 언제 행복함을 느끼세요?

　　 나 : ...........................................................................................

5) 가 : 학교에서는 어떤 친구들이 인기가 있어요?

　　 나 : ...........................................................................................

## - 습니다만/ㅂ니다만

**02**

두 문장을 연결하십시오. 請連接兩個句子。

[보기]　실례합니다 / 지금 김 선생님 좀 만날 수 있습니까?
　　　　➔ 실례합니다만 지금 김 선생님 좀 만날 수 있습니까?

1) 미안합니다 / 다시 한번 설명해 주십시오.

➔ _____

2) 자리가 몇 개 남았습니다 / 좋은 자리가 아닙니다.

➔ _____

3) 편지를 받았습니다 / 아직 답장을 하지 못했습니다.

➔ _____

4) 도와 드리고 싶습니다 / 오늘은 바빠서 안 됩니다.

➔ _____

5) 열심히 준비했습니다 / 마음에 드실지 모르겠습니다.

➔ _____

말하기

우체국에서 소포를 보내 봅시다. 請在郵局寄包裏看看。

● 국제 우편 요금표

&lt;편지&gt;

| 무게 | 항공편 | | | 배편 |
|---|---|---|---|---|
| | 요금 (원) | | | 요금 (원) |
| | 일본 | 미국 | 브라질 | |
| 10g까지 | 600 | 1,000 | 1,300 | 500 |
| 20g까지 | 1,200 | 2,000 | 2,600 | 1,000 |

&lt;소포&gt;

| 무게 | 항공편 | | | 배편 | | |
|---|---|---|---|---|---|---|
| | 요금 (원) | | | 요금 (원) | | |
| | 일본 | 미국 | 브라질 | 일본 | 미국 | 브라질 |
| 10g까지 | 30,000 | 50,000 | 120,000 | 18,000 | 24,000 | 28,000 |
| 20g까지 | 60,000 | 100,000 | 240,000 | 36,000 | 48,000 | 56,000 |

● 표를 보고 이야기해 봅시다.

[보기] 우체국 직원 : 어떻게 오셨어요?
　　　손님　　　 : 이 편지를 보내려고 합니다.
　　　우체국 직원 : 어디로 보내실 거예요?
　　　손님　　　 : 일본으로 보낼 거예요.
　　　우체국 직원 : 여기에 올려 놓으세요.
　　　　　　　　　 8그램이니까 항공편으로 600원입니다.
　　　손님　　　 : 배편으로 보내면 얼마예요?
　　　우체국 직원 : 항공편에 비해서 별로 싸지 않아요. 500원입니다.
　　　손님　　　 : 그럼 항공편으로 보내 주세요. 며칠 걸려요?
　　　우체국 직원 : 5일쯤 걸릴 거예요.
　　　손님　　　 : 알겠습니다. 감사합니다.

우체국 직원 : ...........................................................
손님 　　　 : ...........................................................
우체국 직원 : ...........................................................
손님 　　　 : ...........................................................

# 6-4 재학 증명서를 내지 않으면 안 됩니다

학습 목표 ●과제 출입국 관리 사무소 이용하기 ●문법 -어 있다 / -지 않으면 안 되다 ●어휘 출입국 관련 어휘

여기는 어디입니까?
사람들이 왜 여기에 갑니까?

🔊 078~079

웨이  비자를 연장하러 왔습니다.

직원  먼저 번호표를 뽑고 신청서를 쓰세요.

웨이  신청서는 어디에 있어요?

직원  저쪽 책상에 놓여 있습니다. 다른 서류는 모두 준비하셨습니까?

웨이  지금 재학 증명서가 없는데 어떻게 하죠?

직원  재학 증명서를 내지 않으면 안 됩니다.

---

연장 (延長) 延長　　신청서 (申請書) 申請書　　놓이다 放著　　재학 증명서 (在學證明書) 在學證明

# 어휘

**01** 여러분은 출입국 관리 사무소에 간 일이 있습니까?

비자 기간 연장

유효 기간

사증(비자)

외국인 등록증

재학증명서

입국/출국

입국

출국

**02** 빈칸을 채우십시오.

한국에 ( )한 외국인들은 출입국 관리 사무소에 가서
( )을/를 만들어야 합니다.

한국에 와서 90일 안에 만들어야 합니다. 이것은 신분증으로 사용할 수
있습니다. 처음 계획보다 더 오랫동안 한국에서 공부하고 싶은 학생은
( )을/를 신청합니다.

신청하려면 ( )이/가 있어야 합니다.

그리고 출석 시간이 매우 중요합니다.

**01** –어/아/여 있다

用在動作動詞後，表示該動作完成後，其狀態的持續。

- 방문이 반쯤 열려 있습니다.　　　房門半開著。
- 통장에 1,500원이 남아 있어요.　　帳戶裡還剩 1500 元。
- 책상 위에 가족 사진이 놓여 있어요.　桌上放著全家福照片。
- 벤치에 두 사람이 다정하게 앉아 있어요.　長椅上，兩人親密地坐著。

**02** –지 않으면 안 되다

用在動作動詞或狀態動詞後，表示一定要那樣做，以雙重否定的形式來表示強烈肯定。

- 담배를 끊지 않으면 안 됩니다.　　　不戒菸不行。
- 모두 참석하지 않으면 안 됩니다.　　全部的人都不參加是不行的。
- 약을 제시간에 먹지 않으면 안 됩니다.　不按時吃藥是不可以的。
- 본인이 직접 서명하지 않으면 안 됩니다.　本人不親自簽名是不行的。

# 문법 연습

**-어/아/여 있다**

**01** 문장을 만드십시오. 請造句。

[보기]

제임스 씨가 서 있습니다.

❶

❷

❸

❹

❺

**02**

**-지 않으면 안 됩니다**

대답하십시오. 請回答。

[보기]  가 : 지금 출발해야 합니까?
      나 : 네, 지금 출발하지 않으면 안 됩니다

1)  가 : 부모님께 말씀드려야 합니까?
    나 : 네,
    _____

2)  가 : 금요일까지 신청해야 합니까?
    나 : 네,
    _____

3)  가 : 등기는 꼭 본인이 받아야 합니까?
    나 : 네,
    _____

4)  가 : 80퍼센트 이상 출석해야 합니까?
    나 : 네,
    _____

5)  가 : 생년월일을 써야 합니까?
    나 : 네,
    _____

**과제 1**  말하기

출입국 관리 사무소입니다. 사진을 보고 설명하십시오.
這裡是出入境管理局。請看圖說明。

[보기] 차례를 기다리는 사람들이 앉아 있습니다.

........................................................................................

........................................................................................

........................................................................................

........................................................................................

........................................................................................

출입국 관리 사무소 (出入國管理事務所) 出入境管理局

# 6-5❶ 읽기: 서비스가 좋은 은행

🔊 080

　　저는 어제 통장을 만들려고 학교에 있는 은행에 갔어요. 은행 안은 사람이 많아서 좀 복잡했어요. 제가 번호표를 뽑아야 하는 것을 모르고 그냥 창구 앞에 서서 기다리니까 은행 안내원이 번호표를 뽑아서 줬어요. 번호표를 보니까 제 앞에 기다리는 사람이 20명쯤 있었어요. 기다리는 것이 지루할 것 같았는데 기다리는 동안 잡지도 보고 텔레비전 뉴스도 보니까 시간이 빨리 갔어요. 의자에 앉아서 잡지를 보다가 제 차례가 돼서 창구로 갔어요. 창구에 가니까 사탕이 많이 있었어요. 직원이 사탕을 권해서 하나 먹었어요.

　　통장을 만들려면 외국인등록증이 있어야 하는데 저는 외국인등록증을 안 가지고 갔어요. 은행 직원은 친절하게 "외국인등록증이 없으면 학생증과 여권을 보여 주세요." 하고 말했어요. 저는 학생증과 여권을 보여 줬어요. 그리고 서류에 이름과 연락처를 적고 서명을 했어요. 저는 현금카드가 필요해서 현금카드도 같이 신청했어요. 조금 기다리니까 통장과 현금카드가 모두 나왔어요.

　　저는 한국말을 잘 못해서 걱정했는데 쉽게 통장과 현금카드를 만들 수 있어서 기분이 좋았어요. 직원이 친절하고 일을 생각보다 빨리 처리해 줬어요. 한국의 은행은 서비스가 좋은 것 같아요.

| 어휘 | 서다 站著 | 지루하다 無聊 | 차례 (次例) 次序 |
|------|-----------|----------------|------------------|
|      | 권하다 (勸--) 勸 | 연락처 (連絡處) 連絡方式 | 현금카드 (現金--) 現金卡 |

## 읽어 봅시다 🔊 081

**콧소리3 /ㄴ/, /ㅁ/ 앞의[ㄱ] ⊃ [ㅇ]**

- 한국말[한궁말]　　　　　　　저는 **한국말**을 잘 못해서 걱정했습니다.
- 2학년[이항년]　　　　　　　제 동생은 대학교 **2학년**이에요.
- 먹는[멍는]　　　　　　　　　이것은 어떻게 **먹는** 음식입니까?
- 박물관[방물관], 찍는[찡는]　**박물관** 앞에서 사진을 **찍는** 사람이 많습니다.
- 작년[장년]　　　　　　　　　저는 **작년**에 한국에 왔어요.

**질문**

1) 이 사람이 간 은행은 어땠습니까?

2) 이 사람은 은행에 무엇을 가지고 갔습니까?

3) 앞 글의 내용과 같으면 O, 다르면 X 하십시오.

❶ 이 사람은 은행에서 현금카드를 받았습니다.　　　　　　　( 　　　 )

❷ 이 사람은 어제 돈을 찾으려고 은행에 갔습니다.　　　　　( 　　　 )

❸ 이 사람은 은행에서 직접 번호표를 뽑았습니다.　　　　　( 　　　 )

❹ 이 사람은 외국인등록증이 없어서 다시 집에 갔다가 왔습니다.　( 　　　 )

4) 이 사람이 어제 은행에서 한 일입니다. 순서대로 번호를 쓰십시오.

❶ 잡지를 봤다.

❷ 사탕을 먹었다.

❸ 번호표를 받았다.

❹ 현금카드를 받았다.

❺ 창구 앞에 서서 기다렸다.

❻ 직원에게 여권을 보여 줬다.

( 　❶　 ) → ( 　　　 ) → ( 　　　 ) → ( 　　　 ) → ( 　　　 ) → ( 　　　 )

5) 여러분 나라의 은행과 한국의 은행은 무엇이 다릅니까?

Y O N S E I   K O R E A N   2

# 6-5 ② 읽기: 자원봉사

🔊 082

한국 생활에 익숙해지기는 했지만 나는 요즘 게을러지는 것을 느낀다. 오늘도 특별히 한 일이 없이 시간을 보냈다. 친구들과 커피를 마신 후에 옷가게를 구경했다. 기숙사 친구에게 이런 이야기를 하니까 친구는 자원봉사에 대해서 이야기해 주었다.

"서울시 자원봉사센터에는 외국인 자원봉사 프로그램이 많아. 나는 요즘 주민 센터 도서관에서 책을 대출해 주는 일을 하고 있어."

나는 '아직 한국말을 잘 못하는데 할 수 있을까?' 하고 걱정이 됐지만 인터넷에서 자원봉사에 대한 자료를 찾아봤다. 노인들에게 점심을 나눠 드리는 일도 있고 아이들에게 영어를 가르치는 일도 있었다. 자원봉사는 어려운 사람들을 도와주는 일이 있지만 사실 내가 배우는 것이 더 많고 서로 나누는 기쁨도 클 것 같았다.

나는 일주일에 한 번 양로원에 계신 할머니와 할아버지를 찾아가서 이야기를 해 드리는 일부터 해 보려고 한다. 내가 외국인이기는 하지만 어려운 노인들과 한 가족 같이 지냈으면 좋겠다.

우리나라에서도 자원봉사를 해 본 적이 없는 내가 한국에서 그런 일을 할 수 있을지 모르겠다. 그래도 내일은 서울시 자원봉사센터에 한번 가 보려고 한다.

|  어휘 | 자원봉사 (自願奉仕) 志願服務<br>주민 센터 (住民--) 居民中心<br>양로원 (養老院) 養老院 | 게으르다 懶惰<br>사실 (事實) 事實 | 특별히 (特別-) 特別地<br>서로 互相 |
|---|---|---|---|

## 읽어 봅시다 🔊 083

**콧소리5** /ㅁ/, /ㅇ/ 뒤에서 [ㄹ] ⊃ [ㄴ]
- 양로원[양노원]     나는 **양로원**에 가서 이야기를 해 드리는 일을 하려고 한다.
- 정류장[정뉴장]     우리는 버스 **정류장**에서 만나기로 했다.
- 종류[종뉴]     그 가게에는 여러 가지 **종류**의 물건이 많습니다.
- 종로[종노]     다음 역은 **종로** 3가입니다.
- 음료수[음뇨수]     날씨가 더우니까 **음료수**를 많이 마셔요.

**질문**

1) 자원봉사를 하면 무엇이 좋을 것 같습니까?

2) 이 사람은 먼저 어떤 일을 해 보려고 합니까?

3) 앞 글의 내용과 같으면 0, 다르면 X 하십시오.
   ❶ 이 사람은 한국말을 잘 합니다.                    (        )
   ❷ 이 사람의 친구는 기숙사에 삽니다.                (        )
   ❸ 이 사람은 여러 가지 자원봉사를 하고 있습니다.    (        )
   ❹ 한국어를 잘 못해도 자원봉사를 할 수 있습니다.    (        )

4) 인터넷에서 어떤 자원봉사를 찾아 봤습니까?

   ❶
   ........................................................................................................................................

   ❷
   ........................................................................................................................................

5) 여러분은 어떤 자원봉사를 하고 싶습니까?

리에가 본 한국

출입국 관리 사무소 ◀)) 084

저는 3개월 전에 한국에 왔습니다. 비자 유효 기간이 끝나서 비자를 연장하려고 출입국 관리 사무소에 갔습니다.
대만 친구와 같이 지하철을 타고 갔습니다. 5호선 오목교 역에서 내려서 7번 출구로 나갔습니다. 한 20분쯤 걸어가니까 왼쪽에 출입국 관리 사무소가 있었습니다.
저는 1층에서 비자 연장을 했고 대만 사람들은 2층에서 따로 신청했습니다. 아마 요즘 대만에서 오는 사람들이 많기 때문인 것 같습니다.
친구와 저는 일이 끝난 후에 만나기로 하고 헤어졌습니다.

1. 번호표를 뽑습니다.

2. 신청서를 씁니다.

3. 수입인지를 사서 붙이고 사진도 붙입니다.(사진을 찍는 곳도 있습니다.)

4. 자기 차례가 될 때까지 기다립니다.    5. 자기 번호가 나오면 접수합니다.

헤어지다 告別、道別    수입인지 (收入印紙) 印花、印花稅票    접수하다 (接受--) 接受、點收

# 제7과 전화

# 7-1 연극을 보자고 하는데 같이 갈래요?

학습 목표 ● 과제 전화로 약속하기 ● 문법 간접인용(-자고 하다) -을래요? ● 어휘 통화 관련 어휘

▶ 영수는 왜 전화를 한 것 같습니까?
휴대 전화를 받고 처음 하는 말은 무엇인지 이야기해 봅시다.

🔊 085~086

리에   여보세요? 영수 씨, 웬일이에요?

영수   제임스 씨가 이번 주 토요일에 연극을 보자고 하는데
       같이 갈래요?

리에   좋아요, 그런데 연극표는 비싸지 않아요?

영수   제임스 씨한테 초대권이 있어서 무료로 볼 수 있어요.

리에   그것 참 잘 됐군요. 그럼 몇 시에 만날까요?

영수   4시에 국립극장 매표소 앞에서 만나요.

| | | |
|---|---|---|
| 웬일 什麼事 | 연극 (演劇) 話劇 | 초대권 (招待券) 招待券  무료 (無料) 免費 |
| 국립극장 (國立劇場) 國立劇場 | 매표소 (賣票所) 售票處 | |

# 어휘

**01** 전화를 합니다.

| | | |
|---|---|---|
| 전화가 오다 | 전화를 받다 | (전화를) 바꿔 주다 |
| 통화 중이다 | 전화를 잘못 걸다 | 전화를 끊다 |

**02** 알맞은 말을 쓰십시오.

리에는 급한 일이 있어서 영수에게 전화를 걸었다. 그런데 전화를 받은 목소리는 영수가 아니었다.

조금 놀랐지만 "김영수 씨 좀 ＿＿＿＿＿＿＿ 으세요/세요." 하고 말했다. 하지만 그 사람은 "그런 사람은 없는데 몇 번에 전화를 거셨습니까?" 하고 물었다.

리에는 ＿＿＿＿＿＿＿ 은/ㄴ 것을 알았다.

그래서 "미안합니다." 하고 ＿＿＿＿＿＿＿ 었다/았다/였다.

리에는 전화번호를 보고 다시 전화를 걸었다. "뚜뚜뚜뚜." 이었다. 조금 후에 다시 걸기로 했다.

그런데, 잠시 후 영수에게서 ＿＿＿＿＿＿＿ 었다/았다/였다.

리에는 ＿＿＿＿＿＿＿ 었다/았다/였다.

문법
설명

**01** -을래요/ㄹ래요?

用在動作動詞後，表示陳述完自己的意見後而詢問對方的意見，屬口語表達形式。

● 뭘 드실래요?　　　　　　　　　　您要吃什麼？
● 시간이 없는데 택시를 탈래요?　　　沒時間了，要搭計程車嗎？
● 저하고 잠깐 이야기 좀 하실래요?　　能和我暫時聊天一下嗎？
● 이번 주말에 할 일이 없으면 같이　　如果這周末沒別的事，要一
　 영화를 볼래요?　　　　　　　　　 起看電影嗎？

**02** 間接引用：자고 하다

用在動作動詞後，表示重新轉達 "-읍시다/ㅂ시다,-자,
-을까요/ㄹ까요？" 等所提議的內容，屬間接引用形式。

● 동생이 천천히 걷자고 합니다.　　　　　弟弟說慢慢走。
● 친구가 운동장에 가서 놀자고 합니다.　　朋友說去運動場玩。
● 리에가 토요일에 같이 점심을 먹자고 해요.　理惠說星期六一起吃午餐。
● 길이 막히니까 버스를 타지 말자고 합니다.　他說因為塞車不要搭巴士。

# 문법 연습

**01**

### 간접인용: -자고 하다

문장을 만드십시오. 請造句。

[보기]

> 잠깐 쉽시다.

제임스 씨가 잠깐 쉬자고 합니다.

❶

> 오늘은 그만 합시다.

❷

> 다음에는 기차로 갑시다.

❸

> 저녁에는 삼겹살을 먹읍시다.

❹

> 몸이 불편한 사람을 도와 줍시다.

❺

> 이 물건을 사지 맙시다.

**- 을래요/ㄹ래요?**

**02**

대답하십시오. **請回答。**

[보기]  가 : 배가 고파요.
　　　　나 : 같이 식당에 갈래요?

1)  가 : 심심한데 재미있는 일이 없을까요?

　　나 : _____?

2)  가 : 5시에는 만나지 못할 것 같아요.

　　나 : 그럼, _____?

3)  가 : 이번 주부터 운동을 시작하려고 해요.

　　나 : _____?

4)  가 : 사전을 집에 놓고 왔어요.

　　나 : _____?

5)  가 : 저한테 파란색 바지는 어울리지 않아요.

　　나 : 그럼, _____?

**과제 1**   쓰고 말하기 ●━━━━━━━━━━━━━━━━━

1) 무엇을 하고 싶습니까? 想做什麼？

| 시 간 | 하고 싶은 일 |
| --- | --- |
| 월요일 오후 | [보기] 영화를 보고 싶습니다. |
| 수요일 점심 | |
| 토요일 저녁 | |
| 다음 주말 | |
| 시험이 끝나고 | |
| 방학 | |
| 크리스마스 | |

2) 친구와 이야기해 보십시오. 請和朋友對話看看。

[보기]   가 : 월요일 오후에 같이 영화를 볼래?

나1 : 좋아, 같이 보자.

나2 : 그날은 시간이 없으니까 다음에 같이 보자.

가 :

나 :

## 7-2 전화해서 어디에 있냐고 물어봐야겠다

학습 목표 ● 과제 전화 내용 듣기 ● 문법 간접인용(-는다고 하다, -이라고 하다, ● 어휘 휴대 전화
-냐고 하다), -어야겠다 관련 어휘

제임스와 웨이는 지금 무엇을 하고 있습니까?
약속 시간을 지키지 못할 때는 어떻게 합니까?

🔊 087~088

웨이 　왜 리에 씨가 안 오지요?

제임스 　곧 오겠지. 그런데 메시지는 확인해 봤어?

웨이 　메시지요? 아직 확인 못해 봤어요. 잠깐만요. (잠시 후)

제임스 　뭐라고 해?

웨이 　일이 밀려서 조금 늦게 온다고 해요.

제임스 　벌써 30분이 지났으니까 전화해서 어디에 있냐고
　　　　물어봐야겠다.

---

곧 馬上　확인하다 (確認--) 確認　밀리다 堆積　벌써 已經　물어보다 問問看

## 어휘

**01** 휴대 전화를 사용합니다.

- 전화를 받지 않을 때 전하고 싶은 말을 **음성 메시지**로 남깁니다.
- 간단한 이야기는 **문자 메시지**로 보내면 싸고 편리합니다.
- 전화를 거는 사람은 **발신자**이고 전화를 받는 사람은 **수신자**입니다.
- 전화번호 앞에는 **지역 번호**가 있습니다. 서울은 02, 인천은 032, 부산은 051입니다.
- 자주 사용하는 전화번호는 간단한 **단축 번호**를 정해 놓으면 편리합니다.
- 도서관이나 음악회에 가면 벨소리를 **진동**으로 바꾸어야 합니다.

**02** 단어를 찾아서 연결하십시오.

제 여자 친구의 전화번호는 1번입니다.
1번만 누르면 통화할 수 있습니다. ●     ● 가) 지역 번호

통화할 수 없을 때 간단하게 써서
보냅니다. ●     ● 나) 진동

시끄러운 곳에서는 벨소리가 잘 들리지 않
기 때문에 이것으로 바꿉니다. ●     ● 다) 문자 메시지

서울에서 서울로 전화할 때는 이 번
호를 누르지 않습니다. ●     ● 라) 단축 번호

전화기에 말로 메모를 남깁니다. ●     ● 마) 음성 메시지

## 문법 설명

**01** 間接引用：-이라고/라고 하다, -는다고/ㄴ다고하다, -다고 하다, -냐고 하다

　　"-이라고/라고 하다" 是陳述句 "입니다, 이다/아니다, 이에요, 이군요" 等的間接引用形式。

- 존슨 씨 생일이 내일이라고 합니다.　　據說明天是強生的生日。
- 이 노래가 요즘 제일 유행하는　　據說這首歌是最近最流行的歌曲。
  노래라고 합니다.
- 내일은 비가 올 거라고 합니다.　　據說明天會下雨。

　　"-는다고/ㄴ다고하다, -다고 하다" 是動作動詞和狀態動詞陳述句 "-습니다, -는다, -어요, -는군요" 等的間接引用形式。

- 독일 사람들은 감자를 많이　　據說德國人吃很多馬鈴薯。
  먹는다고 합니다.
- 선생님 아이가 귀엽다고 합니다.　　據說老師的小孩很可愛。
- 존슨 씨 부모님은 미국에 사신다고　　據說強生的父母住在美國。
  합니다.

　　"-냐고 하다" 是疑問句 "-습니까?, -니?, -어요?" 等的間接引用形式。

- 학생이 선생님께 다음 시간이 무슨　　學生問老師下節是什麼課。
  시간이냐고 했어요.
- 친구들이 저에게 언제 결혼할　　朋友問我什麼時候結婚。
  거냐고 해요.
- 한국 사람들이 저에게 언제 한국에　　韓國人常常問我是什麼時候來
  왔냐고 자주 물어요.　　韓國的。

**02** -어야겠다/아야겠다/여야겠다

　　用在動作動詞或狀態動詞後，表示做某動作的強烈意志或該內容的必要性。

- 돈이 좀 필요해서 아르바이트를　　因為需要錢，我得去打工。
  해야겠어요.
- 집에 음식이 없어서 시장을 봐야겠어요.　　家裡沒食物了，我得去市場一趟。
- 이 방을 공부방으로 쓰려면 불이　　這個房間如果要用來當書房，燈就
  더 밝아야겠다.　　要更亮一些。

# 문법 연습

간접인용: -이라고/라고 하다, -는다고/ㄴ다고 하다, -다고 하다, -냐고 하다

**01** 문장을 바꾸십시오. 請更改句子。

| | | [보기] |
|---|---|---|
| "입니다" <br> ➲-이라고/라고 합니다 <br> "이/가 아닙니다" <br> ➲이/가 아니라고 합니다 | "저 아이는 열 살입니다." | 저 아이는 열 살이라고 합니다. |
| | "이 컴퓨터는 한국 제품이 아닙니다." | |
| "-습니다/ㅂ니다" <br> ➲-는다고/ㄴ다고 합니다, -다고 합니다 | "서울 교통이 복잡합니다." | |
| | "여름에는 바닷가에 많이 갑니다." | |
| "-습니까/ㅂ니까?" <br> ➲-냐고 합니다 | "지금 몇 시예요?" | |
| | "무슨 시험이 어려웠습니까?" | |

02 **-어야겠다/아야겠다/여야겠다**

문장을 완성하십시오. 請完成句子。

[보기]

날씨가 추워져서　따뜻한 옷을 사야겠어요.

①

②

③

④

⑤

**과제 1**  듣고 말하기 [🔊 089] ●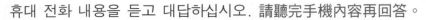

휴대 전화 내용을 듣고 대답하십시오. **請聽完手機內容再回答。**

1) ● 영수는 지금 어디에 있습니까?

....................................................................................

● 언제 출발한다고 합니까?

....................................................................................

2) ● 지금 어디에 있을까요?

....................................................................................

● 왜 나중에 전화한다고 했습니까?

....................................................................................

3) ● 제임스는 지금 어디에 있습니까?

....................................................................................

● 민철이는 지금 무엇을 하고 있습니까?

....................................................................................

4) ● 무슨 문제가 생겼습니까?

....................................................................................

● 민철이의 전화번호는 몇 번입니까?

....................................................................................

5) ● 누구와 누가 전화를 합니까?

....................................................................................

● 아버지가 뭐라고 했습니까?

....................................................................................

**나중에** 以後    **문제** (問題) 問題

# 7-3 약속을 지키지 못하게 되었어요

학습 목표 ●과제 전화로 약속 취소하기 ●문법 -게 되다, 간접인용(-으라고 하다) ●어휘 약속 관련 어휘

▶ 약속을 취소해 본 일이 있습니까?
약속을 취소할 때 뭐라고 말합니까?

🔊 090~091

영수 리에 씨, 무슨 일이에요?

리에 죄송하지만 약속을 지키지 못하게 되었어요.

영수 그래요? 무슨 급한 일이 생겼어요?

리에 아버지께서 토요일에 집에 오라고 하신 걸 깜빡 잊어버렸어요.

영수 그럼, 일요일은 어때요? 초대권은 일요일에도 사용할 수 있어요.

리에 일요일은 괜찮아요. 약속을 바꿨으니까 저녁은 제가 살게요.

---

죄송하다 (罪悚--) 對不起　　급하다 (急--) 急　　깜빡 一時　　잊어버리다 忘記

## 어휘

**01** 약속을 합니다.

- 주말에 고향 친구를 만나기로 했습니다. 그런데 미선 씨가 생일 파티에 초대를 했습니다. 고향 친구와 **선약이 있어서** 생일 파티에 가지 못해요.

- 미선 씨와 영화를 보기로 약속을 했다가 회사에 급한 일이 생겨서 다음 주로 **약속을 미뤘어요.**

- 큰 약속이나 작은 약속이나 모든 **약속은 지켜야** 돼요. 작은 **약속도 어기면** 안 돼요.

- 친구들과 놀러 갈 약속을 했는데 아버지가 오라고 하셔서 **약속을 취소 했어요.**

**02** 알맞은 말을 넣으십시오.

1) 가 : 이번 주말에 같이 영화 보기로 한 거 기억나지?
   나 : 응, 그런데 미안해. 갑자기 일이 생겨서 금요일에 고향에 가야 돼.
   _____ 어야겠어/아야겠어/여야겠어.

2) 가 : 무슨 일 때문에 전화했어? 이번 주말에 만나기로 하지 않았어?
   나 : 사실 그 일 때문에 전화했어. 이번 주에는 회사일이 너무 바빠서 만나지 못해. 다음 주로 _____ 자.

3) 가 : 아빠, 이번 여름에 저하고 여행가기로 한 _____ 을/ㄹ 수 있지요?
   나 : 미안하다. 회사에 일이 생겨서 이번 여름에는 약속을 지키지 못할 것 같다. 내년에 좋은 곳으로 가면 안 될까?

4) 가 : 이번 금요일에 우리 반 학생들이 모여서 파티를 하려고 하는데 선생님도 오실 수 있지요?
   나 : 미안해요, 이번 주말에는 _____ 어서/ 아서/여서 갈 수 없어요. 선생님들 모임이 있어요.

문법
설명

## 01  -게 되다.

用在動作動詞後，表示完成的結果與主語的意志沒有關係。
通常用於因時間流逝或因他人的影響而發生的事情。

- 일 때문에 외국에 가게 되었어요.       因為有事去了一趟國外。
- 열심히 연습해서 한국말을 잘 하게       經過認真地練習，韓語講得很好
  되었어요.                              了。
- 이제 한국에 대해서 잘 알게 되었어요.    現在對韓國很了解了。
- 그 사람은 자동차 사고로 이제는 걷지     那個人因為交通事故，現在不能
  못하게 되었어요.                       走路了。

## 02  間接引用：-으라고/라고 하다

用在動作動詞後，是 "-으십시오,  -어라,  -으세요,  -지
마세요" 等命令時使用的間接引用形式。

- 친구가 약속 시간을 꼭 지키라고 합니다.   朋友叫我一定要遵守約會時間。
- 아내가 운전을 조심하라고 합니다.        妻子叫我小心駕駛。
- 선생님이 수업에 늦지 말라고 합니다.      老師說上課不要遲到。
- 한국에서는 어른에게 반말을 하지         在韓國不可以對長輩說非敬語。
  말라고 합니다.

# 문법 연습

**01**

**-게 되다**

대답하십시오. **請回答**。

- 왕웨이
- 작년부터 무역 회사에서 일함
- 한국말을 잘 해서 한국 회사에 취직함
- 한국 친구가 많아서 한국말을 잘함
- 친구가 소개해 준 원룸에서 살고 있음
- 사진 동호회에서 여자 친구를 만남

[보기] 가 : 왕웨이 씨는 언제부터 무역 회사에서 일하게 되었어요?

나 : 작년부터 무역 회사에서 일을 하게 되었어요.

1) 가 : 왕웨이 씨는 어떻게 한국 회사에 취직하게 되었어요?

나 :

2) 가 : 왕웨이 씨는 어떻게 한국말을 잘하게 되었어요?

나 :

3) 가 : 왕웨이 씨는 어떻게 원룸에 살게 되었어요?

나 :

4) 가 : 왕웨이 씨는 어떻게 여자 친구를 만나게 되었어요?

나 :

5) 가 : 왕웨이 씨는 어떻게 한국에 오게 되었어요?

나 :

**02** 간접인용: -으라고/라고 하다

문장을 바꾸십시오. 請更改句子。

[보기]　선생님 : 책을 크게 읽으십시오.
　　　　➲ 선생님께서 책을 크게 읽으라고 했어요.

1)　직원 : 조용히 하십시오.

　➲
　　─────────────────────────────

2)　의사 선생님 : 담배를 피우지 마십시오.

　➲
　　─────────────────────────────

3)　리에 : 내일 한가하면 집에 놀러 오세요.

　➲
　　─────────────────────────────

4)　할머니 : 여기에 앉아서 조금만 기다려라.

　➲
　　─────────────────────────────

5)　어머니 : 나쁜 아이들과 같이 다니지 마라.

　➲
　　─────────────────────────────

## 과제 1  말하기

약속을 취소하고 이유를 말해 봅시다. 請取消約會，並說出理由。

| 번호 | 약속 |
|---|---|
| (보기) | 웨이와 운동하기(월요일, 오전 8시) |
| 1 | 리에와 남대문 새벽 시장을 구경하기(일요일, 오전 1시) |
| 2 | 반 친구들과 놀이 공원에 가기(토요일, 오전 10시) |
| 3 | 선생님과 점심 식사하기(수요일, 오후 1시) |
| 4 | 마리아와 영화 보기(화요일, 오후 4시) |
| 5 | 선배와 음악회에 가기(금요일, 오후 7시) |

<약속을 취소하는 이유>

• 다리를 다쳐서 운동을 할 수 없다.

• 회사 일로 출장을 간다.

• 일이 생겨서 고향에 돌아간다.

•

•

[보기] 웨이야, 월요일 오전에 같이 운동하기로 했지?
그런데 어제 다리를 다쳐서 운동을 할 수 없게 되었어.
약속을 지키지 못해서 미안해.

새벽 凌晨　　선배 (先輩) 前輩、學長姐　　다치다 受傷

## 7-4 돌아오는 대로 전화 좀 해 달라고 전해 주세요

학습 목표 ● 과제 메시지 남기기 ● 문법 –는 대로, 간접인용(달라고 하다) ● 어휘 음성 메시지 관련 어휘

정희 씨의 전화를 받은 사람은 누구입니까?
통화를 하려는 사람이 없을 때 어떻게 합니까?

🔊 092~093

정희      여보세요? 웨이 씨 계십니까?

아주머니   지금 안 계신데요. 누구세요?

정희      회사 동료 오정희라고 합니다. 언제쯤 들어올지 아세요?

아주머니   글쎄요, 휴대 전화가 고장나서 서비스센터에 간다고 했어요.

정희      그럼, 돌아오는 대로 전화 좀 해 달라고 전해 주세요.
          제 번호는 010-2123-3465입니다.

아주머니   그렇게 전해 드리겠습니다.

| | | |
|---|---|---|
| 고장나다 (故障--) 故障、損壞 | 서비스센터 售後服務中心 | 돌아오다 回來 |
| 전하다 (傳--) 轉達、轉告 | 그렇게 那樣 | |

**어휘**

**01** 음성 메시지를 남깁니다.

| 별표 | 우물 정자 |

| 녹음하다 | 통화료 | 누르다 |

**02** 알맞은 단어를 넣으십시오.

삐 소리 후 메시지를 남겨 주십시오. 연결 후에는 ................................ 을/를 내야합니다.

삐 소리가 나면 ................................ 시고 끝나면 ................................ 이나/나 우물 정자(#)를 눌러 주십시오.

| 삐~ | 안녕하세요? 영수예요. 이 메시지를 들으면 전화 좀 해주세요. | * |

이야기가 끝나면 1번을 ................................ 어/아/여 주십시오.

지역 번호와 연락 받을 전화번호를 누른 후 별표나 ................................ 을/를 눌러 주십시오.

| 0 | 1 | 0 | – | 2 | 3 | 4 | 5 | – | 6 | 7 | 8 | 9 | # |

이용해 주셔서 감사니다.

## 01 -는 대로

用在動作動詞後，表示話者前一個動作一結束就要做後句動作的意志。

- 여행에서 돌아오는 대로 전화하겠습니다.　　旅行回來後馬上打電話。
- 그 사람을 보는 대로 저에게 말해 주세요.　　看到那個人請馬上告訴我。
- 병이 낫는 대로 세계 일주를 하고 싶어요.　　病一好就想去環遊世界。
- 이 메시지를 보는 대로 나에게 전화해 줘.　　看到簡訊馬上打給我。

## 02 間接引用：달라고 하다

將 "주다" 的動詞命令式如 "주십시오, 주세요, 주어라" 轉換為間接引用時，區分為兩種類型。話者、聽者以外的第三者是接收者時，用 "주라고 하다"。但是，當話者是接收者時，用 "달라고 하다"。

- 저 아이에게 물을 주라고 합니다.　　　　　他叫我給那個孩子水。
- 가난한 사람들에게 돈을 빌려주라고　　　　他叫我借錢給貧窮的人。
  합니다.
- 그 소설가가 펜을 달라고 했습니다.　　　　那個小說家叫我給他筆。
- 다시 한 번 설명해 달라고 했습니다.　　　　他叫我再說明一次。

# 문법 연습

### -는 대로

**01** 정희의 계획을 보고 문장을 만드십시오. **請看完貞熙的計畫後造句。**

| 정희의 계획 | | |
|---|---|---|
| 13:00 | 수업이 끝납니다 | 제임스를 만나러 갈 거예요 |
| 13:30 | 제임스를 만납니다 | 부산에 갈 거예요 |
| 16:00 | 부산에 도착합니다 | 사장님에게 전화를 할 거예요 |
| 20:30 | 서울에 돌아옵니다 | 회사에 들어갈 거예요 |
| 21:00 | 회사에 들어갑니다 | 사장님을 만날 거예요 |
| 23:00 | 일을 정리합니다 | 집에 갈 거예요 |

[보기] 수업이 끝나는 대로 제임스를 만나러 갈 거예요.

1) _____ 부산에 갈 거예요.

2) _____ 사장님에게 전화를 할 거예요.

3) _____ 회사에 들어갈 거예요.

4) _____ 사장님을 만날 거예요.

5) _____ 집에 갈 거예요.

## 02 간접인용 : 달라고/주라고 하다

말하십시오. 請說說看。

[보기]

환자에게 약을 주세요.

의사 선생님이 환자에게 약을 주라고 합니다.

❶ 아이에게 과자를 주십시오.

❷ 저 할머니를 도와 주십시오.

❸ 물을 주세요.

❹ 시내까지 태워 주세요.

❺ 조용히 해 주세요.

## 과제 1 　말하기 ●

하고 싶은 이야기를 다른 사람에게 남기십시오. 請將想說的話留言給他人。

[보기] 영수가 민철이에게 전화했는데 민철이는 집에 없고 어머니께서 전화를 받으셨습니다.

● 영수가 민철이에게 하고 싶은 말:

> 내일 약속이 2시로 바뀌었어.
> 민수에게도 이야기해 줘.

| | |
|---|---|
| 영수 | : 여보세요. 거기 민철이 집이지요? |
| 민철 어머니 | : 그런데 누구세요? |
| 영수 | : 저는 민철이 친구 김영수라고 합니다. 민철이 있어요? |
| 민철 어머니 | : 민철이가 지금 잠깐 밖에 나갔는데, 들어오면 뭐라고 전할까? |
| 영수 | : 그럼 내일 약속이 2시로 바뀌었다고 전해 주세요. |
| 민철 어머니 | : 그렇게만 전하면 되니? |
| 영수 | : 네, 그리고 민수에게도 이야기해 주라고 전해 주세요. |
| 민철 어머니 | : 그래, 알았다. 꼭 전해 줄게. |
| 영수 | : 고맙습니다. 안녕히 계세요. |

1) 제임스에게 전화했는데 제임스는 집에 없고 제임스의 하숙집 친구가 받았습니다.

● 제임스에게 하고 싶은 말:

> 금요일에 마리아 송별회가 있어.
> 회비는 만원인데 리에에게 줘.

2) 선생님께 전화했는데 옆 반 선생님이 전화를 받으셨습니다.

● 선생님께 하고 싶은 말:

> 내일 아파서 학교에 갈 수 없어요.
> 숙제 공책은 모레 드리겠어요.

회비 (會費) 會費

# 7-5① 읽기: 미영 씨와의 전화

🔊 094

　지난주에 한국 친구가 나에게 미영 씨를 소개해 줬다. 나는 모르는 여자를 만나는 것이 겁이 났다. 미영 씨를 처음 만났을 때 너무 떨리고 한국말도 생각이 안 나서 실수를 많이 했다. 그런데 미영 씨와 헤어진 후에 나는 자꾸 미영 씨가 생각났다. 미영 씨를 다시 만나고 싶었지만 어떻게 연락을 해야 할지, 무슨 말을 어떻게 해야 할지 몰라서 오늘도 한참 생각했다.

　'지금 전화를 할까? 저녁에 문자를 보낼까?'

　'금요일에 만날까? 아니면 토요일에 만날까?'

　'영화를 보자고 할까? 아니, 오페라를 보자고 할까?'

　"따르릉"

갑자기 전화가 왔다.

　"여보세요?"

　"여보세요? 피터 씨, 저 김미영인데요."

　"아! 미영 씨, 우리 영화 보러 갈래요?"

　나는 깜짝 놀라서 인사도 안 하고 영화를 보러 가자고 했다. 전화기에서 미영 씨의 웃는 소리가 들렸다. 미영 씨의 목소리는 정말 부드러웠다. 나는 부끄러웠지만 행복했다.

---

**어휘**　소개팅 (紹介-) 聯誼(別人代為介紹的男女初次見面)

| | | |
|---|---|---|
| 떨리다 發抖 | 실수 (失手) 失誤 | 자꾸 反覆地 |
| 한참 好一陣 | 오페라 歌劇 | 갑자기 突然 |
| 들리다 聽見 | 부드럽다 溫柔 | 부끄럽다 害羞、不好意思 |

---

### 읽어 봅시다 🔊 095

**흐름소리1 /ㄹ/의 앞에서 [ㄴ] ➡ [ㄹ]**

- 연락[열락]　　어떻게 **연락**을 해야 할지 몰라서 한참 생각했다.
- 신랑[실랑]　　**신랑**, 신부가 행복하게 잘 살기를 바랍니다.
- 편리[펼리]　　교통이 **편리**한 곳으로 이사했어요.
- 신라[실라]　　경주는 **신라** 시대의 수도입니다.
- 관람[괄람]　　오늘이 전시회 마지막 날이어서 **관람**하려고 온 사람이 많다.

**질문**

1) 누가 누구에게 전화를 했습니까?

2) 피터 씨는 왜 부끄러워했습니까?

3) 앞 글의 내용과 같은 것을 고르십시오. ( )

❶ 피터 씨는 미영 씨와 자주 연락합니다.

❷ 피터 씨는 전화가 와서 깜짝 놀랐습니다.

❸ 피터 씨는 오페라보다 영화를 좋아합니다.

❹ 피터 씨는 미영 씨의 전화를 기다렸습니다.

4) 앞 글에서 이 사람의 성격에 대해서 알 수 있는 문장을 찾아서 쓰십시오.

❶ 모르는 여자를 만나는 것이 겁이 났다.

❷ ....................................................................................................

❸ ....................................................................................................

❹ ....................................................................................................

❺ ....................................................................................................

5) 이 두 사람은 잘 어울리는 것 같습니까? 왜 그렇게 생각합니까?

# 7-5② 읽기: 단짝 친구

🔊 096

　　저와 지민이는 단짝 친구입니다. 지민이는 아침에 눈을 뜨면 저부터 찾습니다. 저는 지민이와 같이 자는데 가끔은 제가 아침에 노래를 불러서 지민이를 깨워 줍니다.

　　지민이는 어디에 가든지 저를 데리고 갑니다. 가끔 깜빡 잊어버리고 저를 안 데리고 가면 우리는 둘 다 하루 종일 불안해합니다. 우리는 언제나 손을 잡고 다닙니다. 지민이는 이야기하는 것을 좋아해서 저에게 언제나 이야기를 많이 합니다. 그리고 저는 이야기를 듣는 것을 좋아해서 우리는 아주 잘 맞습니다.

　　그런데 지민이는 저보다 머리가 좀 나빠서 똑같은 것을 자꾸 물어 봅니다. 윤아의 전화번호가 몇 번이냐고 묻고, 어제 배운 단어 '저울' 이 무슨 뜻이냐고 묻고, 볼펜 5개에 1,200원이면 한 개에 얼마냐고 묻습니다. 제가 친절하게 다 가르쳐 주니까 지민이는 생각을 더 안 하는 것 같습니다.

　　이렇게 생각하기를 싫어하는 지민이도 제 생각을 정말 많이 해 줍니다. 지난주에 날씨가 좀 추워져서 지민이가 선물로 예쁜 스웨터와 목도리를 사 주었습니다. 그래서 저도 다음 지민이 생일에 불러주려고 최신 노래를 열심히 연습하고 있습니다.

　　여러분, 저와 지민이가 부럽죠? *^^*

요거~
예쁘죠?
ㄱㄱ

| 어휘 | 단짝 (單-) 死黨 | 눈을 뜨다 睜開眼睛 | 깨우다 叫醒 |
|------|------|------|------|
| | 불안하다 (不安--) 不安 | 맞다 合適 | 똑같다 相同 |
| | 뜻 意思 | 스웨터 毛衣 | 목도리 圍巾 |
| | 최신 (最新) 最新 | | |

## 읽어 봅시다 🔊 097

ㅎ소리 줄이기　　모음 앞에서 받침 /ㅎ/은 거의 소리 나지 않는다.

- **좋아해서**[조아해서]　　지민이는 이야기하는 것을 **좋아해서** 저에게 언제나 이야기를 많이 합니다.
- **넣어**[너어]　　사과를 봉지에 **넣어** 주세요.
- **놓여**[노여]　　탁자 위에 꽃병이 **놓여** 있어요.
- **쌓이니까**[싸이니까]　　눈이 **쌓이니까** 걸어 다니기가 힘들어요.
- **낳았어요**[나아써요]　　우리 언니가 둘째 아이를 **낳았어요**.

질문

1) 이것은 무엇일까요?

2) 왜 우리를 단짝 친구라고 합니까?

3) 앞 글의 내용과 같으면 0, 다르면 X 하십시오.
   ❶ 우리는 가끔 같이 다닙니다.                    (       )
   ❷ 지민이는 휴대전화로 여러 가지를 합니다.            (       )
   ❸ 지민이는 휴대전화가 없으면 불안해합니다.           (       )
   ❹ 지민이가 저에게 스웨터를 만들어 주었습니다.         (       )

4) 앞 글을 읽고 다음과 같이 질문하십시오.

| 1 | 전화번호 찾기 | 윤아의 전화번호가 몇 번이야? |
|---|---|---|
| 2 | 전자사전 | ❶ |
| 3 | 전자계산기 | ❷ |

5) 여러분도 늘 가지고 다니는 물건이 있습니까? 그 물건을 소개해 보십시오.

재미있는 전화번호 🔊 098

저는 다음 주에 이사를 하려고 합니다.

혼자 살아서 짐은 많지 않지만 도와줄 친구가 없어서 이삿짐센터에 부탁하려고 전화번호를 찾아 보았습니다.

그런데 재미있는 것은 이삿짐센터 전화번호는 ***-2424, ***-2404, ***-2482 등 거의 다 '24'라는 숫자가 들어갔습니다. 이 숫자는 한국말로 '이사'와 발음이 비슷해서 외우기 쉬웠습니다.

지난 주에는 설악산으로 여행을 가려고 기차표를 예약했는데 전화번호가 ****-7788이었습니다. '7788'은 한국에서 기차 소리를 나타내는 말 '칙칙 폭폭'과 발음이 비슷해서 재미있었습니다.

인터넷으로 재미있는 전화번호를 찾아보니까 한국말 발음과 비슷한 숫자를 사용한 전화번호가 여러 가지 있었습니다.

- **5252** : 오이오이(채소 가게)
- **9292** : 구이구이(닭구이 파는 가게)
- **5292** : 오리구이(오리구이 파는 가게)
- **8282** : 빨리빨리(택배)
- **4949** : 사구사구(시장)
- **4989** : 사구팔구(부동산)
- **1313** : 열쇠열쇠(열쇠 고치는 집)

이런 번호를 사용하면 사람들이 외우기 쉬워서 그 가게를 더 많이 이용할 것 같습니다.

그 밖에도 1004(천사), 7942(친구사이), 5882(오빠빨리) 등 가게 전화번호는 아니지만 재미있는 전화번호도 있었습니다.

| | | |
|---|---|---|
| 짐 行李 | 이삿짐센터 (移徙---) 搬家公司 | 칙칙폭폭 輕輕鏘鏘(火車發動聲) |
| 구이 烤 | 부동산 (不動産) 不動産 | 천사 (天使) 天使    사이 關係、之間 |

# 제8과 병원

# 8-1 낫지 않으면 다시 오세요

학습 목표 ● 과제 배탈 증세 말하기 ● 문법 에다가, ㅅ동사 ● 어휘 배탈 증세 관련 어휘

영수는 어디가 아픈 것 같습니까?
영수는 병원에서 무엇을 합니까?

◀》 099~100

영수　선생님, 배가 아파서 왔는데요.

의사　심하게 아프세요?

영수　너무 아파서 잠을 못 잤어요. 화장실에도 자주 가고요.

의사　어디 봅시다. (진찰을 한 후에) 식중독인 것 같군요.

영수　국에다가 해물을 넣어서 끓여 먹었는데 그것 때문인가요?

의사　그런 것 같아요.
　　　약을 드시고 낫지 않으면 이틀 후에 다시 오세요.

| | | |
|---|---|---|
| 심하다 (甚--) 嚴重 | 진찰 (診察) 看病、診察 | 식중독 (食中毒) 食物中毒 |
| 해물 (海物) 海鮮 | 낫다 好、痊癒 | 이틀 兩天 |

# 어휘

**01** 배가 아픕니다.

| | | |
|---|---|---|
| 소화가 안 되다 | 배탈이 나다 | 설사를 하다 |
| 토하다 | 속이 쓰리다 | 변비가 있다 |

**02** 알맞은 말을 넣으십시오.

1) 요즘 고민이 많아서 ＿＿＿＿＿＿＿＿＿＿＿＿＿＿ 어요/아요/여요.

2) 어제 밤에 음식을 잘못 먹어서 ＿＿＿＿＿＿＿＿＿＿＿＿ 었어요/았어요/였어요.
   배가 너무 아파서 잠을 잘 수가 없었어요.

3) 매운 음식을 많이 먹어서 ＿＿＿＿＿＿＿＿＿＿＿ 었어요/았어요/였어요.
   친구가 우유를 마시면 좋아질 거라고 했어요.

4) 어제 술을 너무 많이 마셨어요. 먹은 것을 ＿＿＿＿＿＿＿＿＿＿＿ 기도
   했어요.

5) 저는 ＿＿＿＿＿＿＿＿＿ 어서/아서/여서 화장실에 가면 30분 동안 있어야 해요.

## 01 에다가

用在名詞後，表示動作的目的地。其後接受詞與及物動詞 "붙이다, 쓰다, 적다, 넣다, 놓다, 꽂다" 等，"-에다가" 亦可與 "-에" 替換。

- 편지 봉투에다가 주소를 쓰세요.　　　　在信封上寫地址。
- 택시에다가 우산을 놓고 내렸어요.　　　雨傘放在計程車上就下車了。
- 수첩에다가 친구 전화번호를 적어　　　在記事本上記下了朋友的電話
  놓았어요.　　　　　　　　　　　　號碼。
- 크리스마스에는 선물을 양말에다가　　聖誕節時把禮物放在襪子裡。
  넣어요.

## 02 ㅅ 動詞

"ㅅ" 結尾的動詞，當其所連接的語尾是以子音開頭的 "-고, -지만, -는, -습니다" 等時，其 "ㅅ" 無變化；如果所連接的語尾是以母音開頭的 "-어요/아요, -었/았, -어도/아도, -으면, -으려고, -을까요?" 等時，其 "ㅅ" 要脫落，如："긋다, 낫다, 붓다, 잇다, 젓다, 짓다" 等。

- 형은 큰 집을 짓고 동생은 작은　　　　哥哥蓋了大房子，弟弟蓋了小房
  집을 지었습니다.　　　　　　　　子。
- 병이 나으면 기분도 나아질 거예요.　病情好轉的話，心情也會變好的。
- 젓가락으로 젓지 말고 숟가락으로　　不要用筷子攪拌，用湯匙拌著吃。
  저어서 드세요.
- 물을 붓고 간장을 좀 더 부으세요.　倒入水後，再倒入少許醬油。

# 문법 연습

에다가

**01** 문장을 만드십시오. 請造句。

[보기]

선생님이 칠판에다가 글씨를 쓰고 있어요.

❶

❷

❸

❹

❺

**02**

### ㅅ 동사

다음 표를 완성하고 질문에 대답하십시오. 請完成下表並回答問題。

| 어미 \ 동사 | -고 | 었어요/았어요/였어요 | -어서/아서/여서 | -으니까/니까 | -으면/면 | -은/ㄴ |
|---|---|---|---|---|---|---|
| 낫다 | 낫고 | | | | | |
| 짓다 | | 지었어요 | | | | |
| 붓다 | | | 부어서 | | | |
| 젓다 | | | | 저으니까 | | |
| 잇다 | | | | | 이으면 | |
| 긋다 | | | | | | 그은 |

[보기] 가 : 다리가 아직도 아파요?
　　　 나 : 아니요, 다 나았는데요. (낫다)

1) 가 : 여기에도 새 건물을 짓는군요
　　 나 : 네, 다 _____으려면/려면 2년쯤 걸린다고 해요. (짓다)

2) 가 : 어제 축구하다가 다친 다리는 괜찮아요?
　　 나 : 아니요, 아직도 많이 _____어/아/여 있어요. (붓다)

3) 가 : 물을 붓고 끓이기만 하면 됩니까?
　　 나 : 끓이면서 계속 _____어야/아야/여야 돼요. (젓다)

4) 가 : 줄이 짧아서 묶을 수 없어요.
　　 나 : 줄 두 개를 _____어서/아서/여서 묶으면 돼요. (잇다)

5) 가 : 이 이야기는 너무 어려워요.
　　 나 : 모르는 단어에 밑줄을 _____어/아/여 보세요. (긋다)

**과제 1** 듣고 말하기 [🔊 101]

듣고 질문에 대답하십시오. **請聽完後回答問題。**

1) 김민지 씨는 왜 배탈이 났습니까?

_____

2) 김민지 씨는 어디가 어떻게 아픕니까?

_____

3) 식중독에 걸렸을 때 무엇을 해야 합니까?

_____

4) 스트레스 때문에 배가 아플 때는 어떻게 해야 합니까?

_____

5) 최지현 씨는 왜 배가 아픕니까?

_____

● 여러분도 배가 아픈 적이 있습니까?
  언제, 왜, 어떻게 아팠는지 이야기해 보세요.

_____

_____

_____

_____

# 8-2 목이 좀 아픈 데다가 콧물도 나요

학습 목표 ● 과제 감기 증세 말하기 ● 문법 -는 데다가, -지 말고 ● 어휘 감기 증세 관련 어휘

리에는 지금 어디에 있습니까?
리에는 어디가 아픈 것 같습니까?

🔊 102~103

의사  증세가 어떠세요?

리에  목이 좀 아픈 데다가 콧물도 나요.

의사  목이 많이 부었군요. 언제부터 그랬어요?

리에  어제 아침부터 아팠는데 점점 심해져요.

의사  몸살감기인 것 같군요. 과로하지 말고 푹 쉬셔야 합니다.

리에  일이 많아서 쉴 수 있을지 모르겠어요.

---

증세 (症勢) 症狀     콧물 鼻涕     점점 (漸漸) 漸漸     몸살감기 (--感氣) 病痛感冒 (因感冒而出現的全身痠痛症狀)
과로하다 (過勞--) 過度疲勞     푹 充分地

# 어휘

**01** 감기 증세입니다.

| | | |
|---|---|---|
| 기침을 하다 | 두통이 심하다 | 목이 쉬다 |
| 몸이 떨리다 | 열이 나다 | 코가 막히다 |

**02** 알맞은 말을 넣으십시오.

1) 가 : 엄마, 너무 춥고 힘이 없어요.
   나 : 어디 보자. 앗, 뜨거워. _____ 는구나/구나.

2) 가 : 감기가 심한 것 같군요.
   나 : 네, _____ 을/ㄹ 때마다 목이 아파요.

3) 가 : 춥지도 않은데 옷을 왜 두껍게 입었어요?
   나 : 열이 있어서 옷을 많이 입어도 _____ 네요.

4) 가 : 어디 아프세요? 힘들어 보여요.
   나 : _____ 어서/아서/여서 머리가 깨질 것 같아요.

5) 가 : 감기에 걸린 것 같아요. _____ 어서/아서/여서 목소리가
      이상해졌어요.
   나 : 따뜻한 물을 자주 드시면 좋아질 거예요.

YONSEI KOREAN 2

문법
설명

**01 –는/은/ㄴ 데다가**

　　用在動作動詞或狀態動詞後，表示在前面所描述的內容上再加上後面的內容。

- 요즘은 사업이 잘 되는 데다가 아이들도　　最近不僅事業順利，孩子們讀書也
  공부를 잘 해서 정말 행복해요.　　　　　　認真，所以非常幸福。
- 숙제가 어려운 데다가 시간도 없어서　　作業不僅難，時間也不夠，所以沒
  숙제를 할 수 없었어요.　　　　　　　　辦法完成作業。
- 점심을 늦게 먹은 데다가 몸이 안 좋아서　中餐不但吃得晚，身體也不舒服，
  입맛이 없어요.　　　　　　　　　　　所以沒有食慾。
- 이 식당은 음식 값이 싼 데다가　　　　這家餐廳不但食物價格便宜，阿姨
  아주머니도 친절해요.　　　　　　　　也很熱情。

**02 –지 말고**

　　用在動作動詞後，表示阻止做某事。後句中使用 "-으십시오/십시오,-어라/아라/여라" 等命令句或 "-읍시다/ㅂ시다, -자" 等共動句語尾。

- 그렇게 서 있지 말고 들어 와라.　　　　不要一直站著，進來吧。
- 바다로 가지 말고 산으로 갑시다.　　　不要去海邊，去山上吧。
- 늦었으니까 버스를 타지 말고 택시를　　太晚了，別坐巴士，請搭計程車。
  타고 가세요.
- 아버지는 나에게 늦게까지 공부하지　　爸爸告訴我：讀書不要讀太晚，
  말고 일찍 자라고 하세요.　　　　　　早一點睡。

## 문법 연습

**-는/은/ㄴ 데다가**

**01** 문장을 만드십시오. 請造句。

[보기]

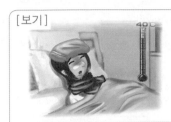

리에 씨는 열이 나는 데다가 목도 많이 아픈 것 같아요.

❶

날씨가 _____

❷

이 옷은 _____

❸

우리 선생님은 _____

안녕하세요?
윗사람   친구
          부모님
          연인

❹

이 휴대폰은 _____

❺

어제는 _____

**-지 말고**

02

대답하십시오. **請回答**。

[보기] 가 : 영화를 볼까요?
　　　 나 : 아니요, 재미있는 영화가 없으니까 영화를 보지 말고
　　　　　 공원에 갑시다.


1) 가 : 택시를 탈까요?

　　나 : 아니요, _____


2) 가 : 테니스를 칠까요?

　　나 : 아니요, _____


3) 가 : 자장면을 배달시킬까요?

　　나 : 아니요, _____


4) 가 : 선생님께 물어볼까요?

　　나 : 여기 사전이 있으니까 _____


5) 가 : 생일 선물로 책을 살까요?

　　나 : 아니요, _____

# 과제 1 말하기

두 사람이 이야기해 봅시다.
한 사람은 감기 증세를 말하고  또 한 사람은 의사가 되어서 처방을 하십시오.
請兩人一組對談。一個人描述感冒症狀，一個人當醫生開處方。

[보기] 의사 : 어떻게 오셨습니까?
　　　환자 : 기침을 심하게 하는 데다가 열도 나요.
　　　의사 : 언제부터 기침을 하셨습니까?
　　　환자 : 3일 전쯤부터 했어요.
　　　의사 : 기침을 할 때 가래가 나옵니까?
　　　환자 : 아니에요. 그런데 기침을 할 때 목이 많이 아파요.
　　　의사 : '아~~' 해 보세요.
　　　환자 : 아~~
　　　의사 : 열은 심하지 않으시군요. 그런데 목이 많이 부었어요.
　　　　　　목감기입니다. 주사를 맞으셔야겠어요.
　　　　　　약은 이틀 분을 처방해 드릴 테니까 드세요.
　　　　　　그리고 이틀 후에 다시 오셔야 합니다.

의사 : ..................................................................................................................

환자 : ..................................................................................................................

의사 : ..................................................................................................................

환자 : ..................................................................................................................

의사 : ..................................................................................................................

환자 : ..................................................................................................................

처방 (處方) 處方　　가래 痰　　주사 (注射) (打)針

# 8-3 약을 사기 위해서는 처방전이 있어야 합니다

학습 목표 ●과제 약국 이용하기 ●문법 -기 위해서, 아무 ●어휘 약 관련 어휘

웨이는 어디에 있습니까?
약국에서 약을 받으려면 무엇이 필요합니까?

◀ 104~105

웨이    콧물이 많이 나서 왔는데요.

약사    약을 사기 위해서는 처방전이 있어야 합니다.

웨이    약을 살 때 항상 처방전이 있어야 합니까?

약사    그런 것은 아니지만 아무 약이나 드시면 안 되니까요.

웨이    우선 처방전 없이 받을 수 있는 약을 주십시오.

약사    오늘은 종합 감기약만 드리겠습니다.

나다 生、有、出    처방전 (處方箋) 處方箋、藥單    종합 (綜合) 綜合

# 어휘

**01**
여러 가지 약이 있습니다.

1) **소화제**는 음식을 먹고 소화가 되지 않을 때 먹어요.
2) **진통제**는 이나 머리가 아플 때 먹어요.
3) **영양제**는 아이들이나 노인들이 많이 먹어요. 비타민이나 칼슘 등이 있어요.
4) **피부 연고**는 피부에 문제가 있을 때 바르는 약이에요.
5) **소독약**은 다친 곳을 깨끗하게 하는 약이에요.
6) **수면제**는 잠을 자고 싶은데 잘 수 없을 때 먹는 약이에요.

**02**
무슨 약이 필요할까요?

소화제

문법
설명

**01 -기 위해서**

　　用在動作動詞後，表示做某事的目的或意圖。換句話說，以前句內容為目的而發生後句動作。

● 버스를 타기 위해서 30분을 기다렸어요.　為了搭公車，我等了30分鐘。
● 학비를 벌기 위해서 아르바이트를 했어요.　為了賺學費，我去打工。
● 대학생들이 좋은 회사에 취직하기
　위해서 열심히 공부합니다.　大學生們為了到好的公司工作而努力學習。

　　也可以用在名詞後，以 "名詞 + 을/를 위해서" 的形式。

● 사랑하는 가족을 위해서 아버지들은
　열심히 일을 한다.　為了深愛的家人，父親們努力工作。
● 전쟁이 일어나면 많은 젊은이들이
　나라를 위해서 싸운다.　如果發生戰爭，很多年輕人將為了國家而戰鬥。
● 성공을 위해서 이 정도의 고통은
　참아야 한다.　為了成功，這點痛苦必須要忍耐。

**02 아무**

　　與時間 "때"、地點 "곳/데"、事物 "것"、人物等名詞一起使用，表示「不特別區分、全部」的意思。

● 아무 데나 갑시다.　隨便去哪個地方吧。
● 이곳에 아무나 들어갈 수 있어요?　這裡任何人都可以進去嗎？
● 우리 집에 아무 때나 와도 좋아요.　任何時候都可以來我家。
● 마음에 드는 것은 아무 것이나 다 가져라.　你滿意的東西不管什麼都可以帶走。

# 문법 연습

## -기 위해서

01 대답하십시오. 請回答。

[보기]

가 : 왜 돈을 모읍니까?
나 : 가난한 사람들을 돕기 위해서
　　돈을 모읍니다.

가 : 누구를 위해서 도서관을 짓고 있습니까?

나 : _____

가 : 무엇을 위해서 동네 청소를 합니까?

나 : _____

가 : 왜 휴가를 신청하셨습니까?

나 : _____

가 : 왜 한국에 오셨습니까?

나 : _____

가 : 왜 프랑스로 유학을 가십니까?

나 : _____

02

아무

대답하십시오. **請回答**。

[보기] 가 : 무슨 음식을 먹고 싶어요?
　　　 나 : 아무 음식이나 괜찮아요.

1) 가 : 일요일에는 언제 시간이 있어요?

　　 나 :
　　 _____

2) 가 : 어디에 앉을까요?

　　 나 :
　　 _____

3) 가 : 생일 선물로 뭘 받고 싶어요?

　　 나 :
　　 _____

4) 가 : 그 사람한테 어떤 옷이 잘 어울려요?

　　 나 :
　　 _____

5) 가 : 이 사과를 누구에게 줄까요?

　　 나 :
　　 _____

# 과제 1    말하기 ●──────────────────────────

어떻게 하면 좋을까요? 대화를 만드십시오. 該怎麼做比較好呢？請編寫對話。

[보기] 가 : 피부가 나빠져서 고민이에요.
나 : 피부가 좋아지기 위해서는 잠을 많이 자고 비타민
C를 드셔야 합니다.


1) 키가 작아서 고민

가 : ........................................................................................
나 : ........................................................................................


2) 머리카락이 빠져서 고민

가 : ........................................................................................
나 : ........................................................................................


3) 살이 빠져서 고민

가 : ........................................................................................
나 : ........................................................................................


4) 자주 감기에 걸려서 고민

가 : ........................................................................................
나 : ........................................................................................


5) 눈이 나빠져서 고민

가 : ........................................................................................
나 : ........................................................................................


비타민 維他命    머리카락 頭髮    살이 빠지다 身體消瘦

# 8-4 환자가 얼마나 많은지 몰라요

학습 목표 ●과제 병원 이용하기 ●문법 얼마나 –는지 모르다, -나 보다 ●어휘 병원 관련 어휘

여기는 어디입니까?

병원을 이용할 때 불편한 점은 무엇입니까?

◀» 106~107

| | |
|---|---|
| 정희 | 김 박사님께 진료를 받으려고 하는데요. |
| 병원 직원 | 어디가 안 좋으시죠? |
| 정희 | 계속 피곤하고 소화도 안 되는데 이유를 모르겠어요. |
| 병원 직원 | 김 박사님께 진료를 받으시려면 2주일은 기다리셔야 합니다. |
| 정희 | 2주일요? 김 박사님 환자가 많은가 봐요. |
| 병원 직원 | 네. 요즘 환절기여서 환자가 얼마나 많은지 몰라요. |

진료 (診療) 看診　　환자 (患者) 病人　　환절기 (換節期) 換季期間

# 어휘

**01** 병원에 갑니다.

1) 아프면 돈이 많이 필요해요. 그래서 **건강 보험**에 들어서 돈을 조금씩 내면 아플 때 도움을 받을 수 있어요.

2) 병이 빨리 나으려면 병원에 가서 **치료**를 받아야 돼요.

3) 저는 어렸을 때 일주일 동안 병원에 **입원**을 한 적이 있어요.

4) 전에는 칼로만 **수술**을 했지만 요즘은 여러 가지 방법으로 할 수 있어요.

5) 그 사람은 오랫동안 **입원**해 있었지만 지금은 병이 다 나아서 **퇴원**을 했어요.

6) 종합 병원에서 진찰을 받으려면 개인 병원에서 **진단서**를 받아서 가지고 가야 해요.

**02** 연결하십시오.

1) 건강 보험   ●

2) 수술   ●

3) 입원   ●

4) 진단서   ●

5) 치료   ●

● 가) 치료를 받기 위해서 병원의 병실에서 먹고 자는 일

● 나) 병원에서 치료를 받았다는 증명서

● 다) 아플 때 도움을 받기 위해서 건강할 때 조금씩 돈을 내는 것

● 라) 병을 낫게 하는 일

● 마) 몸에 문제가 있을 때 칼을 사용해서 고치는 방법

YONSEI KOREAN 2

**231**

**01 얼마나 -는지, 은지/ㄴ지 모르다**

　　與動作動詞或狀態動詞一起使用，表示強調。

- 이 책이 얼마나 어려운지 몰라요. 　　這本書不知道有多難。
- 그 사람이 얼마나 부자인지 몰라요. 　　那個人不知道有多富有。
- 이 떡이 얼마나 맛있는지 모릅니다. 　　這年糕不知道有多好吃。
- 학생들이 얼마나 열심히 배우는지 　　學生們不知道有多努力學習。
  모릅니다.
- 음식이 맛있어서 얼마나 많이 　　食物很好吃，都不知道吃了多少。
  먹었는지 모릅니다.

**02 -나, 은가/ㄴ가 보다**

　　用在動作動詞或狀態動詞後，表示推測。特別用於話者沒有親身經驗的間接經驗或透過某種線索而進行的判斷。動作動詞或過去式後面用 "-나 보다"，狀態動詞後用 "-은가/ㄴ가 보다"。

- 아이가 새 선생님이 좋은가 봐요. 　　孩子好像喜歡新老師。
  집에 와서 선생님 이야기를 많이 해요.
- 저 남자는 정말 저 여자를 사랑하나 　　那個男人好像真的深愛那女人。
  봐요.
- 급하게 먹는 걸 보니까 오랫동안 　　看他吃得那個急，好像好久沒吃
  못 먹었나 봐요. 　　東西了。
- 문을 닫는 걸 보니까 이제 연극을 　　看他關門，話劇好像要開始了。
  시작할 건가 봐요.

# 문법 연습

**01**

얼마나 -는지, 은지/ㄴ지 모르다

대답하십시오. 請回答。

[보기] 가 : 요즘 바빠요?
　　　 나 : 네, 얼마나 바쁜지 몰라요.

1) 가 : 그 사람이 돈이 많아요?

　 나 : 네, ..............................................................................................

2) 가 : 물이 뜨거워요?

　 나 : 네, ..............................................................................................

3) 가 : 한국말로 전화하기가 어려워요?

　 나 : 네, ..............................................................................................

4) 가 : 학생들이 열심히 공부해요?

　 나 : 네, ..............................................................................................

5) 가 : 어머니께서 걱정을 많이 하셨어요?

　 나 : 네, ..............................................................................................

**02** -나, 은가/ㄴ가 보다

대답하십시오. 請回答。

[보기]

가 : 왜 이렇게 차가 밀려요?
나 : 앞에서 사고가 났나 봐요.

❶

가 : 아기가 계속 울기만 해요.
나 :

❷

가 : 왜 전화를 안 받을까요?
나 :

❸

가 : 민철 씨가 날마다 꽃을 사 줘요.
나 :

❹

가 : 마리아 씨가 시험을 잘 봤군요.
나 :

❺

가 : 학교에 학생들이 한 명도 없어요.
나 :

## 과제 1　쓰고 말하기

그림을 보고 이야기를 완성해 보십시오. 請看圖完成談話。

[보기]

 저는 어렸을 때 주사를 싫어했어요. 병원에서 주사를 맞는 것이 얼마나 무서웠는지 몰라요. 그래서 아파도 어머니께 말하지 않았어요. 병원에 가지 않아서 더 아플 때도 많았어요. 얼마나 바보 같았는지 몰라요.

❶

❷

❸

❹

❺

무섭다 害怕

## 8-5 ❶ 읽기: 한의원에서의 신기한 경험

🔊 108

나는 오늘 친구들과 농구를 하다가 넘어졌다. 너무 아파서 걷기도 힘들었다.

친구는 그렇게 아플 때는 한의원에 가서 침을 맞는 게 좋다고 했다. 나는 침이라는 말을 처음 들어서 친구에게 침이 뭐냐고 물어봤다. 친구는 침은 바늘 같이 생긴 것인데 침을 맞으면 빨리 나을 수 있다고 했다. 작년에 스키장에서 스키를 타다가 넘어졌을 때 한의원에 가서 침을 맞고 나았다고 했다. 친구는 학교 근처에 있는 유명한 한의원에 같이 가 보지 않겠냐고 했다.

나는 친구와 같이 한의원에 갔다. 한의사 선생님은 이것저것 물어 보시고 발목을 만져 보셨다. 한의사 선생님은 나에게 발목을 많이 삐었으니까 침을 맞아야 한다고 하셨다. 그리고 발목이 많이 부었으니까 찜질을 하라고 하셨다. 내가 약은 안 먹어도 되냐고 물어보니까 약은 안 먹어도 되고 침만 몇 번 더 맞으면 된다고 하셨다. 그리고 며칠 동안은 많이 걷지 말고 쉬라고 하셨다.

나는 침을 맞기 전에 긴장을 많이 했는데 다행히 침을 맞을 때 별로 아프지 않았다. 30분쯤 지나니까 좀 좋아지는 것 같았다. 아주 신기했다.

| 어휘 | | |
|---|---|---|
| 한의원 (韓醫院) 中醫醫院 | 신기하다 (新奇--) 新奇 | 침 (鍼) 針灸 |
| 바늘 針 | 생기다 長(得) | 침을 맞다 (鍼---) 扎針 |
| 한의사 (韓醫師) 中醫師 | 발목 腳踝 | 만지다 撫摸 |
| 삐다 扭傷 | 찜질을 하다 敷 | 긴장을 하다 (緊張---) 緊張 |
| 다행히 (多幸-) 幸好 | | |

### 읽어 봅시다  🔊 109

모음 /ㅢ / /ㅢ/가 뒤에 올 때는 [의] 또는 [이]로 발음한다.

- 한의원[하늬원/하니원]　　친구가 그렇게 아플 때는 **한의원**에 가서 침을 맞는게 좋다고 했다.
- 한의사[하늬사/하니사]　　**한의사** 선생님은 이것저것 물어 보시고 발목을 만져 보셨다.
- 회의[회의/회이]　　오늘 2시에 **회의**가 있으니 꼭 참석하시기 바랍니다.
- 문의[무늬/무니]　　궁금한 게 있으시면 전화로 **문의**해 보세요.
- 거의[거의/거이]　　숙제를 **거의** 다 했어요.

질문

1) 이 사람은 한의원에서 어떤 치료를 받았습니까?

2) 이 사람은 앞으로 낫기 위해서 어떻게 해야 합니까?

3) 앞 글의 내용과 같으면 O, 다르면 X 하십시오.
   ❶ 침은 바늘과 같이 생겼습니다. ( )
   ❷ 발목이 부었을 때는 찜질을 하는 것이 좋습니다. ( )
   ❸ 이 사람은 한의원에서 주사를 맞았는데 아프지 않았습니다. ( )
   ❹ 이 사람은 친구들과 운동을 하다가 넘어졌는데 너무 아팠습니다. ( )

4) 다음은 앞 글을 요약한 글입니다. 빈 칸에 알맞은 어휘를 쓰십시오.

> 이 사람은 오늘 농구를 하다가 넘어져서 ( )을/를 다쳤다. 친구가 소개해 준 유명한 ( )에 가서 침을 맞았다. 30분쯤 지난 후에 낫는 것 같아서 ( )는다고/ㄴ다고/다고 생각했다. 한의사 선생님은 ( )을/를 하는 게 좋다고 하셨다. 그리고 ( )은/는 먹지 않아도 된다고 하셨다.

5) 여러분이 알고 있는 좋은 치료 방법이 있으면 이야기해 보십시오.

 읽기: 쉽게 할 수 있는 스트레칭

110

공부하다가 힘들 때 건강을 위한 스트레칭을 해 보면 어떨까요? 다음은 여러분이 의자에 앉아서 할 수 있는 스트레칭입니다. 가벼운 기분으로 따라해 보세요.

❶ 왼손으로 머리 오른쪽을 잡습니다. 머리를 왼쪽으로 당기세요. 오른손은 아래로 쭉 뻗어 의자를 잡습니다. 마음 속으로 열까지 셉니다. 이 동작을 세 번 반복합니다. 반대쪽도 같은 동작을 세 번 합니다.

❷ 의자에 똑바로 앉습니다. 오른쪽 다리를 굽혀서 발목을 왼쪽 다리 위에 올려 놓습니다. 오른쪽 발목으로 천천히 동그라미 그리기를 열 번 반복합니다. 반대쪽도 같은 동작을 열 번 반복합니다.

❸ 두 손을 빨리 비벼서 따뜻해지게 합니다. 두 손을 양쪽 눈에 대고 손끝으로 천천히 눌러 줍니다. 오랜 시간 동안 책을 본 후에 눈이 피곤해졌을 때 이렇게 하면 좋습니다.

❹ 허리를 펴고 똑바로 앉습니다. 두 손을 잡고 팔을 앞쪽으로 쭉 뻗습니다. 이때 손바닥이 밖으로 향하게 합니다. 마음 속으로 열까지 센 후에 팔을 내립니다. 다시 두 팔을 위로 뻗고 열을 셉니다. 손목을 천천히 동그라미를 그리는 것처럼 열 번 돌립니다.

오랜 시간 앉아서 공부하기가 얼마나 힘듭니까? 쉬는 시간에 이 스트레칭을 하면 건강도 지키고 성적도 올릴 수 있을 것입니다.

| 어휘 | | |
|---|---|---|
| 스트레칭 伸展運動 | 당기다 拉 | 뻗다 伸 |
| 세다 數 | 동작 (動作) 動作 | 반복하다 (反覆--) 反覆 |
| 굽히다 彎 | 동그라미 圓 | 비비다 搓 |
| 손바닥 手掌 | 향하다 (向--) 向 | 손목 手腕 |
| 돌리다 轉 | | |

### 읽어 봅시다 111

| 입천장소리 1 | /ㅈ/ 잡다 | 주다 | 동작 | 성적 | 낮 | 맞다 |
|---|---|---|---|---|---|---|
| | /ㅉ/ 쭉 | 찌개 | 짜다 | 오른쪽 | 공짜 | 단짝 |
| | /ㅊ/ 책 | 채소 | 차다 | 스트레칭 | 친척 | 꽃 |

- 잡습니다  왼손으로 머리 오른쪽을 **잡습니다**.
- 동작 이 **동작**을 세 번 반복합니다.
- 쭉 두 손을 잡고 팔을 앞쪽으로 **쭉** 뻗습니다.
- 오른쪽, 왼쪽 **오른쪽** 다리를 굽혀서 발목을 **왼쪽** 다리 위에 올려 놓아요.
- 스트레칭 공부하다가 힘들 때 건강을 위한 **스트레칭**을 해 보면 어떨까요?

**질문**

1) 앞 글은 어떤 스트레칭을 소개하고 있습니까?

2) 이 스트레칭을 하면 좋은 사람은 누구일까요?

3) 앞 글의 내용과 같으면 O, 다르면 X 하십시오.
   ❶ 1번 스트레칭을 할 때 두 손으로 머리를 잡습니다.                    (       )
   ❷ 2번 스트레칭을 할 때 발목을 돌립니다.                              (       )
   ❸ 3번 스트레칭은 책을 볼 때 합니다.                                  (       )
   ❹ 4번 스트레칭을 할 때 팔을 돌려서 동그라미를 그립니다.              (       )

4) 다음 동작은 무엇을 하는 것입니까? 그림을 보고 연결하십시오.

   ❶ 왼손으로 머리 오른쪽을 잡기          •                    •㉠

   ❷ 오른쪽 다리를 왼쪽 다리 위에          •                    •㉡
      올려 놓기

   ❸ 발목으로 동그라미 그리기            •                    •㉢

   ❹ 두 손을 양쪽 눈에 대기              •                    •㉣

   ❺ 두 손을 잡고 팔을 앞쪽으로 뻗기     •                    •㉤

5) 여러분이 자주 하는 스트레칭이 있으면 소개해 주십시오.

리에가 본 한국

## 병문안 🔊 112

웨이 씨가 교통사고가 났어요. 일주일 동안 병원에 입원해서 제가 문병을 갔어요. 웨이 씨는 다리에 깁스를 하고 있었어요. 다리를 움직일 수 없어서 하루 종일 누워 있다고 했어요. 답답해하는 것 같았어요.

조금 후에 영수 씨가 왔어요. 영수 씨는 자동차 잡지와 만화책을 가지고 왔어요. 웨이 씨가 좋아했어요.

제임스 씨도 병문안을 왔어요. 제임스 씨는 우유와 호두를 사 가지고 왔어요. 모두 뼈에 좋은 거라고 했어요.

그런데 제 선물만 웨이 씨에게 주지 못했어요. 꽃을 사 가지고 갔는데 가지고 들어갈 수 없었어요. 관리하시는 아저씨가 가지고 갈 수 없다고 했어요. 꽃 알레르기가 있는 사람도 있어서 그런가 봐요.

우리 네 사람은 같이 이런저런 이야기를 했어요. 친구들과 재미있는 이야기를 하니까 웨이 씨도 기분이 좋아진 것 같았어요. 영화에서 본 것처럼 깁스 위에 무엇인가를 쓰면 웨이 씨가 빨리 나을 것 같았어요. 그래서 웨이 씨의 깁스 위에 '빨리 나으세요 – 리에', '빨리 나아서 같이 축구하자 – 영수', '멋지게 뛰는 모습을 보여줘 – 민지'라고 썼어요. 우리가 쓴 말 덕분에 웨이 씨는 더 빨리 나을 거예요.

| 병문안 (病問安) 探望病人 | 문병 (問病) 探望病人 | 깁스 石膏模 | 답답해하다 鬱悶 | 호두 核桃 |
| 뼈 骨頭 | 알레르기 過敏 | 멋지다 帥 | | |

# 제9과 여행

# 9-1 지난 여름에 갔던 동해 바다가 제일 기억에 남아요

학습 목표 ●과제 여행 경험 말하기 ●문법 밖에, -었던 ●어휘 여행의 종류 관련 어휘

여기는 어디입니까?
영수 씨가 무엇을 하고 있습니까?

🔊 113~114

리에　영수 씨는 해외 여행을 많이 해 봤어요?

영수　아니요, 너무 바빠서 국내 여행밖에 못 했어요.

리에　그럼 지금까지 여행한 곳 중에서 어디가 제일 좋았어요?

영수　지난 여름에 갔던 동해 바다가 제일 기억에 남아요.

리에　거기에서 무엇을 하셨어요?

영수　일출을 봤는데 영화의 한 장면 같았어요.

---

해외 (海外) 海外　　동해 (東海) 東海　　기억에 남다 (記憶—) 留下印象　　일출 (日出) 日出　　장면 (場面) 場景

## 어휘

**01** 어떤 여행을 하고 싶습니까?

| 국내 여행 | 해외 여행 | 배낭 여행 |
| 신혼 여행 | 수학 여행 | 단체 관광 |

**02** 알맞은 말을 넣으십시오.

1) 여행을 싸게 하려면 ＿＿＿＿＿＿＿＿을/를 하는 것이 좋다. 여러 사람이 같이 구경을 하기 때문에 자기가 가고 싶은 곳만 갈 수는 없지만 유명한 관광지를 구경할 수 있다.

2) ＿＿＿＿＿＿＿＿은/는 기억에 오래 남는다. 학교 친구들과 함께 재미있는 추억을 많이 만들 수 있다.

3) 나는 비행기 타는 것을 싫어해서 다른 나라로 여행을 가기가 힘들다. 그래서 방학마다 버스나 기차를 타고 ＿＿＿＿＿＿＿을/를 한다.

4) 돈이 많이 들지 않는 여행을 하려면 ＿＿＿＿＿＿＿＿이/가 제일 좋다. 고생은 하지만 여기저기를 다니면서 배우는 것이 아주 많다.

5) 나는 결혼을 하면 ＿＿＿＿＿＿＿＿을/를 한 달 동안 가고 싶다. 좋은 곳에 가서 사랑하는 사람과 미래를 계획하고 아름다운 추억도 많이 만들고 싶다.

문법 설명

**01 밖에**

　　用在名詞後，表示對內容進行限制或沒有選擇的餘地。後面連接 "안, 못, 없다, 모르다" 等表示否定的形式。

● 손님이 두 명밖에 안 왔어요.　　　　客人只來了兩位。
● 음식이 조금밖에 안 남았어요.　　　　食物只剩下一點點。
● 나는 그 사람 이름밖에 몰라요.　　　　我只知道那人的名字。
● 교실에는 그 학생밖에 없었어요.　　　　教室裡只有那位學生。

**02 -었던/았던/였던**

　　用在動作動詞或狀態動詞後，將過去發生的、不再持續（一次性的）的經歷，或與現在很不一樣的過去事實，以回想的方式進行描述。

● 한 번 만났던 사람은 절대 잊어버리지　　見過一次面的人我絕對不會忘記。
　않는다.
● 내가 어렸을 때 다녔던 초등학교가　　我小時候上過的小學學校不見了。
　없어졌다.
● 나무가 많았던 숲에 이제는 큰 공장이　　曾經樹木茂盛的叢林，現在建成了
　세워졌다.　　　　　　　　　　　　　大工廠。
● 꼬마였던 그 아이가 이제는 처녀가　　當年還是小孩子的她，現在已經變
　되어 나타났다.　　　　　　　　　　成小姑娘了。

## 문법 연습

**밖에**

**01** 대답하십시오. 請回答。

[보기]

가 : 아침에 뭘 잡수세요?
나 : 아침에 우유밖에 안 먹어요.

가 : 양복이 몇 벌이나 있어요?
나 : _____

❷

가 : 한 달에 용돈을 얼마나 쓰세요?
나 : _____

❸

가 : 여기서 지하철역까지 얼마나 걸려요?
나 : _____

❹

가 : 학생들이 다 왔어요?
나 : _____

❺

가 : 지난 주말에 여기저기 많이 구경했어요?
나 : _____

## -었던/았던/였던

**02** 대답하십시오. **請回答。**

> [보기] 가 : 어디에서 만날까요?
> 나 : 지난 번에 만났던 커피숍에서 만납시다.

1) 가 : 어느 자리에 앉을까요?

    나 : 어제 _____

2) 가 : 어느 옷이 제일 잘 어울려요?

    나 : 아까 _____

3) 가 : 무슨 노래를 부를 거예요?

    나 : 지난 번에 _____

4) 가 : 저 여학생은 누구예요?

    나 : 지난 주에 _____

5) 가 : 제일 기억에 남는 여행지는 어디예요?

    나 : 작년에 _____

## 과제 1 말하기 ●━━━━━━━━━━━━━━━━━━━━━━━

여러분의 고향에 친구를 데리고 왔습니다. 친구에게 이곳을 소개해 주세요.
你帶朋友到自己的故鄉。請向朋友介紹這個地方。

산: 어렸을 때 다리를 다쳤습니다.

영화관: 영희와 처음 손을 잡았습니다.

우리집: 20살 때까지 살았습니다.

학교: 처음 한글을 배웠습니다.

운동장: 처음 자전거를 탔습니다.

공원: 영희와 첫 키스를 했습니다.

도서관: 대학 시험을 준비했습니다.

병원: 15살 때 입원했습니다.

가게: 처음 아르바이트를 했습니다.

강: 7살 때 물에 빠졌습니다.

[보기] 저 학교는 내가 처음 한글을 배웠던 곳이야.

........................................................................
........................................................................
........................................................................
........................................................................
........................................................................
........................................................................
........................................................................
........................................................................

물에 빠지다 掉進水裡、溺水 　 한글 韓文字母的名稱 　 키스 吻 　 민박 (民泊) 民宿 　 여관 (旅館) 旅館

# 9-2 경주는 신라의 수도였지요?

학습 목표 ●과제 여행 계획하기 ●문법의, -던 ●어휘 여행 준비 관련 어휘

▶ 두 사람은 무슨 이야기를 하고 있습니까?
경주는 어떤 곳일까요?

🔊 115~116

리에   이번 연휴에 친구들과 같이 여행을 할까 하는데 어디가
     좋을까요?

영수   설악산과 제주도는 가 봤다고 했으니까 이번에는 경주에 가
     보세요.

리에   경주는 신라의 수도였지요? 저도 가 보고 싶었어요.

영수   역사적인 볼거리가 많아서 재미있을 거예요.

리에   싸고 좋은 숙박 시설도 있어요?

영수   제가 자주 가던 호텔이 있는데 인터넷으로 예약해 드릴까요?

수도 (首都) 首都   역사적 (歷史的) 歷史性的   볼거리 值得看的東西、景點   숙박 시설 (宿泊施設) 住宿施設

## 어휘

**01** 여행을 할 때 무엇이 필요합니까?

| | | |
|---|---|---|
| 교통편 | 여행 안내서 | 여행 경비 |
| 여행자 보험 | 3박 4일 | 숙박 시설 |

**02** 알맞은 말을 넣으십시오.

이번 여름에는 여행을 가려고 한다. 한국어 공부도 중요하지만 한국의 여기저기를 구경하고 싶다. 그래서 오늘은 학교 안에 있는 여행사에 갔다. 여행사에는 여행지를 소개하는 _____ 이/가 많았다.

서울 근처에 있는 여행지는 _____ 이/가 좋아서 기차나 버스를 타면 하루 안에 다녀올 수 있다. 그리고 2박 3_____ 이나/나 3_____ 4일로 계획을 세우면 한국의 어디든지 갈 수 있을 것 같았다.

여행사 직원은 남해 바다를 추천해 주었다. 남해 바다가 경치도 아름답고 _____ 도 좋아서 편하게 잘 수 있다고 했다.

그리고 내가 외국인이니까 안전하게 _____ 에 가입하는 것이 좋을 거라고 했다.

_____ 도 생각보다 비싸지 않았다.

여행사에서 나오면서 나는 여행갈 생각 때문에 즐거웠다.

## 01 의

助詞，用在名詞後連接兩個名詞，表示後面的名詞為前面名詞的所有、所屬、所在等關係。

- 아버지의 목소리가 들렸다.　　　　　聽到了父親的聲音。
- 그 회사의 제품은 품질이 아주 우수하다.　那公司的產品品質非常好。
- 독도는 경상북도의 한 섬이다.　　　　獨島是慶尙北道的一個島嶼。
- 이 돈의 주인이 누구냐?　　　　　　這錢的主人是誰？
- 어머니의 마음을 알기까지는 아주　　母親的用心，我花了很久的時間才
  오랜 세월이 걸렸어요.　　　　　　理解。

## 02 -던

用在動作動詞或狀態動詞後，表示回想過去的經歷在一段時間內持續過，或直到現在還沒有完成的事實。

- 언니가 입던 옷을 제가 입고 있어요.　我穿著姊姊以前穿的衣服。
- 그것을 보고 있던 여자가 나에게　　一直看著那東西的女孩來到了
  가까이 왔어요.　　　　　　　　　我身邊。
- 읽던 책을 덮고 화장실에 갔어요.　　合上正在讀的書，去了洗手間。
- 너무 재미있어서 울던 아이도 웃고　因為太好笑了，連在哭的小孩
  있어요.　　　　　　　　　　　　都笑了。

## 문법 연습

`의`

**01** 알맞은 그림을 찾아서 문장을 만드십시오. **請找出正確的圖片並造句。**

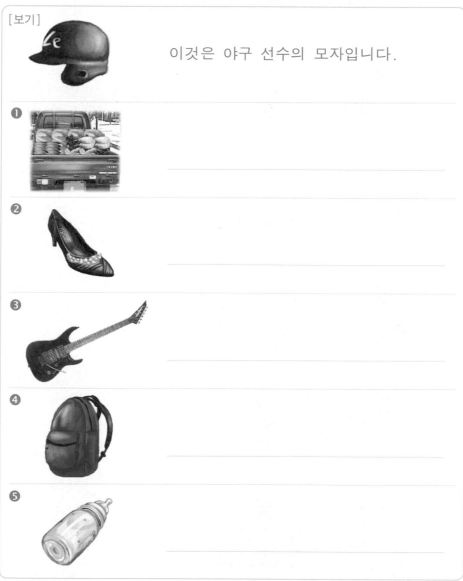

[보기]

이것은 야구 선수의 모자입니다.

❶

❷

❸

❹

❺

Y O N S E I K O R E A N 2

## -던

**02** 문장을 만드십시오. 請造句。

[보기]

아버지 / 나
아버지께서 타시던
자동차를 제가 탑니다.

❶ 언니 / 나
한복을 제가 입었습니다.

❷ 형 / 나
피아노를 제가 치고 있습니다.

❸ 나 / 나
학교에 가 보았습니다.

❹ 삼촌 / 나
회사에 취직을 했습니다.

❺ 조금 전 / 지금
케이크를 엄마가 먹고 있어요.

## 과제1

친구와 같이 여행 계획을 세우십시오. 和朋友一起制定旅行計畫。

> 가 : 이번 방학 때 부산에 가려고 하는데 너도 같이 갈래?
>
> 나 : 좋아. 그런데 무엇을 타고 갈까? 나는 기차 여행을 안 해 봐서
>    기차를 타고 싶은데.
>
> 가 : 그래, 아직 시간이 있으니까 예매하면 기차표를 살 수 있을 거야.
>
> 나 : 좋아. 그럼 잠은 어디에서 자지?
>
> 가 : 호텔은 너무 비싸니까 여관이 어때? 부산에는 깨끗하고 시설이 좋은
>    여관이 많다고 들었어.
>
> 나 : 그래. 그러자. 가서 무엇을 할까?
>
> 가 : 해운대는 제일 유명한 해수욕장이니까 가 보자.
>
> 나 : 나는 한국 문화를 볼 수 있는 범어사에도 가고 싶고 태종대도
>    구경하고 싶어. 맑은 날에는 태종대에서 일본도 볼 수 있다고 해.
>
> 가 : 좋아. 그럼 첫째 날에는 해운대를 구경하고 자갈치 시장에서
>    회를 먹자. 둘째 날에는 범어사에 가고 돌아오는 길에 태종대
>    에도 들르자. 그렇게 하려면 2박 3일쯤 여행해야겠어.
>
> 나 : 그래. 2박 3일로 가자. 벌써 기대가 돼.

가 : .....................................................................................................

나 : .....................................................................................................

가 : .....................................................................................................

나 : .....................................................................................................

가 : .....................................................................................................

나 : .....................................................................................................

가 : .....................................................................................................

나 : .....................................................................................................

기간 (期間) 期間     일정 (日程) 日程     해운대 (海雲臺) 海雲臺(地名)     범어사 (梵魚寺) 梵魚寺
태종대 (太宗臺) 太宗臺(地名)          자갈치 시장 (---市場) 札嘎其市場

## 9-3 저희 호텔만큼 전망 좋은 호텔은 없습니다

학습 목표 ● 과제 여행 예약하기 ● 문법 만에, 만큼 ● 어휘 예약 관련 어휘

리에 씨는 어디에 전화를 걸었습니까?
리에 씨는 왜 전화를 걸었습니까?

🔊 117~118

리에    이번 금요일에 방을 예약할 수 있습니까?

직원    특실이 있고 일반실이 있는데 어떤 방을 원하십니까?

리에    오랜만에 가는 여행이니까 좋은 방에서 묵고 싶습니다.
         방의 전망은 좋은가요?

직원    경주에서 저희 호텔만큼 전망 좋은 호텔은 없습니다.
         그런데, 며칠 동안 계실 겁니까?

리에    이틀 묵을 거예요.

직원    성함과 연락처를 말씀해 주십시오.

---

특실 (特室) 特別室    일반실 (一般室) 標準室    원하다 (願—) 希望    묵다 住    전망 (展望) 窗景
성함 (姓銜) 姓名(이름的敬語)                    연락처 (連絡處) 聯絡方式

## 어휘

**01** 예약을 합니다.

| 경주 연세호텔<br>< 예약 카드 > | | 날짜_____ | |
|---|---|---|---|
| 이름 | 요시다 리에 | 예약번호 | 1004 |
| 연락처 | 010-765-4321 | | |
| 요금 결제 | 카드 ( ✓ ), | 현금 ( | ) |
| 할인 | ○○ 카드 할인 ( 30 )% | | |

**02** 알맞은 말을 넣으십시오.

직원 : 예약해 드리겠습니다. 손님의 _____ 을/를 말씀해 주십시오.

리에 : 요시다 리에라고 합니다.

직원 : _____ 을/를 말씀해 주십시오.

리에 : 휴대폰을 가르쳐 드리면 되지요? 010-765-4321입니다.

직원 : 요금은 어떻게 하시겠습니까?

리에 : OO카드가 있습니다. OO 카드로 _____ 을/를 하면 좀 싸다고
하던데...

직원 : 정상 요금에서 30% _____ 해 드립니다. 카드 번호를 불러
주시겠습니까?

리에 : 1234-5678-9012-3456이에요.

직원 : 예약되었습니다. _____ 은/는 1004번입니다.
호텔에 오실 때 프런트에서 번호를 말씀해 주시면 됩니다.

리에 : 고맙습니다.

문법
설명

## 01 만에

用在表示時間的名詞後，表示到再次做某事為止所經過的時間。

- 두 달 만에 영화를 봅니다.　　　　　　　兩個月以來，第一次看電影。
- 옛날 애인을 5년 만에 다시 만났습니다.　經過了五年，我再次見到了從前的愛人。
- 6개월 만에 고향 음식을 먹어 봅니다.　　六個月以來，第一次吃到家鄉菜。
- 오랜만에 부모님께 편지를 썼습니다.　　長久以來沒給父母寫信。

## 02 만큼

用在名詞後，表示相似或基本上相同。

- 고래만큼 큰 동물은 없어요.　　　　　　沒有像鯨魚一樣大的動物了。
- 경주만큼 인상적인 곳은 없었어요.　　　沒有像慶州這麼令人印象深刻的地方了。
- 나는 리에만큼 잘 먹는 여자를 본 일이 없다.　我沒有看過像理惠一樣那麼會吃的女生。
- 1900년대 후반에 한국만큼 빨리 발전한 나라는 없다.　1900年代後期，沒有像韓國一樣快速發展的國家。

# 문법 연습

연세 한국어 2

**만에**

**01** 대답하십시오.  請回答。

[보기]      3일 전

가 : 얼마 만에 방청소를 했어요?
나 : 3일 만에 방청소를 했어요.

❶ 1년 전

가 : 얼마 만에 여행을 가요?

나 :

❷ 15일 전

가 : 얼마 만에 학교가 다시 시작되었어요?

나 :

❸ 11일 전

가 : 얼마 만에 아버지께 편지를 보냈어요?

나 :

❹ 20일 전

가 : 얼마 만에 도서관에 왔어요?

나 :

❺ 5년 전

가 : 얼마 만에 선생님을 만났어요?

나 :

**만큼**

02 대답하십시오.　請回答。

[보기] 가 : 무슨 시간이 제일 재미있어요?
　　　나 : 역사 시간만큼 재미있는 시간은 없어요.

1) 가 : 무슨 일이 제일 귀찮아요?

　　나 : .................................................................................................

2) 가 : 축구 선수 중에서 어느 선수가 제일 잘해요?

　　나 : .................................................................................................

3) 가 : 관광지 중에서 어디가 제일 아름다워요?

　　나 : .................................................................................................

4) 가 : 언제 가족이 제일 그리워요?

　　나 : .................................................................................................

5) 가 : 우리 반에서 누가 공부를 제일 열심히 해요?

　　나 : .................................................................................................

## 과제 1  말하기

예약을 하십시오. **請預約看看。**

| |
|---|
| 직원 : 제주 한라호텔입니다. 무엇을 도와드릴까요? |
| 손님 : 호텔을 예약하고 싶어요. |
| 직원 : 언제 도착하실 건가요? |
| 손님 : 12월 10일에 가서 12월 14일에 돌아올 예정이에요. |
| 직원 : 네, 그럼 어떤 방으로 드릴까요? 2인실, 가족실, 온돌방이 있습니다. |
| 손님 : 2인실로 하겠어요. |
| 직원 : 산 쪽 방이 있고 바다 쪽 방이 있어요. 바다 쪽 방은 값이 조금 더 비쌉니다. |
| 손님 : 그래요? 신혼여행이니까 바다를 볼 수 있는 방으로 해 주세요. |
| 직원 : 방은 한 개만 필요하시죠? |
| 손님 : 네, 한 개만 예약해 주세요. |
| 직원 : 예약하신 분의 성함과 연락처를 말씀해 주세요. |
| 손님 : 저는 김민철이구요, 전화번호는 010-123-4567입니다. |
| 직원 : 확인해 드리겠습니다. 12월 10일부터 14일까지 바다 전망 2인실 하나 예약되었습니다. 호텔 체크인 시간은 오후 2시입니다. 예약하신 내용이 바뀔 때는 언제든지 전화해 주십시오. |
| 손님 : 네, 감사합니다. |

항공권

| 출발 도시 / 도착 도시 | / |
|---|---|
| 출발 날짜 / 도착 날짜 | 년    월    일/    년    월    일 |
| 여정 형태 | 왕복, 편도 |
| 종류 | 일반석, 비즈니스석 |
| 인원 | 어른    명, 아이    명 |

예정 (豫定) 預定　　체크인 登記入住　　항공권 (航空券) 飛機票　　여정 (旅程) 旅程
왕복 (往復) 往返　　편도 (片道) 單程　　일반석 (一般席) 經濟艙　　비즈니스석 (----席) 商務艙

# 9-4 저는 겨울에 갔는데 한국보다 따뜻하더군요

학습 목표 ●과제 여행지 추천하기 ●문법 -어서 그런지, -더군요 ●어휘 여행지 관련 어휘

웨이 씨는 어디에 가고 싶어합니까?
이탈리아에 가면 무엇을 볼 수 있습니까?

◀) 119~120

웨이　유럽으로 배낭 여행을 가려고 하는데 어디가 좋아요?

민철　유럽에서는 이탈리아를 빼 놓을 수 없지요.

웨이　이탈리아는 볼거리가 많아서 그런지 다른 분들도 많이
　　　추천하셨어요.

민철　로마 시대 유적지도 많고 바닷가도 정말 아름다워요.

웨이　날씨는 어때요?

민철　저는 겨울에 갔는데 한국보다 따뜻하더군요.

---

빼놓다 遺漏、除外　　추천하다 (推薦) 推薦　　로마 羅馬　　시대 (時代) 時代

# 어휘

**01** 여러 가지 여행지입니다.

| 호수 | 강 | 폭포 |
|---|---|---|

| 해변 | 온천 | 화산 |
|---|---|---|

**02** 유명한 관광지의 이름을 써 봅시다.

| 호수 | 강 | 폭포 |
|---|---|---|
| | 한강 | |

| 해변 | 온천 | 화산 |
|---|---|---|
| | | 후지산 |

## 01 -어서/아서/여서 그런지

用在動作動詞或狀態動詞後，表示後面所表達的內容的不確定性理由或原因。

- 배가 불러서 그런지 자꾸 졸린다.

  不知道是不是肚子餓了，總是打瞌睡。

- 아이가 아파서 그런지 얼굴이 하얗다.

  不知道孩子是不是不舒服而臉色蒼白。

- 그 아이가 도와 줘서 그런지 일이 빨리 끝났다.

  不知道是不是有那孩子幫忙的關係，事情很快就結束了。

- 열심히 공부해서 그런지 시험이 쉬웠다.

  不知道是不是認真讀書的關係，考試很容易。

## 02 -더군요

用在動作動詞或狀態動詞後，表示向他人轉達透過過去的直接經歷而知曉的內容，但不能用來轉答第一人稱主語的動作。

- 겨울에 러시아는 정말 춥더군요.

  俄羅斯冬天真的很冷。

- 그 사람이 노래를 정말 잘 부르더군요.

  那個人歌唱得很好。

- 할아버지께서 제 방청소를 해 주셨더군요.

  爺爺給我打掃了房間。

- 화장을 하고 학교에 가니까 아무도 저를 못 알아보더군요.

  我化了妝去學校，結果都沒有人認出我。

# 문법 연습

### -어서/아서/여서 그런지

**01** 대답하십시오. 請回答。

[보기]

감기에 걸려서 그런지 머리가 많이
아파요.

❶

❷

❸

❹

❺

**02** -더군요

대답하십시오. 請回答。

[보기] 가 : 어제 백화점에 가서 가방을 사셨어요?
나 : 못 샀어요. 너무 비싸더군요.

1) 가 : 어제 결혼식에서 신부가 어땠어요?
   나 : ....................................................................................

2) 가 : 어제 선생님과 통화하셨어요?
   나 : 아니요, ........................................................................

3) 가 : 제가 소개해 드린 여행사에 갔어요?
   나 : 네, ................................................................................

4) 가 : 휴일에 놀이 공원에 가 보니까 어땠어요?
   나 : ....................................................................................

5) 가 : 이야기를 누구에게 들었어요?
   나 : ....................................................................................

**과제1**　　듣고 말하기 [🔊 121]

다음 이야기를 듣고 대답해 봅시다. 請聽完下面的對話後，再回答問題。

1) ● 이 사람은 어디를 추천합니까?

........................................................................................................

● 이 곳에는 어떤 사람이 가면 좋습니까?

........................................................................................................

2) ● 이 사람은 어느 나라 여행을 추천합니까?

........................................................................................................

● 며칠 동안 여행을 하겠습니까?

........................................................................................................

3) ● 이 사람은 어느 나라 여행을 추천합니까?

........................................................................................................

● 이곳에서 무엇을 할 수 있습니까?

........................................................................................................

4) ● 이 사람은 어디를 추천합니까?

........................................................................................................

● 이곳에서 무엇을 할 수 있습니까?

........................................................................................................

5) ● 이 사람은 어느 나라 여행을 추천합니까?

........................................................................................................

● 이곳에는 어떤 사람이 가면 좋습니까?

........................................................................................................

# 9-5① 읽기: 혼자 떠나는 여행

🔊 122

저는 방학 때 한국의 여러 곳을 구경하고 학교에서 배운 한국말을 연습하기 위해서 한국에서 2주일 동안 여행을 한 적이 있어요. 혼자 자유롭게 여행을 하고 싶어서 계획을 세우지 않고 여행책자만 사 가지고 여행을 떠났어요.

한국에서 혼자 하는 여행이어서 긴장이 됐는데 여행지 사람들은 모두 친절했어요. 사람들은 내 서투른 한국말을 잘 들어주고 길도 잘 가르쳐 줬어요.

저는 거의 날마다 찜질방에서 잤어요. 찜질방은 값도 싸고 쉽게 찾을 수 있어서 편리했어요. 일본에도 한국 같은 찜질방이 있었으면 좋겠어요.

저는 가끔 돈을 아끼려고 지나가는 차를 얻어 타기도 했어요. 어느 날 저는 차를 얻어 타려고 한 30분 정도 기다리고 있었는데 어떤 트럭 아저씨가 지나가다가 차를 세우고 그 트럭을 타라고 하셨어요. 그 아저씨는 음료수도 주시고 내가 가고 싶은 곳까지 데려다 주셨어요.

또 하나 기억이 나는 일은 동해에 갔을 때 어떤 학생을 만난 일이에요. 그 한국 대학생은 군대에 가기 전에 혼자 여행을 하고 싶어서 부산에서 왔다고 했어요. 우리는 동해 바닷가에 앉아서 파도 소리도 듣고 같이 술도 마셨어요. 일본과 한국의 다른 점에 대한 이야기도 하고 우리의 미래에 대한 이야기도 했어요. 지금 그 학생은 무엇을 하고 있을까? 가끔 생각이 나요.

한국말이 서툴러서 고생하기는 했지만 한국의 여러 곳에서 많은 것을 직접 배울 수 있는 좋은 시간이었어요.

※ 일본 학생의 글

| 어휘 | | |
|---|---|---|
| 여행책자 (旅行冊子) 旅行手冊 | 긴장이 되다 (緊張--) 緊張 | 여행지 (旅行地) 旅行地 |
| 찜질방 (--房) 汗蒸幕 | 아끼다 節省 | 얻어 타다 搭便車 |
| 트럭 貨車 | 음료수 (飲料水) 飲料 | 기억이 나다 (記憶--) 記起來 |
| 군대에 가다 (軍隊---) 當兵 | 파도 (波濤) 波濤 | 고생하다 (苦生--) 辛苦 |

## 읽어 봅시다 🔊 123

| 혀끝소리 1 | /ㄷ/ 대학생 | 동해 | 닫다 | 들리다 | 군대 | 숟가락 |
|---|---|---|---|---|---|---|
| | /ㄸ/ 떡 | 따다 | 떠나다 | 똑똑하다 | 허리띠 | 맏딸 |
| | /ㅌ/ 토요일 | 투수 | 타다 | 갈비탕 | 서투르다 | 끝 |

- 동해 **동해**에 갔을 때 어떤 학생을 만난 일이 있어요.
- 대학생, 군대 그 한국 **대학생**은 **군대**에 가기 전에 혼자 여행을 하고 싶어서 부산에서 왔다고 했어요.
- 떠났어요 저는 계획을 세우지 않고 여행을 **떠났어요**.
- 맏딸 저는 3남매 중 **맏딸**이에요.
- 서툴러서 한국말이 **서툴러서** 고생하기는 했지만 많은 것을 배웠어요.

질문

1) 이 사람은 왜 한국에서 여행을 했습니까?

2) 이 사람은 동해에서 누구를 만났습니까?

3) 이 사람에 대한 설명으로 맞는 것을 고르십시오. ( )

　£여행책자를 보고 여행 계획을 세웠습니다.
　₽동해에서 만난 사람과 자주 연락을 합니다.
　%트럭 아저씨께 고마워서 음료수를 드렸습니다.
　ℓ돈을 아끼기 위해서 지나가는 차를 얻어 탔습니다.

4) 다음은 이번 여행에서 찍은 사진입니다. 아닌 것을 고르십시오. ( )

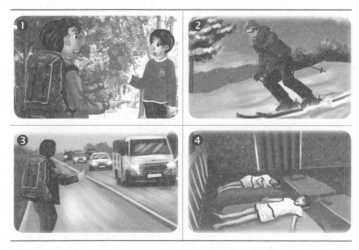

5) 여러분이 하고 싶은 여행에 대해서 이야기해 봅시다.

# 9-5② 읽기: 여행 계획

🔊 124

　이제 곧 신나는 방학입니다. 이번 방학에는 무엇을 하겠습니까? 여러분이 꿈꾸던 여행을 떠나지 않겠습니까?

　자, 그럼 지금부터 여행 계획을 세워 봅시다. 즐거운 여행을 하기 위해서 여행 계획만큼 중요한 것은 없습니다. 여행 계획을 세우기 위해서 무엇을 해야 할까요? 우선 여행을 가서 무엇을 하고 싶은지 정해야 합니다. 관광, 휴식, 문화 학습, 새로운 체험 등 여행의 목적이 무엇인지 먼저 생각해야겠지요. 다음으로 정해진 경비에 맞춰서 여행지, 여행 기간, 교통편, 숙박 시설을 알아봅니다.

　여행지를 결정하면 다음으로 그곳에 대한 정보를 찾아봅니다. 가려고 하는 곳의 날씨, 음식, 물가, 볼거리 등에 대해서 알아봅니다. 여행 안내서나 인터넷에서 찾은 정보, 또는 주변 사람들에게서 들은 여행지 정보를 가지고 일정을 짜세요. 정확한 정보를 가지고 일정을 잘 짜서 떠나면 경비도 아낄 수 있고 더 즐거운 시간도 보내게 될 것입니다. 일정이 정해지면 교통편, 숙박 시설을 예약하고 필요한 경우에 여권과 비자도 준비하세요. 마지막으로 짐을 쌉니다. 여행지의 날씨에 맞는 옷과 세면 도구, 두통약이나 소화제 등 필요한 약을 준비하세요.

　드디어 수업이 끝나는 날, 친구들과 인사를 한 후에 기다리고 기다리던 여행을 떠나세요!

---

**어휘**

| | | |
|---|---|---|
| 신나다 開心 | 자 好，來 | 휴식 (休息) 休息 |
| 학습 (學習) 學習 | 새롭다 新的 | 체험 (體驗) 體驗 |
| 목적 (目的) 目的 | 정보 (情報) 情報 | 물가 (物價) 物價 |
| 짜다 制定 | 경우 (境遇) 情況 | 싸다 收拾、打包 |
| 세면 도구 (洗面道具) 盥洗用具 | | |

---

## 읽어 봅시다  🔊 125

| 입술소리 | /ㅂ/ 불 | 방학 | 바르다 | 비비다 | 경비 | 정보 |
|---|---|---|---|---|---|---|
| | /ㅃ/ 뿔 | 뽀뽀 | 깜빡 | 빼다 | 삐다 | 기쁘다 |
| | /ㅍ/ 풀 | 풍습 | 교통편 | 팔다 | 편리하다 | 필요하다 |
| | /ㅁ/ 말 | 문화 | 목적 | 맞다 | 모이다 | 꿈 |

- 방학　　　　　　　　이제 곧 신나는 **방학**입니다.
- 정보, 경비　　　　　정확한 **정보**를 가지고 여행을 떠나면 **경비**도 아낄 수 있다.
- 깜빡　　　　　　　　**깜빡** 잊어버리고 숙제를 안 가지고 왔습니다.
- 교통편, 필요한　　　**교통편**, 숙박 시설을 예약하고 **필요한** 경우에 여권과 비자도 준비하세요.
- 문화, 목적, 먼저　　관광, 휴식, **문화** 학습 등 여행의 **목적**이 무엇인지 **먼저** 생각해야겠지요.

**질문**

1) 여행을 하기 전에 해야 하는 것이 무엇입니까?

2) 여행 일정을 짤 때 필요한 것이 무엇입니까?

3) 앞 글의 내용과 같으면 0, 다르면 X 하십시오.
   ❶ 여행가기 전에 약을 준비합니다.                      (        )
   ❷ 여행의 목적은 여러 가지가 있습니다.                  (        )
   ❸ 숙박 시설에 맞춰서 경비를 정합니다.                  (        )
   ❹ 일정을 짜려면 여행사에 가야 합니다.                  (        )

4) 앞 글을 읽고 여행 계획을 세우는 순서에 맞게 번호를 쓰십시오.
   ❶ 정보 모으기
   ❷ 여행지 정하기
   ❸ 가방 싸기
   ❹ 일정 짜기
   ❺ 목적 정하기
   ❻ 예약하기
   (  ❺  ) → (       ) → (       ) → (       ) → (       ) → (       )

5) 여러분은 여행 계획을 세울 때 무엇을 먼저 합니까?

## 리에가 본 한국

### 한국의 관광지 🔊 126

저는 여행을 좋아하지만 한국에서 여행을 많이 하지 못했어요. 그래서 이번 휴가 때는 친구들과 같이 여행을 하려고 인터넷을 찾아 봤어요. 그런데 한국에는 아름다운 관광지들이 생각했던 것 보다 아주 많았어요.

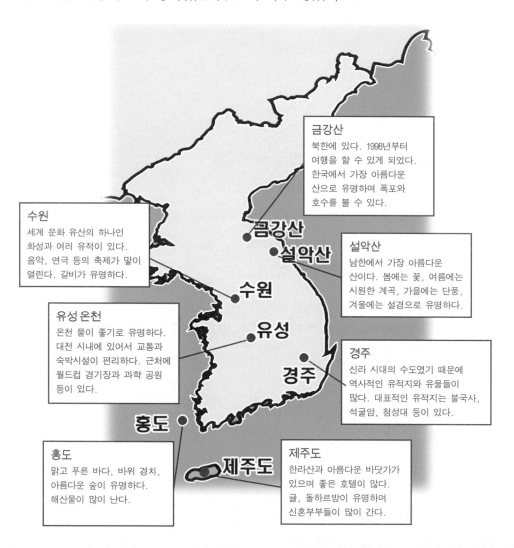

**금강산**
북한에 있다. 1998년부터 여행을 할 수 있게 되었다. 한국에서 가장 아름다운 산으로 유명하며 폭포와 호수를 볼 수 있다.

**수원**
세계 문화 유산의 하나인 화성과 여러 유적이 있다. 음악, 연극 등의 축제가 많이 열린다. 갈비가 유명하다.

**설악산**
남한에서 가장 아름다운 산이다. 봄에는 꽃, 여름에는 시원한 계곡, 가을에는 단풍, 겨울에는 설경으로 유명하다.

**유성 온천**
온천 물이 좋기로 유명하다. 대전 시내에 있어서 교통과 숙박시설이 편리하다. 근처에 월드컵 경기장과 과학 공원 등이 있다.

**경주**
신라 시대의 수도였기 때문에 역사적인 유적지와 유물들이 많다. 대표적인 유적지는 불국사, 석굴암, 첨성대 등이 있다.

**홍도**
맑고 푸른 바다, 바위 경치, 아름다운 숲이 유명하다. 해산물이 많이 난다.

**제주도**
한라산과 아름다운 바닷가가 있으며 좋은 호텔이 많다. 귤, 돌하르방이 유명하며 신혼부부들이 많이 간다.

| | | |
|---|---|---|
| 세계 문화 유산 (世界文化遺産) 世界文化遺産 | 축제 (祝祭) 節慶 | 과학 (科學) 科學 |
| 해산물 (海產物) 海產　　복한 (北韓) 北韓 | 설경 (雪景) 雪景 | 유물 (遺物) 遺物、古蹟 |
| 불국사 (佛國寺) 佛國寺　　석굴암 (石窟庵) 石窟庵 | 첨성대 (瞻星臺) 瞻星臺 | 귤 (橘) 橘子 |
| 돌하르방 石爺爺守護神　　한라산 (漢拏山) 漢拏山 | | |

# 제10과 집안일

# 10-1 보증금은 적으면 적을수록 좋습니다

학습 목표 ●과제 집 구하기 ●문법접속사, -으면 -을수록 ●어휘집 구하기 관련 어휘

마리아 씨가 무엇을 하고 있습니까?
두 사람이 무슨 이야기를 할까요?

127~128

마리아 광고를 보고 찾아왔는데 좋은 방이 있습니까?
직원 전세로 하실 거예요? 월세로 하실 거예요?
마리아 월세로 하고 싶어요.
그리고 보증금은 적으면 적을수록 좋습니다.
직원 교통편도 좋고 전망도 좋은 원룸이 있습니다.
보증금 1,000만 원에 월 60만 원 정도 주셔야 합니다.
마리아 제 생각보다 좀 비싼데 다른 방은 없습니까?
직원 세가 싸면 교통이 불편하거나 시설이 좋지 않아요.

---

전세 (傳貰) 年租　　월세 (月貰) 月租　　보증금 (保證金) 保證金　　원룸 套房
韓國的租約制度 :
전세 : 租約人一次付一大筆保證金，但不用繳納房租，租期滿退房時，房東將租約人的保證金全數退還。
월세 : 租約人入住前付給房東一定金額的保證金，並於每個月繳納房租，租期滿退房時，房東將租約人的
　　　保證金全數退還。

# 어휘

**01** 이사하기 전에 해야 하는 일입니다.

부동산 소개소에 가다     집 구경을 하다     계약을 하다

소개비를 주다     이사를 하다

**02** 빈칸을 채우십시오.

이사를 하려면 먼저 (                 )어야/아야/여야 합니다.

집을 팔고 싶은 사람, 집을 사고 싶은 사람, 집을 빌리고 싶은 사람들이 이곳에 찾아갑니다.

혼자 집을 사고 파는 일은 쉽지 않습니다.

집이 마음에 들면 집주인과 (                ).

계약금은 집값의 10퍼센트입니다.

요즘은 인터넷을 이용하는 사람들도 많습니다.

그러면 부동산 소개소에 (              )지 않아도 됩니다.

## 01 連接詞

連接句子與句子之間的詞，如 "그래도, 그래서, 그러나, 그러니까, 그런, 그렇지만, 그리고" 等。

- 자식은 부모님의 마음을 모릅니다. 孩子不知道父母的用心。即便如
  그래도 부모님은 자식을 사랑합니다. 此，父母仍深愛自己的孩子。
- 회사에 급한 일이 생겼어요. 公司有急事，所以將約會延期了。
  그래서 약속을 연기했어요.
- 대학원에 진학하고 싶습니다. 我想讀研究所，但是沒有錄取的
  그러나 합격할 자신이 없어요. 自信。
- 제가 도와 드리겠습니다. 我來幫助您，所以您不用擔心。
  그러니까 걱정하지 마세요.
- 1시간이나 기다렸어요. 等了一小時之久，但朋友卻還沒
  그런데 친구는 오지 않았어요. 來。
- 내일까지 일을 끝내면 좋겠습니다. 最好明天之前能把事情做完，但
  그렇지만 너무 무리하지 마세요. 是不要太操勞了。
- 저는 고기를 먹지 않습니다. 我不吃肉，而且一星期運動三天
  그리고 일주일에 3일 정도 운동을합니다. 左右。

## 02 -으면/면 -을수록/ㄹ수록

用在動作動詞或狀態動詞語幹後，表示當前句內容的程度加深時，後句的結果或狀況也將加深或減弱。

- 뭐든지 많으면 많을수록 좋지 不管什麼不都是越多越好嗎？
  않아요?
- 웃으면 웃을수록 젊어진다고 합니다. 聽說越笑會越年輕。
- 서두르면 서두를수록 실수가 많아요. 越急失誤就越多。
- 외국어는 배우면 배울수록 어려워 外語好像越學越難。
  지는 것 같아요.

# 문법 연습

### 접속사

**01** 다음을 이용해서 문장을 만드십시오. 請使用下列的連接詞造句。

그래도　　그래서　　그러나　　그러니까　　그런데　　그렇지만　　그리고

[보기]

저는 열심히 숙제를 했습니다. 그런데 숙제를 집에 놓고 학교에 갔습니다.

❶

❷

❸

❹

❺

**02**

-으면/면  -을수록/ㄹ수록

다음 단어를 사용해서 문장을 만드십시오. 請使用下列單字造句。

먹다    하다    보다    시간이 많다    배우다    자다

[보기]  된장찌개는ㅤㅤㅤㅤㅤㅤㅤㅤㅤㅤㅤㅤ맛있어요.

　　　　●된장찌개는 먹으면 먹을수록 맛있어요.

1) 그 여자는ㅤㅤㅤㅤㅤㅤㅤㅤㅤㅤ예뻐요.

2) 한국말은ㅤㅤㅤㅤㅤㅤㅤㅤㅤㅤ재미있어요.

3) 운동을ㅤㅤㅤㅤㅤㅤㅤㅤㅤㅤ몸이 가벼워져요.

4) 잠을ㅤㅤㅤㅤㅤㅤㅤㅤㅤㅤ더 자고 싶어져요.

5) 사람은ㅤㅤㅤㅤㅤㅤㅤㅤㅤㅤ게을러지는 것 같아요.

**과제1**　　말하기 ●───────────────

집을 구하려고 합니다. 조언을 해 주십시오. 我想找房子，請給我意見。

[보기] 가 : 창문이 많은 집이 좋을까요?
　　　 나 : 창문이 많으면 많을수록 집안이 밝아요. 그렇지만
　　　　　 난방비가 많이 들어요.

1) 화장실
　　가 :
　　나 :

2) 층
　　가 :
　　나 :

3) 집의 위치
　　가 :
　　나 :

조언을 하다 (助言---) 建議　　난방비 (暖房-) 暖房費

**과제 2** 쓰고 말하기 •─────────────────────

광고를 보고 살고 싶은 곳을 선택하십시오. 왜 그 곳에 살고 싶습니까?
請看廣告選擇想住的地方。為什麼想住那裡呢？

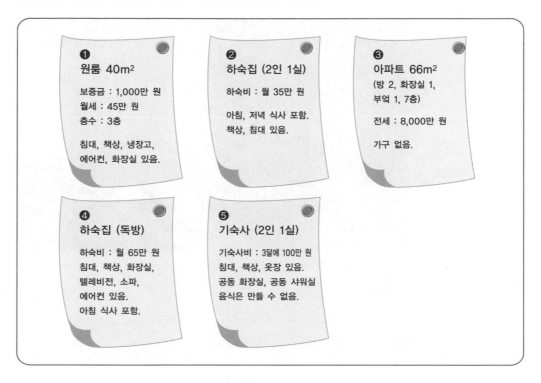

❶
**원룸 40m²**

보증금 : 1,000만 원
월세 : 45만 원
층수 : 3층

침대, 책상, 냉장고,
에어컨, 화장실 있음.

❷
**하숙집 (2인 1실)**

하숙비 : 월 35만 원

아침, 저녁 식사 포함.
책상, 침대 있음.

❸
**아파트 66m²**
(방 2, 화장실 1,
부엌 1, 7층)

전세 : 8,000만 원

가구 없음.

❹
**하숙집 (독방)**

하숙비 : 월 65만 원
침대, 책상, 화장실,
텔레비전, 소파,
에어컨 있음.
아침 식사 포함.

❺
**기숙사 (2인 1실)**

기숙사비 : 3달에 100만 원
침대, 책상, 옷장 있음.
공동 화장실, 공동 샤워실
음식은 만들 수 없음.

[보기] 저는 4번 하숙집에서 살겠습니다.
왜냐하면 저는 아침을 꼭 먹어야 하니까 아침을 먹을 수
있는 하숙집이 좋습니다.
그리고 다른 사람과 같이 화장실을 사용하면 불편하니까
혼자서 사용하는 화장실이 있는 방이 좋습니다.
저는 드라마를 좋아하니까 소파에서 편하게 텔레비전을 보
면 좋을 것 같습니다.
또 여름에 한국은 아주 덥다고 들었으니까 에어컨도 있어
야 한다고 생각합니다.
저는 친구들이 많아서 저녁에 약속이 많습니다.
그러니까 저녁은 주지 않는 것이 더 편합니다.
그래서 4번 하숙집에서 살고 싶습니다.

공동 화장실 (公同化粧室) 公共洗手間　　독방 (獨房) 單人房　　소파 沙發

# 10-2 포장이사를 하면 아무 일도 안 하는 줄 알았어

학습 목표 ●과제 이사 계획하기 ●문법 -는 줄 알다, 처럼 ●어휘 이사 관련 어휘

▶ 두 사람이 무엇을 하고 있습니까?
　두 사람이 무슨 이야기를 할까요?

◀》 129~130

마리아　우리가 짐을 싸야 돼?

미선　　이삿짐센터에서 해 주지만 중요한 물건은 우리가 싸는 게 나아.

마리아　포장이사를 하면 우리는 아무 일도 안 하는 줄 알았어.

미선　　이제 거의 다 끝났으니까 조금만 참아.

마리아　힘들어서 병이 날 것 같아.

미선　　아이처럼 엄살 부리지 말고 빨리 해.

---

낫다 好　　포장이사 (包裝移徙) 打包搬家　　참다 忍耐　　엄살(을) 부리다 裝病

# 어휘

**01** 이사를 하려면 어떤 준비가 필요할까요?

| 짐을 싸다 | 짐을 옮기다 | 짐을 정리하다 |
| 이삿짐센터 | 이사 비용 | 사다리차 |

**02** 빈칸을 채우십시오.

보통 이사철은 봄과 가을입니다.

날씨가 좋아서 이사하는 사람들이 많기 때문입니다.

이삿짐이 많으면 먼저 (　　　　　　　　　)을/를 찾아서 예약해야 합니다.

짐이 많거나 거리가 멀면 (　　　　　　　)이/가 비싸집니다.

높은 건물로 이사할 때는 (　　　　　　　)을/를 부르면 편합니다.

이삿짐센터 사람들이 (　　　　　　　)어/아/여 줍니다.

포장 이사를 하면 비싸지만 (　　　　　)고 (　　　　　　　)는 것도 해 줍니다.

## 01 -는/은/ㄴ 줄 알다

用在動作動詞或狀態動詞語幹後，表示在事件實際發生或沒有直接確認結果前的「推測內容」。在實際發生的結果與所推測的結果不同的情況下使用，其終結語尾為過去式。以推測時間為準，如果認為事件已經發生，用 "-은/ㄴ 줄 알다"；如果與推測時間同時發生，用 "-는 줄 알다"；如果在推測時間之後發生，用 "-을/ㄹ 줄 알다"。

- 못 오실 줄 알았는데 어떻게 오셨어요?    我以為您不能來了，您怎麼來的？
- 제임스 씨가 미선 씨를 좋아하는 줄 알    我以為詹姆斯喜歡美善。
  았어요.
- 연락이 없어서 고향에 돌아가신 줄 알    我沒辦法聯絡上你，還以為你回
  았어요.    故鄉了。
- 지도를 보고 가까운 줄 알았는데 너무    看地圖以為很近，但其實非常遠。
  멀군요.

## 02 처럼

用在名詞後，表示外觀或狀態與前者相似。

- 경치가 그림처럼 아름다워요.    景色像畫一樣美。
- 저는 아버지처럼 살고 싶어요.    我想像爸爸一樣生活。
- 친구는 영화배우처럼 잘 생겼어요.    朋友長得像電影明星一樣帥。
- 두 사람이 애인처럼 다정해 보였어요.    這兩個人看起來像戀人一樣親密。

# 문법 연습

**01**

**-는/은/ㄴ 줄 알다**

대답하십시오. **請回答。**

[보기] 가 : 에릭 씨하고 같이 일하기가 힘들어요.
　　　나 : 두 사람이 친해서 서로 잘 맞는 줄 알았어요.


1) 가 : 직접 해 보니까 쉽지요?

　　나 : 네, 설명서만 봤을 때는 _____


2) 가 : 마리아 씨가 회사일 때문에 힘든가 봐요.

　　나 : 특별한 이야기가 없어서 _____


3) 가 : 어제 양 선생님 남편을 만났어요.

　　나 : 남편요? 반지를 안 껴서 _____


4) 가 : 미선 씨가 정희 씨 동생이에요.

　　나 : 그래요? _____


5) 가 : 어제 회의 시간에 왜 안 왔어요?

　　나 : 어제요? _____

처럼

**02** 다음 단어를 사용해서 대답하십시오. **請使用下列單字回答。**

아나운서    농구 선수    모델    코미디언    가수    영화배우

[보기]

김미선 씨는 영화배우처럼 예쁘게 생겼어요.

❶ 왕웨이 씨는 _____ 재미있어요.

❷ 제임스 씨는 _____ 키가 커요.

❸ 오정희 씨는 _____ 노래를 잘 해요.

❹ 마리아 씨는 _____ 발음이 좋아요.

❺ 정민철 씨는 _____ 옷을 잘 입어요.

**과제 1**   듣고 쓰기 [🔊 131] ●─────────

이 사람은 무엇을 잘못 알았습니까? 듣고 쓰십시오.
這個人對於什麼認知錯誤？聽完後寫寫看。

[보기] 저는 새 아파트가 조용한 줄 알았어요. 그래서 이사를 했는
데 위층이 시끄러워서 걱정이에요.

1) _____

2) _____

3) _____

4) _____

5) _____

**과제 2**   쓰고 말하기 ●─────────

이사할 때 무엇을 해야 합니까? 일의 순서를 쓰고 설명해 보십시오.
搬家時該做什麼呢？請寫下事情的順序並說明。

[보기]

- 새 집 정하기
- 전기·가스·수도 요금 내기
- 새 집 가구 배치 결정
- 이삿짐센터 정하기

- 전화 옮기기
- 이웃집에 인사
- 아이들 전학갈 학교 결정
-

- 새 집 청소
- 냉장고 정리
-
-

➲ _____

➲ _____

➲ _____

➲ _____

➲ _____

➲ _____

➲ _____

이웃집 鄰居家    배치 (配置) 布置、安排    전학가다 (轉學) 轉學

# 10-3 음악을 들으면서 청소할까?

학습 목표 ● 과제 집안일 설명하기 ● 문법 덕분에, -으면서 ● 어휘 집안일 관련 어휘

마리아 씨가 무엇을 합니까?
두 사람이 무슨 이야기를 할까요?

🔊 132~133

마리아 오늘은 걸레로 닦기만 하면 안 될까?

미선 먼지가 많으니까 날마다 청소기를 돌리는 게 좋아.

마리아 알았어. 깔끔한 룸메이트 덕분에 집이 깨끗해지겠다.

미선 집이 깨끗하면 기분도 좋고 공부도 더 잘 될 거야.
우리 음악을 들으면서 청소할까?

마리아 그래. 그런데 신문지하고 빈 병은 어떻게 할까?

미선 재활용 쓰레기는 화요일에 버려야 하니까 저 상자에 넣어.

| 걸레 抹布 | 깔끔하다 乾淨俐落 | 룸메이트 室友 | 재활용 (再活用) 再利用 | 상자 (箱子) 箱子 |

# 어휘

**01** 여러 가지 집안일이 있습니다.

| | | |
|---|---|---|
| 설거지를 하다 | 빨래를 하다 | 음식을 만들다 |

| | | |
|---|---|---|
| 청소기를 돌리다 | 화분에 물을 주다 | 강아지를 돌보다 |

| | | |
|---|---|---|
| 먼지를 털다 | 걸레질을 하다 | 마당을 쓸다 |

**02** 날마다 하는 집안일과 가끔 하는 집안일을 써 봅시다.

날마다 하는 집안일 :

이틀에 한 번 하는 집안일 :

사흘에 한 번 하는 집안일 :

일주일에 한 번 하는 집안일 :

　　　　에 한 번 하는 집안일 :

**문법
설명**

01 덕분에

　　用在名詞後，表示原因、幸虧。只有當後句所表示的結果為
肯定時才可以使用。

- 부모님 덕분에 편하게 공부　　　　　托父母的福，才可以安心讀書。
　했습니다.
- 친구들 덕분에 한국 생활이　　　　　托朋友們的福，在韓國生活才
　외롭지 않아요.　　　　　　　　　　不孤單。
- 친절한 의사 선생님 덕분에 병이　　　多虧有親切的醫生，病很快
　빨리 나았어요.　　　　　　　　　　就好了。
- 좋은 선배들 덕분에 학교 생활이　　　多虧有很多好前輩，學校生活
　재미있었습니다.　　　　　　　　　很有趣。

02 -으면서/면서

　　用在動作動詞後，表示前句與後句的內容在同一時間發生，
前句與後句的主語要一致。

- 아이가 울면서 말했어요.　　　　　　孩子邊哭邊說。
- 형이 샤워하면서 콧노래를 불렀어요.　哥哥邊洗澡邊哼歌。
- 저는 대학교에 다니면서 아르바이트를　我邊上學邊打工。
　했어요.
- 우리 가족은 텔레비전을 보면서　　　我們家人邊看電視邊吃晚飯。
　저녁을 먹어요.

# 문법 연습

**01**

### 덕분에

문장을 만드십시오. 請造句。

[보기] 저는 물을 무서워했어요. 그런데 초등학교 선생님이 수영을 재미있게 가르쳐 주셨어요. 그래서 이제 수영을 잘 합니다.
⮕ 초등학교 선생님 덕분에 수영을 잘 하게 되었습니다.

1) 한국에 오기 전에 한국말을 못했어요. 그런데 한국에 온 후에 좋은 한국 친구를 만났습니다. 그리고 그 친구가 저에게 한국말을 가르쳐 주었습니다. 그래서 이제 한국말을 잘 합니다.

⮕ .................................................................................................................

2) 저는 자전거를 잘 못 탔습니다. 그런데 할아버지께서 자전거 타는 방법을 가르쳐 주셨습니다. 그리고 할아버지와 같이 연습을 많이 했습니다. 그래서 이제 자전거를 잘 탑니다.

⮕ .................................................................................................................

3) 저는 잡지사에서 일하고 싶었습니다. 그렇지만 취직하기가 어려웠습니다. 친구 아버지께서 제 얘기를 듣고 잡지사를 소개해 주셨습니다. 그래서 지금은 여행 잡지를 만드는 일을 하고 있습니다.

⮕ .................................................................................................................

4) 유학 생활을 하면서 건강이 나빠졌습니다. 그런데 친구가 같이 요가를 배우자고 했습니다. 그래서 3달 전부터 이틀에 한 번씩 요가를 합니다. 이제는 건강해졌습니다.

⮕ .................................................................................................................

5) 한국에서 운전하는 것은 참 어렵다고 들었습니다. 그렇지만 이 곳 저 곳 여행을 갈 때는 운전을 하고 싶었습니다. 그래서 삼촌께 운전을 가르쳐 달라고 부탁했습니다. 그리고 운전면허 시험도 봤습니다. 이제는 운전을 잘 할 수 있습니다.

⮕ .................................................................................................................

## -으면서/면서

**02**

문장을 만드십시오. 請造句。

[보기]

신문을 보면서 식사를 합니다.

❶

❷

❸

❹

❺

**과제 1**　쓰고 말하기 ●———————————————

- 대청소를 하려고 합니다. 어떤 일을 해야 합니까?
  我想大清掃，該做什麼事呢？
- 가족 중에서 누가 이 일을 하면 좋을까요? 왜 그렇게 생각하는지 이야기해 봅시다. 家族中誰做這件事最好呢？請說明為什麼那麼想。

| 대청소를 할 때 해야 할 일 | 할 사람 |
| --- | --- |
| 물건을 정리한다 | 오빠 |
| 먼지를 턴다 | |
| 청소기를 돌린다 | |
| 걸레질을 한다 | |
| 창문을 닦는다 | |
| 마당을 쓴다 | |

[보기] 오빠가 창문을 닦았으면 좋겠어요. 왜냐하면 창문은 높은 곳에 있으니까 키가 큰 오빠가 하면 좋을 것 같아요.

1) _____

2) _____

3) _____

4) _____

5) _____

세차하다 (洗車--) 洗車

## 10-4 화요일까지 해 드릴 테니까 그때 오세요

학습 목표 ●과제 세탁소 이용하기 ●문법 -어지다², -을 테니까 ●어휘 세탁소 관련 어휘

▶ 미선 씨가 무엇을 하고 있습니까?
두 사람이 무슨 이야기를 할까요?

🔊 134~135

미선   이것 좀 세탁해 주세요.

주인   정장 한 벌하고 스카프 한 장이군요.

미선   치마 앞쪽에 얼룩이 심한데 뺄 수 있을까요?

주인   이런 얼룩은 잘 빠지니까 걱정하지 마세요.

미선   언제 찾으러 오면 돼요?

주인   화요일까지 해 드릴 테니까 그때 오세요.

| 스카프 圍巾 | 얼룩 斑點、汙漬 | 빼다 去除 | 빠지다 洗掉 |

# 어휘

**01** 여러 가지 세탁 방법입니다.

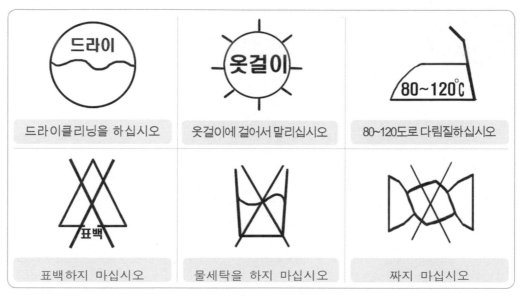

| | | |
|---|---|---|
| 드라이클리닝을 하십시오 | 옷걸이에 걸어서 말리십시오 | 80~120도로 다림질하십시오 |
| 표백하지 마십시오 | 물세탁을 하지 마십시오 | 짜지 마십시오 |

**02** 어떻게 세탁해야 합니까?

**01** –어지다/아지다/여지다²

用在動作動詞後，表示被動的意思。

- 백 년 전에 세워진 건물입니다. 　　　　　這是一百年前蓋的建築。
- 케이크가 아주 예쁘게 만들어졌어요. 　　蛋糕做得很漂亮。
- 지하로 내려가니까 전화가 끊어졌어요. 　因為走到地下，電話就被掛斷了。
- 이곳은 세계에 잘 알려진 관광지입니다. 　這裡是世界文明的觀光地。

**02** –을/ㄹ 테니까

用在動作動詞後，是表示意志或推測的 "-을/ㄹ 터" 與表示理由的 "-니까" 的複合形式。後句為命令句或共動句的情況比較多。

- 제가 기다릴 테니까 천천히 오십시오. 　我會等你的，請慢慢來吧。
- 다시 한 번 설명할 테니까 잘 들으세요. 我會再說明一次，請聽好。
- 내일은 모두 모일 테니까 그때 얘기합　明天大家都會聚集，到那時再
  시다. 　　　　　　　　　　　　　　談吧。
- 손님이 많이 오실 테니까 음식을 　　　客人會來很多，再多準備一點
  더 준비합시다. 　　　　　　　　　　食物吧。

# 문법 연습

### -어/아/여지다²

**01** 문장을 만드십시오. 請造句。

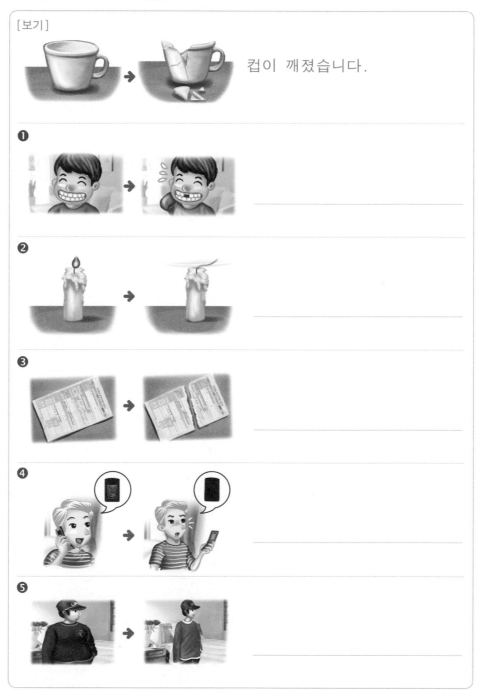

[보기]

컵이 깨졌습니다.

❶

❷

❸

❹

❺

**-을 테니까/ㄹ 테니까**

02

읽고 문장을 만드십시오. **請閱讀後造句。**

[보기]
내일 친구들과 소풍을 갈 거예요. 제가 점심 도시락을 준비하겠습니다. 다른 사람에게 음료수를 가지고 오라고 말합니다.

점심은 제가 준비할 테니까 음료수를 가지고 오세요.

❶ 집안일이 많습니다. 제가 청소를 하겠습니다.
동생에게 쓰레기를 버리라고 말합니다.

❷ 급하게 돈이 필요합니다. 다음 주에 돈을 갚겠습니다.
친구에게 10만원을 빌려 달라고 말합니다.

❸ 여자 친구와 같이 영화를 보고 싶습니다.
제가 영화표를 사겠습니다. 여자 친구에게 같이 가자고
말합니다.

❹ 일기예보를 봤는데 오후에 비가 올거라고 합니다.
아버지께 우산을 가지고 가시라고 말합니다.

❺ 주말이어서 길이 많이 막힐 거예요.
다른 사람들에게 1시간쯤 일찍 출발하자고 말합니다.

**과 제 1**     쓰고 말하기 ●

세탁소에 맡길 것과 집에서 빨래할 것으로 나누고, 그 이유를 쓰십시오.
請分成交付給洗衣店的和在家清洗的，寫下理由。

| 티셔츠 | 털 | 점퍼 | 양말 | 운동복 | 블라우스 | 정장 |
| 넥타이 | 청바지 | 속옷 | 스타킹 | 면바지 | 운동화 | 수건 |
| 모자 | 수영복 | 재킷 | 스웨터 | 니트 조끼 | 실크 원피스 | 아기 옷 |

1) **집에서 손빨래를 해야 합니다.**

   스타킹은 세탁기에 넣어서 빨면 구멍이 날 테니까 직접 손으로 빨래를

   해야 해요.

   --------------------------------------------

   --------------------------------------------

   --------------------------------------------

2) **집에서 세탁기로 빨래를 합니다.**

   --------------------------------------------

   --------------------------------------------

   --------------------------------------------

3) **세탁소에 맡겨야 합니다.**

   --------------------------------------------

   --------------------------------------------

   --------------------------------------------

털 毛     점퍼 工作服     양말 (洋襪) 襪子     운동복 (運動服) 運動服     속옷 內衣     스타킹 絲襪
면바지 (綿--) 棉褲     수건 (手巾)     수영복 (水泳服) 泳衣     재킷 夾克     스웨터 毛衣     니트 針織
조끼 背心     실크 絲綢     아기 小孩     손빨래 手洗     구멍이 나다 破洞     맡기다 委託

# 10-5 ❶ 읽기: 방 청소

🔊 136

저는 혼자 자취를 하는 남학생입니다. 자취 생활은 자유롭기는 하지만 집이 항상 지저분한 것이 문제예요. 그렇지만 게으른 저는 청소하는 것을 싫어합니다. 집에 들어오면 아무 것도 하고 싶지 않습니다. 학교에서 돌아오면 피곤해서 침대에 누워 있고 싶습니다. 청소를 할까 하다가 더러운 방을 보면 무엇을 어떻게 치워야 할지 모르겠어요. 방이 더러우면 더러울수록 더 청소를 하기 싫어져요. 좀 쉽게 청소하는 방법이 있으면 가르쳐 주세요.

집에 들어가면 우선 창문을 활짝 열어 보세요. 그럼 깨끗하게 청소하고 싶은 기분이 들 거예요. 먼저 바닥에 놓여 있는 큰 물건부터 치우세요. 방이 좀 깨끗해 보일 거예요. 다음으로 필요가 없는 것은 모두 버리세요. 아끼는 물건이어도 1년 동안 한 번도 쓴 적이 없으면 버리는 것이 좋아요. 그리고 이제부터 '5분 청소'를 시작하세요. 한 가지 일이 끝나면 5분 동안 꼭 청소를 하는 거예요. 예를 들어 숙제를 한 후에는 5분만 책상 위를 치우세요. 보던 책을 바로 책꽂이에 꽂으면 깨끗해질 거예요. 피자를 먹은 후에는 바로 상을 치우고 쓰레기를 버리세요. 집에 돌아와서 침대에 눕기 전에 옷을 갈아입고 벗은 옷을 옷장 안에 잘 넣으세요. 5분이면 다 할 수 있어요. 이렇게 일주일 동안 5분만 청소를 계속 해 보세요. 일주일 후에는 마법같이 깨끗해져 있을 거예요.

| 어휘 | | |
|---|---|---|
| 자취 (自炊) 自炊 | 지저분하다 亂七八糟 | 눕다 躺 |
| 활짝 大大地(敞開) | 바닥 地板 | 필요가 없다 (必要---) 不需要 |
| 예를 들다 (例---) 舉例 | 치우다 收拾 | 꽂다 插 |
| 쓰레기 垃圾 | 마법 (魔法) 魔法 | |

## 읽어 봅시다 🔊 137

받침소리 2    /ㄷ, ㅌ, ㅅ, ㅆ, ㅈ, ㅊ/ ➲ [ㄷ]
- 밭[받], 빛[빋]        넓은 차 **밭**의 초록**빛**이 얼마나 아름다운지 모릅니다.
- 벗지[벋찌]          신발을 **벗지** 말고 들어오세요.
- 있고[읻꼬]          피곤해서 침대에 누워 **있고** 싶습니다.
- 꽂습니다[꼳씀니다]    동생이 책꽂이에 책을 **꽂습니다**.
- 꽃[꼳]              **꽃**도 많고 나무도 많아서 경치가 좋아요.

**질문**

1) 질문을 한 사람의 문제는 무엇입니까?

2) '5분 청소'는 무엇입니까?

3) 앞 글의 내용과 같은 것을 고르십시오. ( )

❶ 청소는 하루에 5분만 합니다.

❷ 일이 끝날 때마다 청소합니다.

❸ 일주일 후에 마법사가 방을 청소해 줍니다.

❹ 피자를 먹고 5분 후에 청소를 시작합니다.

4) '5분 청소'인 것을 모두 고르십시오. ( )

❶ 날마다 빨래를 합니다.

❷ 식사한 후에 상을 닦습니다.

❸ 화장실 청소는 자기 전에 합니다.

❹ 쓰레기는 모아서 한 번에 버립니다.

❺ 먹고 남은 음식을 바로 냉장고에 넣습니다.

5) 여러분은 쉽게 청소하는 방법을 알고 있습니까? 반 친구들에게 가르쳐 주십시오.

# 읽기: 다양한 집안일 도우미

🔊 138

　지난주에 친한 한국 친구가 아기를 낳아서 친구들과 아기 옷을 사 가지고 친구 집에 놀러 갔습니다.

아기를 낳은 친구는 얼굴도 좀 붓고 힘들어 보였습니다. 한국에서는 아기를 낳으면 1주일 정도는 목욕도 하지 않고 집안일도 잘 하지 않는다고 합니다. 친구 집에는 친구의 어머니같이 보이는 분이 아기를 돌보고 계셨습니다.

　"어머니이셔?"

　"아니야, 산후 도우미이셔. 예전에는 어머니들이 산후에 산모와 아기를 도와주셨는데 요즘은 전문적으로 이런 일을 해 주시는 분들이 많아. 어머니가 도와주시면 제일 좋겠지만 우리 어머니도 요즘 건강이 안 좋으셔서 산후 도우미를 불렀어."

　내가 우리나라에는 이런 직업이 없다고 하니까 친구들이 한국에 있는 여러 종류의 도우미에 대해서 이야기해 주었습니다.

　"우리 집에도 일주일에 두 번 집안일을 도와주는 가사 도우미가 와. 부부가 다 일을 하는 집에서는 바쁜 엄마와 아빠를 위해서 아이를 돌보는 육아 도우미도 많이 쓴다고 해."

　"맞아. 아픈 사람을 돌보는 간병인도 있지. 요즘은 장을 봐 주는 쇼퍼도 있어."

　"나도 전에 아팠을 때 약을 사러 가기가 힘들어서 심부름 도우미를 부른 적이 있어. 그 도우미는 전등 바꾸기 같은 여자들이 하기 어려운 일도 도와준다고 했어. 아, 그리고 우리 아파트 윗집에 사는 사람은 바쁠 때 애완동물을 산책시켜 주는 애완동물 산책 도우미를 불러."

　한국에 참 여러 종류의 도우미가 있다는 것을 알게 되었습니다. 우리나라에도 이런 도우미가 있었으면 좋겠습니다.

| 어휘 | | |
|---|---|---|
| 산후 (産後) 生産後 | 도우미 幫手 | 예전 以前 |
| 산모 (産母) 産婦 | 전문적 (專門的) 專業的 | 육아 (育兒) 育兒 |
| 간병인 (看病人) 看護 | 장을 보다 (場---) 採購 | 쇼퍼 幫人至商場購物的人 |
| 심부름 跑腿 | 전등 (電燈) 電燈 | 애완동물 (愛玩動物) 寵物 |

## 읽어 봅시다 🔊 139

**받침소리 5**   /ㄴ, ㄵ, ㄶ/ ➡ [ㄴ]   /ㄹ, ㄼ/ ➡ [ㄹ]

- 친구[친구]   한국 **친구**가 아기를 낳아서 **친구** 집에 놀러 갔습니다.
- 앉지[안찌], 앉읍시다[안즙씨다]   여기 **앉지** 말고 저쪽에 **앉읍시다**.
- 일[일], 많다[만타]   요즘은 전문적으로 이런 일을 해 주시는 분들이 **많다**.
- 여덟[여덜]   저는 **여덟** 살 때 부모님과 같이 영국에 가서 팔 년 동안 살았어요.
- 넓지[널찌], 넓은[널븐]   제 방은 **넓지** 않아서 **넓은** 방을 구하려고 해요.

## 질문

1) 친구 집에서 아기를 돌보는 분은 누구입니까?

2) 친구는 왜 그 도우미를 씁니까?

3) 앞 글의 내용과 같으면 ○, 다르면 X 하십시오.

❶ 가사 도우미는 집안일을 도와줍니다. ( )

❷ 이 사람의 나라에도 산후 도우미가 있습니다. ( )

❸ 이 사람의 친구가 애완동물 산책 도우미를 씁니다. ( )

❹ 아픈 사람을 돌보는 도우미를 간병인이라고 합니다. ( )

4) 앞 글에서 이 사람의 친구들이 도움을 받고 있는 도우미의 종류와 그 도우미들이 하는 일을 쓰십시오.

| | 종류 | 하는 일 |
|---|---|---|
| 1 | ❶ | ❷ |
| 2 | ❸ | ❹ |
| 3 | ❺ | ❻ |

5) 왜 이렇게 여러 종류의 도우미가 있을까요? 여러분은 어떤 도우미가 있었으면 좋겠습니까?

## 리에가 본 한국

▷ 쓰레기 분리 ◀» 140

쓰레기를 버리는 방법은 나라마다 달라요. 그런데 한국은 다른 나라보다 조금 더 복잡한 것 같아요.

우선, 재활용할 수 없는 것과 재활용할 수 있는 것을 나누어서 버려요. 재활용 할 수 없는 것은 슈퍼마켓에서 산 쓰레기봉투에 넣어서 버려야 해요. 재활용 할 수 있는 것은 또 다시 비슷한 종류끼리 나누어요. 나누는 방법은 동네마다 조금 달라요. 우리 동네에서는 빈 캔, 플라스틱, 유리병, 종이, 옷, 음식물 쓰레기 등 여러 가지로 나누어요.

처음에 쓰레기를 이렇게 나누어서 버리는 일이 좀 귀찮았어요. 그런데 환경을 생각해 보면 아주 좋은 일인 것 같아요. 이렇게 종류를 나누어서 버리면 재활용 하기도 쉬울 거예요. 그러면 쓰레기가 많이 줄 것 같아요.

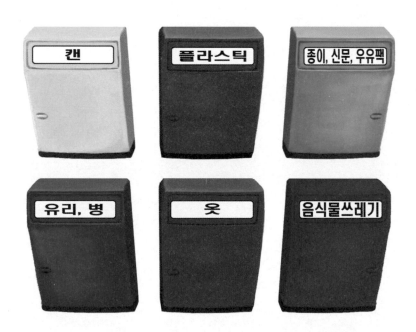

분리 (分離) 分類    종류 (種類) 種類    플라스틱 塑膠    줄다 減少

# 대화 번역

❖ 第一課

1-1

楊　堅：初次見面，我是來自台灣的楊堅。

貞　熙：經常聽人提起您，我是吳貞熙。

楊　堅：雖然這是我第一次在貿易公司工作，但是我會很努力的。

貞　熙：這裡的人都很友善，他們會好好教您的。

楊　堅：那就拜託您了。

貞　熙：如果您需要幫助，請隨時告訴我。

1-2

楊　堅：您在這家公司工作多久了？

貞　熙：4 年了，大學畢業以後就開始工作了。

楊　堅：我是學企業管理的，您的專業是什麼？

貞　熙：專業嗎？我也是企業管理。

楊　堅：工作怎麼樣？

貞　熙：學到的東西很多，工作也很有趣。

1-3

貞　熙：王偉，好久不見。最近過得怎樣？

王　偉：我結交了很多朋友，也去了很多地方旅遊。

貞　熙：韓國生活不辛苦嗎？

王　偉：還可以，我現在已經很習慣韓國生活了。

貞　熙：但是您旁邊的那位是誰呀？

王　偉：是我從台灣來的弟弟。他為了上大學，現在在學韓語。

1-4

王　偉：我上週末回家鄉一趟。

貞　熙：見到了家人與朋友，一定很開心吧？

王　偉：父母都非常高興。

貞　熙：王偉，您的家鄉是什麼樣的地方？

王　偉：我的家鄉是一個小鄉村。空氣清新，風景也很優美。

貞　熙：您如果有在家鄉照的相片，給我看看吧。

❖ 閱讀

(1) 我美麗的學校

　　來韓國已經兩個月了，我就讀的學校在韓國是有名的大學之一。我們學校的歷史悠久，校園廣大又美麗，學校裡有圖書館、學生會館、醫院，圖書館裡有電腦教室和多媒體教室，而學生會館裡有餐廳、銀行、音樂教室和健康中心。位置全都在附近，很方便使用。

　　我學習韓文的語學堂有從各個國家前來的學生，可以結交各式各樣的朋友。上課時間是平日早上 9 點到下午 1 點，上課結束後，我和朋友一起吃午餐，常常去電腦教室上網，週末則在學校操場一起踢足球或打籃球。

　　在語學堂好像到各個國家旅行似的，每天都見識到廣大的世界。

(2) 珍貴的物品

　　我因為獨自住單人房，所以東西不多。但是我喜歡的東西如：筆記型電腦、MP3、數位相機、手機、家庭照片等很多。其中對我而言最重要的東西是電鍋。

　　至去年為止，我都和父母一起居住，所以母親每天替我做飯。但是現在沒和父母一起住，而我也不會做料理，自己做飯來吃實在太困難了。所以我經常買外食吃，健康因而每況愈下。

　　父母總是擔心我的健康，因此上個月母親送給我一個電鍋。這個電鍋小，很適合自己做飯，飯也很快就熟了。

　　收到電鍋後，好久沒有吃到熱騰騰的飯了。小菜不多，但是飯熱騰騰地真美味。有電鍋後，現在做飯就不困難了。每當我用這電鍋煮飯時，我常想起母親。

### 2-1

英　秀：理惠，您吃過牛雜湯嗎？
理　惠：沒有，從沒吃過。這怎麼吃？
英　秀：把鹽和蔥放到湯裡，再把飯泡在湯裡吃。
理　惠：小菜在哪裡？
英　秀：在這個大碗裡，得盛到碟子裡吃。
理　惠：啊，原來在這裡呀。

### 2-2

英　秀：理惠，我們今天吃韓國料理吧。
理　惠：好啊。韓國料理中什麼比較有名？
英　秀：嗯，您吃過辣炒雞排嗎？
理　惠：還沒吃過。那是什麼樣的料理呢？
英　秀：是用雞肉和蔬菜做的，有點辣。
理　惠：是嗎？好像很好吃的樣子。

### 2-3

英　秀：泡菜鍋怎麼做啊？
王　偉：請先燒水，然後把泡菜和豬肉切成小塊放進去。
英　秀：鹹度要怎麼調配呢？
王　偉：煮一會後，嚐一嚐後，再酌量放鹽。
英　秀：您是跟誰學做韓國料理的？
王　偉：跟房東阿姨學的。

### 2-4

詹姆斯：在韓國用餐時該怎麼做？
美　善：要等到長輩開始用餐時才可以吃。
詹姆斯：啊，是喔。還有其他禮儀嗎？
美　善：不可以端起飯碗吃飯。
詹姆斯：真有意思呀。用雙手拿著筷子和湯匙吃，可以嗎？
美　善：不可以，左手放下，只能用右手吃。

❖ 閱讀

### (1) 韓國人與年糕

年糕是韓國傳統食物之一，韓國人從很久以前就吃年糕了。

韓國人喜歡年糕是因為特別的節日會分享年糕吃。小孩出生 100 日時、滿月，還有 60 歲生日時會舉辦大型宴會。每當舉行大型宴會時總會吃年糕。每年過年，會吃用白年糕做成的年糕湯，而中秋時，會做松糕一起吃。祭祀時也會準備年糕。

在韓國有「吃紅年糕，會保佑不會發生壞事發生。」的想法，所以舉辦宴會或搬家時，會吃紅年糕。

年糕對身體好又美味，有很多人當早餐或點心來吃。所以也有各式各樣用年糕做成的食物，用年糕可以做成年糕湯、辣炒年糕、年糕拉麵、年糕披薩等食物。

各位在韓國時，請多多品嚐年糕。

### (2) 特別時節吃的食物

今天是我的生日，所以和朋友見面。本來打算和朋友一起吃蛋糕，但朋友這麼說：
「詹姆斯，今天喝海帶湯了嗎？」
「今天是詹姆斯的生日，所以去吃海帶湯吧，在韓國生日時有喝海帶湯的習俗。」
因此我們去了韓式飯館。正當我們美味地品嚐海帶湯時，朋友全部向秀貞詢問：
「秀貞，什麼時候會給我們吃麵條？」
大家持續在問這個問題，但秀貞沒回答，只是臉蛋逐漸通紅。於是我問：「秀貞，為什麼那樣？您討厭麵條嗎？」。朋友們聽了我的話後都笑了，那時其他朋友才向我說明：
「詹姆斯，在韓國結婚典禮當天要招待客人吃麵條。」
我再次向秀貞詢問：

「秀貞，那麼我們何時可以吃到麵條？」
「詹姆斯，我下個月要結婚。」
秀貞害羞了起來。

在結婚典禮吃的麵條似乎會有特別的味道，我想去秀貞的結婚典禮，和朋友一起吃麵條。

---

❖ 第三課

3-1

瑪麗亞：我現在要去百貨公司，要一起去嗎？
美　善：要去買什麼？
瑪麗亞：學校裡有活動，我想買一件正式服裝。
美　善：百貨公司的東西好是好，但價格太貴了。
瑪麗亞：可是與百貨公司相比，在市場不好挑東西。
美　善：我可以一起去幫您挑。

3-2

老　闆：歡迎光臨，需要什麼？
瑪麗亞：請給我看一下那套天藍色的正式服裝。
老　闆：在這裡。客人您膚色白，很適合淺色衣服。
瑪麗亞：這可以試穿嗎？
老　闆：當然，那邊右側有更衣室。
瑪麗亞：這套好像會有點小，請您給我拿一套大一號的。

3-3

理　惠：請幫我結帳。
老　闆：東西要幫您裝在袋子裡嗎？
理　惠：不用。我有自備包包。還有我要用信用卡結帳。
老　闆：請在這裡簽名。

理　惠：如果不直接到店裡，而是打電話訂貨的話，可以配送嗎？
老　闆：可以。上午 10 點到晚上 10 點之間送貨。

3-4

詹　姆　斯：喂？我想訂一個花籃。
花店老闆：您想送哪一種呢？
詹　姆　斯：看了廣告，我覺得 10 萬元的比較好。
花店老闆：我們一定會幫您做漂亮一點。
詹　姆　斯：希望朋友會滿意這個禮物。
花店老闆：會喜歡的。請您說一下收件人的地址。

---

❖ 閱讀

(1) 市場和百貨公司

比起百貨公司，我更喜歡市場。因為在市場，物品種類繁多，到處逛的話可以便宜地買到好的物品。

百貨公司一般在早上十點半營業，而市場則是也有在傍晚營業的。市場和百貨公司不同，有些地方不能刷卡，但付現的話有些地方可以殺價。買完物品不滿意想更換的話，需要收據。

上週末我和朋友一起去東大門市場買衣服，我曾去過南大門市場，但東大門市場是第一次去。晚上去的話，不僅可以看到有趣的公演，好像也可以更便宜地買到東西，所以我們晚上去。人們在購物中心前又唱歌又跳舞真是有趣。在東大門市場，設計師做衣服直接販售的店家很多，不僅價錢便宜，也很多各式各樣漂亮的衣服，還有販賣襯衫上印有演員或歌手照片衣服的店家。

我買了黃色帽子和一件印有我喜愛的歌手照片的襯衫，而朋友買了一件白色罩衫和黑色長褲。

「請算便宜一點。」

「您韓文說得好又買很多，我會算您便宜一點。」

因為很便宜地買到漂亮衣服，心情真好。

---

(2) 水產市場

我的韓國朋友中，有很喜歡吃魚的朋友。那位朋友也知道我喜歡吃魚，所以向我介紹了水產市場。在市場裡各種海產應有盡有，蝦子、章魚、魷魚等全都很新鮮又好吃的樣子，我拿著還動著的活章魚拍照。

我們去朋友經常光顧的店，買了一條大魚和蝦子。店老闆大叔還招待我們，給了我們兩尾蝦子。我們去了店門前的餐廳，餐廳會將我們買去的魚做成生魚片和辣湯，兩名朋友和我共三人一起吃，份量十分足夠，來韓國第一次吃到這麼新鮮又美味的生魚片。辣湯雖然有點辣，但有各式各樣的蔬菜真好喝。

我知道韓國有各種種類的市場，我曾和朋友們去過東大門市場，也去過龍山的電子商城，但第一次去這麼大的水產市場。今天不僅參觀了各種有趣的事物，還吃到美味的魚，心情真是太好了。下次我想再去其他市場逛逛。

---

❖ 第四課

4-1

美　善：下星期三我打算辦個生日派對，你有時間嗎？

理　惠：嗯，沒別的事。要邀請很多朋友嗎？

美　善：不，我打算只請幾個人來吃個晚飯。

理　惠：你想要什麼禮物？如果有什麼需要可以告訴我。

美　善：不用帶禮物也沒關係。別忘了一定要來喔。

理　惠：那禮物我想一想再準備吧。

4-2

敏　哲：搬家了，應該請喬遷宴。

詹姆斯：是嗎？不過喬遷宴該怎麼辦呢？

敏　哲：不用想得那麼難，你想邀請誰？

詹姆斯：我想邀請班上同學和公司同事。

敏　哲：首先寫下你一定要邀請的人，然後再決定一起還是分開請。

詹姆斯：好的，哥哥一定要來幫我準備食物。

4-3

學　弟：學長，這個給您，我的請帖。

民　哲：請帖？你要結婚嗎？

學　弟：父母年紀大了，所以有點急。

民　哲：恭喜恭喜，要準備婚禮一定很忙吧？

學　弟：因為決定和父母一起住，所以沒什麼要準備的。

民　哲：如果有什麼需要幫忙的，和我聯絡。

4-4

美　善：星期五晚上一起去聽音樂會吧。

瑪麗亞：姐姐，怎麼突然提起音樂會？

美　善：主修鋼琴的同學開音樂會。聽完音樂會後再去一下聚會，也可認識朋友。

瑪麗亞：一定很有趣。我沒有去過那樣的聚會，真期待。

美　善：下課後來我家，我們一起去吧。

瑪麗亞：知道了。花束由我買過去。

---

❖ 閱讀

(1) 拜訪朋友的家

和我語言交換的韓國朋友招待我去他家。因為第一次去韓國人的家，幾天前我就開始期待了。我沒去過那個社區，有點擔心，但朋友在巴士站迎接我，真是太感謝了。

我拜訪了朋友家，朋友的家人都開心地歡

迎我，我給朋友的媽媽一束鮮花，但朋友的妹妹似乎比花更漂亮。和美國不同的是韓國在進門時，要脫下鞋子才行。進入房間，桌子上有很多美味的食物。

「雖然準備不周，但請多享用。」

「嗯？但是飯菜很多耶，我開動了。」

我因為使用筷子太吃力，朋友的媽媽還給我叉子，而且看我喜歡吃肉和魚，還把肉和魚放在我面前。美味地吃完食物後，我和朋友的家人一起聊天到深夜，還玩了遊戲。真是太有趣了，而且朋友的爸爸還開車送我回宿舍。

這是感受到朋友家人熱情的好時光。

---

(2) 邀請函

等待許久

終於讓我遇見人生的伴侶

兩人將攜手共組一個完整的家

用愛與信任組織成美滿的家庭，分享更多的愛

百忙之中若能抽空前來祝福，將會是最大的喜悅

金英秀

江陽子 的 長男 俊赫

朴定根

韓恩實 的 次女 智慧

時　間：2010 年 10 月 21 日 星期四 傍晚六時

場　所：延世大學 東門會館 2 樓

---

❖ 第五課

5-1

理　惠：我週末打算和朋友們一起去遊樂場。

英　秀：您知道怎麼去遊樂場嗎？

理　惠：不知道。有從這直達的公車嗎？

英　秀：沒有直達公車，請搭地鐵吧。

理　惠：地鐵只坐一次就可以嗎？

英　秀：沒有，得在忠武路換乘 4 號線。

5-2

理　惠：去景福宮站要搭幾號公車？

阿　姨：搭藍色 272 號。

理　惠：到景福宮需要花多久的時間？

阿　姨：大概需要 30 分鐘左右。

理　惠：30 分鐘那麼久？

阿　姨：一般上下班時間都需要那麼久。

5-3

理　惠：叔叔，在這裡搭車能到果川嗎？

叔　叔：不能，您走錯了。應該去對面的月臺。

理　惠：對面怎麼去呢？

叔　叔：得先出去，然後再從另一個方向進去。

理　惠：需要重新繳車費嗎？

叔　叔：如果和站務員說一聲就不用繳。

5-4

理　惠：不好意思，請問這簡圖上的遊樂場在哪裡？

學　生：在那裡，可以看到山的地方。

理　惠：看起來很近，要搭公車才行嗎？

學　生：不用，走 15 分鐘左右就到了。

理　惠：能告訴我怎麼走嗎？

學　生：一直往前走，在十字路口右轉，第一個人行道過馬路，然後一直走就可以了。。

---

❖ 閱讀

(1) 觀賞首爾

今天我和朋友一起搭乘可觀賞首爾市內的市區循環公車。這部公車從早上 9 點到晚上 9 點，購買一次票就能使用一整天。此外，休假日也能搭乘十分便利。我們十點在光化門免稅店前搭乘這部巴士，這部巴士有外語服務，想聽什麼語言說明都能聽到。

「下一站是國立中央博物館，要下車的旅客請按下車鈴，公車每 30 分鐘一班。」

解說員用韓文和英文親切地說明，國立中央博物館值得參觀的東西很多，但我們只參觀了1小時又再次搭上巴士。我們在梨太院下車，又逛街又吃午餐，接下來去韓屋村四處參觀，穿了韓服，還吃了年糕，之後也參觀了首爾塔和大學路。。

如果一整天轉乘好幾次巴士或地下鐵會很難四處參觀，但因為有市內循環巴士真便利。下次我也想參觀其他路線。

---

## (2) 地下鐵的景象

許多人在地下鐵迎接一天的開始，地下鐵比巴士準時、方便轉乘，所以搭地下鐵的人很多。

韓國的地下鐵很安全，又可使用交通卡，十分便利，費用也比其他國家便宜，從清晨到深夜都可以使用。在首爾有各種地下鐵，因為每個幹線顏色不同，所以可以輕易地找到想去的站，而且會有廣播說明，能夠輕易地知道在哪一站。地下鐵裡有專屬老弱婦孺乘坐的博愛座，如果有爺爺奶奶搭乘的話，年輕人要讓坐。此外，在韓國超過65歲的老人可以免費使用地下鐵。

我在地下鐵裡看到大家的各種樣貌，有看新聞或書的人、聽音樂的人、用手機玩遊戲的人、昏昏欲睡的人，還有大聲講電話的人，有時候很吵雜。我偶爾在地下鐵裡做作業，也有親切教導我的韓國人。

雖然雜亂是雜亂，但可以看到許多韓國人和各種樣貌的地下鐵，可以讓我們在首爾輕易去任何地方，在地下鐵，我也和許多人一起迎接一天的開始。

---

❖ 第六課

6-1
美　善：瑪麗亞，您是來讀書的嗎？
瑪麗亞：是的，我是想來了解韓國宗教的。

美　善：那麼您可以到二樓的資料室。
瑪麗亞：俄文書籍也有嗎？
美　善：可能有。請先用電腦搜尋一下。
瑪麗亞：週一前要交作業，不知道有沒有資料。

6-2
詹姆斯：我想換錢。
職　員：您想換哪個國家的錢？
詹姆斯：我想把美元換成韓幣，匯率是多少？
職　員：比上週跌了一點，請在這個文件上寫下姓名和護照號碼。
詹姆斯：寫這兩項就可以了嗎？
職　員：對，辦理中，請稍等。

6-3
理　惠：我我想寄包裹到日本。
職　員：請把包裹放在秤上。
理　惠：如果發生包裹遺失或損壞怎麼辦？
職　員：如果是貴的東西，請買保險。
理　惠：雖然不貴，但是遺失是不可以的，所以我要買保險。
職　員：包括保險費，總共是 3 萬元。

6-4
王　偉：我是來辦理延長簽證的。
職　員：請先抽取號碼牌再填寫申請書。
王　偉：申請書在哪裡？
職　員：被放在那邊的桌子上，其他證件都準備齊全了嗎？
王　偉：我現在沒有在學證明，怎麼辦呢？
職　員：不出示在學證明是不行的。

❖ 閱讀

(1) 服務周到的銀行

　　昨天我為了辦帳簿而去了學校的銀行。銀行裡人很多，有點亂。我不知道必須抽號碼牌，就那樣站在窗口前等待，於是銀行服務員幫我抽了號碼牌給我。看到了號碼牌，才發現在我前面等待的人有 20 名左右。等待好像會無聊，所以等待期間我看雜誌又看電視新聞，時間很快度過了。坐在椅子上看雜誌時，剛好輪到我，於是我去了窗前。去了窗前，才發現有許多砂糖，在職員的勸說下，我吃了一顆。

　　如果要辦帳簿，必須要有外國人登錄證，但我沒帶外國人登錄證就去了。銀行職員親切地說：「如果沒有外國人登錄證，請出示學生證和護照。」我給他看了學生證和護照，在文件上寫下名字和聯絡方式，並簽了名。我需要現金卡，所以也一起申請了。等待了一會兒，帳簿和現金卡都辦好了。

　　我因為韓文不是很流利，還有點擔心，但能夠簡單地辦完通帳和現金卡，心情真好。職員很親切，處理事情也比想像中迅速，韓國的銀行服務真完善。

--------

(2) 志願服務

　　雖然漸漸熟悉韓國生活，但最近我感受到倦怠。今天也沒特別要做的事，就這樣度過了。和朋友喝完咖啡後，去逛了服飾店。我向宿舍朋友這麼訴說著，於是朋友向我提及了關於志願服務的事情。

　　「在首爾市志願服務中心有很多外國人志願服務活動，我最近在居民中心圖書館做借書的工作。」

　　我擔心著：「我韓文還不是很流利，做得到嗎？」，於是在網路上尋找關於志願服務的資料，有幫助老人分配午餐的工作，也有教導小孩子英文的工作，志願服務是幫助有困難的人的工作，事實上我能學到更多，互相分享的喜悅也更大。

　　我想從一星期拜訪一次在養老院的爺爺奶奶，陪他們講話的工作開始做起。雖然我是外國人，但如果能和有困難的老人像家人一樣度過就好了。

　　在我們國家沒做過志願服務的我，不知道在韓國能否做那樣的工作，即使如此，明天我還是想去一次首爾市志願服務中心看看。

--------

❖ 第七課

7-1

理　惠：喂？英秀，有什麼事情嗎？

英　秀：詹姆斯說這週六一起去看話劇，想一起去嗎？

理　惠：好啊，不過話劇票不貴嗎？

英　秀：詹姆斯有招待券，可以免費去看。

理　惠：那真是太好了。那麼幾點見？

英　秀：4 點在國立劇場售票處見吧。

7-2

王　偉：為什麼理惠還不來呢？

詹姆斯：馬上就會到了吧。你確認過簡訊嗎？

王　偉：簡訊？還沒有確認，稍等一下。
　　　　（過一會兒）

詹姆斯：她說什麼？

王　偉：她說事情累積太多，會晚一點到。

詹姆斯：已經過了 30 分鐘了，得打電話問看她在哪裡。

7-3

英　秀：理惠，有什麼事嗎？

理　惠：抱歉，我不能赴約了。

英　秀：是嗎？發生什麼急事嗎？

理　惠：我一時忘記爸爸叫我週六回家。

英　秀：那麼週日怎樣？招待券週日也可以使

用。

理　惠：週日可以。因我而改變了約會時間，晚飯就由我來請吧。

7-4

貞　熙：喂？王偉在家嗎？

阿　姨：現在不在。您是哪位？

貞　熙：我是他的公司同事吳貞熙。
　　　　您知道他大概什麼時候回來嗎？

阿　姨：嗯……，這個……，他說他手機壞了，所以要去售後服務中心。

貞　熙：那麼他一回來，請轉告他打電話給我。我的電話號碼是 010-2123-3465。

阿　姨：我會轉告他的。

❖ 閱讀

(1) 與美英小姐通話

　　上一週我的韓國朋友向我介紹美英小姐。和不認識的女生見面讓我心生膽怯，第一次遇見美英小姐時，我太緊張了，連韓文都想不出來，失誤很多。但和美英小姐分開後，我常常想起她。我想再見到美英小姐，但我不知道該怎麼連絡、該說什麼話，今天也想了半晌。

　　「現在打電話？傍晚傳簡訊？」
　　「星期日見面？還是星期六？」
　　「一起去看電影？還是一起去看歌劇？」
　　「鈴鈴鈴」
　　突然電話來了。
　　「喂？」
　　「喂？彼特先生，我是金美英。」
　　「啊！美英小姐，我們一起去看電影好嗎？」
　　我突然驚嚇到，也沒打招呼就說一起去看電影，電話另一端傳出了美英小姐的笑聲，美英小姐的聲音真溫柔，我雖然羞澀但很幸福。

(2) 死黨

　　我和智旻是死黨。智旻如果早上一睜開眼就開始找我。我和智旻一起睡，偶爾我會在早上唱歌叫智旻起床。

　　智旻不管去哪裡都會帶我去，偶爾突然忘記沒帶我去的話，我們兩個一整天都會很不安。我們無論何時都手牽手到處走，智旻喜歡聊天，所以無論何時都和我聊天，而我喜歡聽人說話，所以我們很契合。

　　但是比起我智旻的腦筋不太好，同樣的事情總是一問再問。問潤兒的電話號碼幾號、昨天學習的單字 "저울" 是什麼意思、問如果原子筆 5 個 1200 元，那一個多少錢。我全都親切地教導她，她好像更不常思考了。

　　這麼討厭思考的智旻也真的很替我設想。上週天氣有點變冷，智旻買了漂亮的毛衣和圍巾當作禮物送我，所以下次智旻生日我也想唱歌給她聽，我正在練習最新的歌曲。

　　大家是不是很羨慕我和智旻呢？

❖ 第八課

8-1

英　秀：醫生，我是因為肚子痛而來的。

醫　生：非常痛嗎？

英　秀：太痛了，痛到睡不著覺，而且經常去洗手間。

醫　生：讓我看看。
　　　　（診斷後）好像是食物中毒。

英　秀：我把海鮮放進湯裡煮，是因為湯的關係嗎？

醫　生：好像是，先吃藥看看，如果還不好，兩天後再來。

**8-2**

醫　生：症狀如何？

理　惠：喉嚨痛，而且還流鼻涕。

醫　生：嗓子腫得很厲害呢。什麼時候開始這
　　　　樣的？

理　惠：昨天早上開始的，越來越嚴重。

醫　生：應該是病痛感冒。請不要過度疲勞，
　　　　要多休息。

理　惠：事情很多，能不能好好休息都不知
　　　　道。

**8-3**

王　偉：我是因為流鼻涕而來的。

藥劑師：要買藥一定要有處方箋。

王　偉：買藥的時候，總是需要處方箋嗎？

藥劑師：不是這樣的，隨便吃藥是不可以的。

王　偉：先給我一些沒有處方箋也可領的藥
　　　　吧。

藥劑師：今天就給您開些綜合感冒藥吧。

**8-4**

貞　熙：我想讓金博士看病。

醫院職員：哪裡不舒服？

貞　熙：一直感到疲倦，而且消化也不好，
　　　　不知道是什麼原因。

醫院職員：如果想讓金博士看病，得等兩個星
　　　　期。

貞　熙：兩個星期？金博士的患者好像很
　　　　多。

醫院職員：是呀。因為最近換季，患者不知道
　　　　有多多。

---

❖ 閱讀

### (1) 在中醫醫院的新奇治療

　　我今天和朋友們打籃球時跌倒了，很痛走
路也很辛苦。

　　朋友說像那樣的疼痛，去中醫醫院針灸會
很好。我第一次聽到針灸這個詞，所以向朋友

詢問針灸是什麼。朋友說針灸是長得像針的東
西，扎針的話病痛會快一點好。他說去年在滑
雪場跌倒時，去中醫醫院扎針就好了。朋友問
我要不要一起去學校附近有名的中醫醫院看
看。

　　我和朋友一起去中醫醫院。中醫師問東問
西，還摸了腳踝。中醫師說我的腳踝扭傷很嚴
重，要扎針才行。而且還說我腳踝發腫，要敷
一下。我問是否不吃藥也行，醫生說可以不吃
藥，只要再扎幾次針就可以了，同時幾天之內
不要常走路，要好好休息。

　　扎針之前我非常緊張，但幸好扎針不怎麼
痛。過了約 30 分鐘，腳似乎有些好轉，真是
太神奇了。

---

### (2) 輕易上手的伸展運動

　　讀書疲憊時，為了健康做伸展運動如何？
接下來是大家在椅子上坐著便能做的伸展運
動，請以輕鬆的心情跟著做吧。

① 左手抓住頭的右側，將頭往左側拉，右手
　往下面伸展，抓住椅子。心裡數到十，反
　覆做三次此動作，反方向也做三次同樣的
　動作。

② 在椅子上端正地坐好，右腳彎曲，腳踝抬
　起放在左腳上，右腳踝反覆十次慢慢地畫
　圓，反方向也反覆十次相同動作。

③ 兩手快速搓揉使之暖和，兩隻手貼在兩側
　眼睛上，用手指間慢慢地按壓。長時間看
　書後，眼睛漸漸疲倦時，這麼做會很好。

④ 挺腰，端正地坐著。兩隻手臂互相抓住，
　手臂朝前方一直伸展，這時手掌朝外，心
　裡數到十後放下手臂，再一次兩隻手向上
　伸展數到十，手腕慢慢地像畫圓一樣轉十
　次。

　　長時間坐著讀書有多疲倦？休息時間如果
做這樣的伸展活動，可以維持健康，成績也能
提高。

9-1

理　惠：英秀，你去過海外旅行很多次嗎？

英　秀：沒有，因為太忙，只在國內旅行了。

理　惠：那麼到現在為止你旅遊過的地方中，哪裡最好？

英　秀：去年夏天去的東海印象最深刻。

理　惠：在那裡做了什麼？

英　秀：看了日出，真像電影中的一個場景。

9-2

理　惠：這次長假想和朋友們一起去旅行，哪裡比較好呢？

英　秀：你說過雪嶽山與濟州島都去過了，這次去慶州看看吧。

理　惠：慶州曾經是新羅的首都吧？我也曾想去看看。

英　秀：歷史景點很多，應該會很有趣。

理　惠：有沒有既便宜又好的住宿？

英　秀：有我常去的旅館，要幫您在網路上預訂嗎？

9-3

理　惠：本週五可以預訂房間嗎？

職　員：有特別房和標準房，您想要什麼樣的房間呢？

理　惠：好久沒有旅遊了，我想住比較好的房間。房間的觀景好嗎？

職　員：在慶州沒有比我們旅館觀景更好的旅館了。您會住幾天呢？

理　惠：住兩天。

職　員：請說一下姓名以及聯絡方式。

9-4

王　偉：我想去歐洲自助旅行，哪裡比較好呢？

敏　哲：在歐洲不能不去義大利。

王　偉：可能是義大利景點比較多的原因，其他人也都向我推薦。

敏　哲：不僅羅馬時代的遺址多，海邊也非常美。

王　偉：天氣如何？

敏　哲：我是冬天去的，那時比韓國暖和。

---

❖ 閱讀

(1) 獨自出發的旅行

　　我休假時曾在韓國四處觀光，為了練習學校教的韓文，待在韓國的兩週期間曾旅行過。我想獨自自由地旅行，所以毫無計劃，只帶了旅行手冊便出發。

　　在韓國因為獨自去旅行，有點緊張，但觀光地的人們都很親切，大家都用心傾聽我生疏的韓文，也細心教我認路。

　　我幾乎每天睡在汗蒸幕。汗蒸幕既便宜又可輕易找尋，十分方便。日本如果也和韓國一樣有汗蒸幕就好了。

　　又一個記憶浮現，是去東海時，我遇見某個學生。那個韓國大學生說他在去軍隊之前，想獨自去旅行，所以來到了釜山。我們在東海海邊坐著，聆聽波濤聲，也一起喝酒。聊聊日本和韓國的差異，也聊聊我們的未來。現在那學生在做什麼呢？偶爾我會想起他。

　　雖然因為韓文不流利而嚐盡苦頭，但是是可以在韓國當地各處直接學習到東西的美好時光。

---

(2) 旅行計畫

　　馬上就是愉快的假期了。這次放假要做什麼呢？各位何不出發前往夢想中的旅行呢？

　　好，那麼現在開始規畫旅行計劃吧。為了愉快的旅行，沒有比旅行計畫更重要的事情了。規畫旅行計畫應該要做什麼呢？首先必須訂定去旅行想做什麼，觀光、休憩、文化學習、新體驗等，旅行的目的是什麼要先想想才行。接下來依照訂定的經費了解旅遊景點、旅行時間、交通工具、住宿設施。

如果決定好旅遊景點，接下來找尋當地的相關情報。要了解想去的地方的天氣、食物、物價、值得觀賞之處等，在旅遊指南或網路上找資料，或是從周邊的人聽取旅遊情報，再計劃日程。帶著確切的情報，好好地計劃日程再出發的話，可以節省經費，也能度過更愉快的時光。

如果日程訂定完，就可以預約交通工具、住宿設施，需要的話，護照和簽證也請準備好，最後打包行李。配合旅行景點的天氣準備衣服和盥洗用具、頭痛藥或消化藥等必要的藥品。

終於是上課結束的日子，和朋友們道別後，請出發去等待已久的旅行吧！

❖ 第十課

10-1

瑪麗亞：我是看了廣告找上門來的，有好房間嗎？

職　員：您要年租還是月租？

瑪麗亞：我想用月租，而且保證金越少越好。

職　員：有交通便利且觀景良好的套房。保證金 1000 萬，每個月房租要繳 60 萬。

瑪麗亞：比我想像中貴了一些，沒有其他房間嗎？

職　員：租金便宜的話，不是交通不好，就是設施不好。

10-2

瑪麗亞：我們一定要打包行李嗎？

美　善：雖然叫搬家公司幫忙，但是重要的東西最好還是由我們來打包。

瑪麗亞：我以為如果請搬家公司打包行李，就什麼都不用做了呢。

美　善：現在幾乎快結束了，再忍耐一下。

瑪麗亞：我累到好像要生病了。

美　善：不要像小孩子一樣裝病，趕快做事。

10-3

瑪麗亞：今天就只用抹布擦一下不行嗎？

美　善：因為灰塵比較多，所以還是每天用吸塵器清掃比較好。

瑪麗亞：知道了。托室友愛乾淨的福，家裡會變得很乾淨。

美　善：如果屋裡乾淨，不僅心情好，學習效果也會更好。要一邊聽音樂一邊打掃嗎？

瑪麗亞：好的，但報紙和空瓶子如何處理呢？

美　善：可回收垃圾要在星期二丟，先放在那個箱子裡。

10-4

美　善：請洗一下這些衣服。

老　闆：是一套正式服裝和一條圍巾啊。

美　善：裙子前面的污漬比較嚴重，可以洗乾淨嗎？

老　闆：這種污漬很容易洗，不用擔心。

美　善：什麼時候可以來拿？

老　闆：週二前會洗好，到時再過來吧。

❖ 閱讀

(1) 清掃房間

Q: 我是自己做飯的男大生，自己做飯的生活雖自由，但問題是房間總是亂七八糟。即使如此懶惰，我還是很討厭清掃，進入家中，什麼都不想做，從學校回來很疲倦，只想在床上躺著。打算清掃時，看到髒亂的房間，真不知道該怎麼清理。房間越髒越討厭清理，如果有什麼簡單的清掃方法請教導我。

A: 進入家中，首先請打開窗戶，那麼就會有想乾淨地清掃房間的心情。先從放在地板上的大型物品開始清理，房間就會看起來乾淨一點。接下來將不需要的東西全部丟掉，即使是珍惜的物品，如果一年間一次都沒用過，丟掉會比較好。還有現在起請開始「5 分鐘清掃」。如果做完一件事，5 分鐘之間一定要清掃，例如：做完作業後，請花 5 分鐘清掃桌面，如果將看過的書馬上放回書櫃，就會變得很乾淨；吃完披薩後請馬上清理桌子，丟掉垃圾；回家躺在床上之前，換好衣服後，脫下的衣服請好好地放在衣櫃裡，5 分鐘就可以全部達成。這樣一週期間持續只花 5 分鐘清理，一週後就會像變魔術般變得很乾淨。

----

### (2) 各式各樣的家事幫手

上週有一個很要好的韓國朋友生小孩，我和朋友們帶著我們買的童裝去朋友家玩。

生小孩的朋友臉有點發腫，看起來很疲倦，聽說在韓國生小孩的話，大約一週左右不洗澡，也不做家事。在朋友家，有一位看起來像朋友的媽媽正在照顧小孩。

「您是媽媽嗎？」

「不是，我是生產後的幫手。以前媽媽們會在產後幫助產婦和小孩，最近專門做這種事情的人很多。媽媽能幫助產婦是最好的，但我的媽媽最近也因為身體狀況不佳而請生產後的幫手幫忙。」

我說我們國家沒有這種職業，所以朋友們告訴我關於在韓國各式各樣的幫手。

「我們家也有一週兩次來幫忙家務事的家事幫手。夫婦都在工作的家庭，為了忙碌的媽媽和爸爸幫助小孩的育嬰幫手也有很多。」

「沒錯，也有照顧病患的看護人員，最近也有替他人去市場購物的人。」

「我之前疼痛時，因為去買藥太辛苦，曾經請過跑腿幫手過。那位幫手也會幫忙像更換電燈等女生做起來十分吃力的事情，啊，還有住在我們公寓樓上的人，忙碌的時候，也會請帶寵物去散步的寵物散步幫手幫忙。」

我了解到韓國真有各式各樣的幫手，我們國家如果也有這些幫手的話該有多好。

# 듣기 지문

1과 2항 과제 1

세르게이 아야코 씨는 어느 나라에서 왔어요?

아야코 저는 일본에서 왔어요. 세르게이 씨는 러시아 사람이지요?

세르게이 네, 저는 대학교에서 신문방송학을 공부하고 있어요. 앞으로 좋은 텔레비전 프로그램을 만들고 싶어요. 아야코 씨는 전공이 뭐예요?

아야코 저는 경제학을 전공했어요.

세르게이 그래요? 그럼 졸업 후에 회사에 취직할 거예요?

아야코 네, 일본 회사나 한국 회사에 취직하고 싶어요.

세르게이 그런데 책상에 있는 이 사진은 뭐예요?

아야코 아, 네. 작년 바이올린 연주회 때 찍은 사진이에요. 어렸을 때부터 바이올린 켜기를 좋아해서 가끔 연주회도 해요.

세르게이 그렇군요. 저는 축구를 좋아해서 토요일 아침마다 친구들과 같이 축구를 해요.

아야코 그래요? 저는 축구를 구경하는 건 좋아하지만 직접 하지는 못해요.

세르게이 아, 저는 학교 기숙사에 사는데 아야코 씨는 어디에서 살아요?

아야코 저도 기숙사에 살다가 지난달에 하숙집으로 이사했어요.

세르게이 제 친구도 지금 하숙집을 찾고 있는데 아야코 씨 하숙집이 좋으면 좀 소개해 주세요.

아야코 네. 알겠어요.

1. 카레(curry)를 먹어 보았습니까? 이 음식은 양고기, 닭고기, 생선 등 여러 가지로 만들 수 있습니다. 소스는 양파, 토마토, 요구르트와 카레를 넣어서 만듭니다. 카레는 맵지 않은 맛과 중간 매운맛, 매운맛이 있습니다. 카레는 건강에 좋습니다. 그리고 인도에서는 카레를 오른손으로 먹습니다.

2. 파스타(pasta)는 이탈리아 음식입니다. 면은 여러 가지 모양이고, 소스도 여러 가지입니다. 면 이름도 다 다릅니다. 스파게티, 링귀니, 라자냐, 펜네 등이 있습니다. 만드는 방법은 여러 가지가 있습니다. 보통은 끓는 물에 소금을 넣고 면을 삶습니다. 그리고 올리브 오일, 버터, 생크림과 생선, 고기, 계란, 치즈, 채소 등 자기가 좋아하는 소스를 만들어서 면과 같이 먹습니다.

3. 돈가스(豚カツ)는 돼지고기를 두껍게 잘라서 칼로 부드럽게 만듭니다. 그 다음에 소금과 후춧가루를 뿌립니다. 그 위에 밀가루와 달걀, 빵가루를 묻혀서 기름에 튀깁니다. 서양의 포크커틀릿을 일본 사람들의 입맛에 맞게 바꾼 것입니다. 요즘은 소고기, 닭고기, 생선 등 여러 가지로 만듭니다.

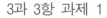

3과 3항 과제 1

1. 지금부터 바나나를 세일합니다. 조금 전까지 바나나 한 송이에 2,000원이었는데, 지금부터 1,000원에 드리겠습니다. 어린이들과 노인들에게 인기가 많은 바나나가 한 송이에 1,000원, 1,000원입니다. 어서 오세요.

2. 오늘은 일년 중에서 가장 더운 날입니다. 오늘은 무슨 음식을 먹는지 모두 아시죠? 네, 맞습니다. 오늘은 삼계탕을 먹는 날입니다. 삼계탕에 필요한 닭, 쌀, 인삼, 대추를 모두 넣어서 5,000원에 드립니다. 일로 지친 남편에게, 공부하는 아이들에게 삼계탕을 준비해 주세요. 자, 10개 남았습니다. 빨리 오세요.

3. 생선 코너에서 말씀드리겠습니다. 문을 닫을 시간이 얼마 남지 않았습니다. 지금부터 두 마리에 만 원인 갈치를 네 마리에 만 원, 네 마리에 만 원으로 드리겠습니다. 다섯 분께만 기회를 드리겠습니다. 빨리 사 가세요.

1. 우리 모임은 재즈 댄스를 사랑하는 사람들의 모임입니다. 우리 모임에 오시면 재즈 댄스를 배울 수 있습니다. 그리고 재즈 댄스를 잘 하기 위해서 발레와 현대 무용도 함께 배웁니다. 이 모임의 대표는 5년 동안 재즈 댄스를 한 사람입니다. 춤도 잘 추고, 다른 사람들에게 친절하게 잘 가르쳐 주는 사람입니다. 재즈 댄스에 관심이 있는 분은 빨리 오세요.

2. 이 모임은 같은 고등학교를 졸업한 사람들의 동문회입니다. 나이가 많은 선배부터 올해 졸업한 후배까지 많은 사람들이 모여요. 제일 나이가 많은 사람과 제일 나이가 적은 사람은 스무 살이나 차이가 나요. 그렇지만 마음은 다 같아요. 같이 등산도 가고 운동도 해요. 그리고 가끔 같이 맥주를 마시기도 하고 노래방에도 가요. 선배와 후배의 정을 느낄 수 있는 좋은 모임입니다.

3. 겨울 스포츠의 꽃인 스키를 같이 탑시다. 우리 모임은 '스키 동호회'입니다. 함께 스키도 배우고 친구들도 사귀고 싶어서 만든 모임입니다. 스키는 겨울에만 탈 수 있으니까 다른 계절에는 수영이나 수상 스키 등 다른 스포츠를 하면서 서로 더 친해질 수 있습니다.

4. 그림 그리는 것을 좋아하세요? 주말에 그림을 좋아하는 사람들이 함께 모여서 여러 가지 그림을 그립니다. 좋은 경치를 그리기도 하고, 사람들을 그리기도 하고 여러 가지 물건을 그리기도 합니다. 좋은 그림을 많이 그리면 12월에는 전시회도 하려고 합니다.

5과 3항 과제 1

[보기]
오늘도 저희 지하철을 이용해 주셔서 감사합니다.
이 열차는 청량리 행 열차입니다.
안양, 구로, 서울역 방면으로 가실 손님은 열차를 타시기 바랍니다.

1. 이번역은 종각, 종각역입니다. 내리실 문은 왼쪽입니다.

2. 이번역은 신길, 신길역입니다. 내리실 문은 왼쪽입니다.
   방화나 상일동, 마천 방면으로 가실 손님은 이번역에서 5호선으로 갈아타시기
   바랍니다.

3. 이번역은 이 열차의 종착역인 청량리, 청량리역입니다.
   성북, 의정부 방면으로 가실 손님은 이번 역에서 열차를 갈아타시기 바랍니다.
   내리실 때에는 차안에 두고내리는 물건이 없는지 다시 한번 살펴보시기 바랍니다.
   안녕히 가십시오. 고맙습니다.

4. 이 역은 타는 곳과 열차 사이가 넓습니다. 내리고 타실 때에 조심하시기 바랍니다.

5. 손님 여러분, 출입문이 닫힐 때에는 무리하게 타지 마시고, 출입문에 기대거나
   손을 짚으면 다칠 위험이 있사오니, 주의하시기 바랍니다.

6. 주변에 노약자, 장애인이 서 있으면 자리를 양보합시다.

## 6과 1항 과제 1

[보기]

가　몇 시부터 도서관을 이용할 수 있어요?
나　아침 6시에 문을 엽니다.
가　그럼 밤에는 몇 시까지 공부할 수 있어요?
나　11시에 문을 닫는데 1층 열람실은 24시간 이용할 수 있습니다.

1.

가　이 책은 얼마동안 빌릴 수 있어요?
나　오늘부터 이 주일 동안 빌릴 수 있어요.
가　좀 더 오래 빌릴 수 없나요?
나　인터넷으로 연장 신청을 하면 이 주일 더 볼 수 있어요.

2.

가　책에 있는 사진을 복사하고 싶은데요.
나　그럼 저기에 있는 복사기로 직접 복사하세요.
가　돈은 어디에 내야 해요?
나　여기에서 복사 카드를 사서 쓰시면 돼요.

3.

가　신문은 어디에 있어요?
나　오늘 신문은 6층에 있어요.
가　옛날 신문을 보려면 어디로 가야 해요?
나　4층에 가면 볼 수 있어요.

YONSEI KOREAN 2

7과 2항 과제 1

1.

가 영수야, 지금 어디니?
나 버스에서 내려서 걸어 가고 있어. 5분만 더 기다려 줘.
가 알았어. 빨리 와.
나 다른 친구들은 모두 왔어?
가 그래. 네가 도착하면 바로 출발할 거야.


2.

가 여보세요?
나 (작은 목소리로) 지금은 수업 중이니까 내가 나중에 전화할게.
가 알았어. 미안해


3.

가 민철아, 지금 뭐 해?
나 텔레비전을 보면서 커피를 마시고 있어. 제임스 너는?
가 난 일이 아직 안 끝나서 집에 못 가고 있어.
나 금요일인데 빨리 끝내고 가라.
가 알았어. 그럼 잘 쉬어.


4.

가 민철아, 너 어제 왜...
나 실례지만 몇 번에 전화하셨어요?
가 010-1214-7628번 아니에요?
나 아닙니다. 잘못 거셨어요.


5.

가 미선아, 잘 지내니?
나 네, 아버지, 요즘 건강은 어떠세요?
가 괜찮다. 서울은 춥지? 요즘 감기가 유행이라고 하니까 조심해라.
나 네, 걱정하지 마세요. 어머니께도 안부 전해 주세요.

8과 1항 과제 1

나는 의사이다. 오늘 병원에 배가 아파서 온 사람이 많았다.

제일 처음에 온 김민지 씨는 배탈이 나서 병원에 왔다. 친구 생일 파티에 가서 너무 많이 먹었다고 한다. 배에서 소리도 나고 설사도 여러 번 했다고 한다. 오늘 치료를 받았으니까 빨리 나았으면 좋겠다.

두 번째로 만난 이영수 씨는 식중독에 걸린 환자였다. 오래된 생선찌개를 먹었다고 했다. 그래서 물을 많이 마시고 몸을 따뜻하게 하라고 했다.

세 번째로 온 환자는 박준영 씨였다. 박준영 씨는 이틀 후부터 시험인데, 시험 전에는 꼭 배가 아프다고 했다. 요즘에는 스트레스 때문에 배가 아픈 사람이 많다. 이런 사람들은 몸을 따뜻하게 하고, 따뜻한 물을 마셔야 한다. 특히 스트레스에 대한 생각을 하지 않아야 한다.

마지막으로 최지현 씨는 일주일 동안 화장실에 가지 못해서 배가 아픈 환자였다. 그래서 최지현 씨에게 약을 주고 물을 하루에 1리터 이상 마시라고 했다.

모든 환자들이 다 빨리 나았으면 좋겠다.

9과 4항 과제 1

1. 시간이 많지 않은 신혼 부부를 위해서 오키나와 신혼 여행을 소개합니다. 일본 속의 하와이라고 하는 오키나와! 아름다운 바다와 자연 속에서 두 사람만의 편안한 시간을 가질 수 있습니다. 그리고 일본의 역사와 문화도 느낄 수 있습니다. 두 사람의 새로운 출발을 오키나와에서 시작하십시오. 편안하고 즐거운 추억을 만들 수 있을 것입니다.

2. 서유럽 여행이 처음이시라면 짧은 시간에 여러 나라와 도시를 경험할 수 있는 상품, 유럽 5개국 10일 코스를 추천합니다. 서유럽의 다섯 나라 영국, 프랑스, 스위스, 이탈리아, 독일의 여러 도시를 구경할 수 있습니다. 여러 도시에서 특별한 식사와 여러 가지 경험을 할 수 있을 것입니다.

3. 풍부한 볼거리와 먹을거리를 가진 곳!! 싱가폴로 여러분을 안내합니다. 아름다운 섬에서 음악 분수 쇼를 볼 수 있고 저녁에는 배를 타고 바다로 나가서 중국의 전통 음악과 함께 중국 음식을 맛볼 수 있습니다. 배 위에서 보는 싱가폴의 야경은 잊을 수 없는 추억이 될 것입니다.

4. 서태평양 한 가운데에 있는 그림 같은 섬, 사이판으로 오십시오. 하루에 일곱 번이나 색이 바뀌는 아름다운 바다와 모래밭이 여러분을 기다리고 있습니다. 스쿠버다이빙을 즐길 수 있는 바다도 있고, 무인도 같은 분위기로 조용한 휴가를 즐길 수 있는 섬도 있습니다. 넓고 푸른 바다에서 수영도 하고 최고의 리조트에서 재미있는 시간도 보내십시오.

5. 동양과 서양의 문화를 볼 수 있는 아시아의 중심 도시 홍콩을 소개합니다. 여러 가지 쇼핑 센터가 있어서 사랑하는 사람들과 즐거운 시간을 보낼 수 있습니다. 그리고 밤에는 홍콩의 야경을 즐길 수 있습니다. 세계에 홍콩만큼 야경이 아름다운 도시는 없습니다. 짧은 휴가나 주말 여행을 원하시는 분들께 추천합니다.

[보기]
아이가 한 명 더 생겨서 이제는 조금 넓은 집에서 살고 싶었어요. 그래서 35평인 아파트로 이사를 갔어요. 방이 3개, 화장실이 2개 있어서 살기 편할 것 같았어요. 이사를 온 후에 보니까 위층에 남자 아이가 2명 살고 있었어요. 그런데 집에서 너무 많이 뛰어 다니고 소리를 지르고, 자전거를 타는 소리도 나요. 너무 시끄러워서 우리 아기가 잠을 자지 못해요.

1. 저는 신촌에 하숙집을 구했어요. 처음에 부동산 소개소 아저씨와 집을 보러 갔을 때는 오후 3시였어요. 방이 아주 깨끗하고 하숙집 근처 동네도 아주 조용했어요. 그래서 저는 그 하숙집으로 이사하기로 했어요.
   그런데 이사를 한 후 문제가 시작됐어요. 저희 하숙집 근처에는 음식점과 술집, 노래방이 많아서 저녁부터 밤까지 너무 시끄러워요.

2. 저는 주택에 살았어요. 그런데 친구가 아파트에 사는 것이 편하다고 했어요. 근처에 있는 아파트에 가서 보니까 마음에 드는 집이 하나 있었어요. 그래서 이사를 하기로 했어요. 이사하는 날 이삿짐을 옮기려고 엘리베이터를 탔는데 2층에는 서지 않았어요. 무거운 짐을 가지고 2층까지 올라가는 것이 너무 힘들었어요.

3. 저는 어제 이사를 했어요. 포장이사였기 때문에 편하게 이사를 마쳤어요. 작은 짐을 정리한 후에 남편이 커피 한잔하자고 했어요. 그래서 물을 끓이려고 했는데 가스불이 안 켜지는 거예요.
   이사를 하다가 가스레인지가 고장이 났다고 생각했어요. 나중에 보니까 가스 연결이 안 되어 있었어요.

4. 이사를 하고 나면 할 일이 많다고 생각했어요. 주소가 바뀌었다고 여기저기 연락을 하고 전화국에 갔어요.
   이사를 했으니까 새 전화번호를 받아야 한다고 생각했어요. 그런데 전화국에서는 같은 동네 안에서 이사를 했으니까 전화번호를 바꾸지 않아도 된다고 했어요.

5. 며칠 전에 하숙집을 구했어요. 지금까지 그 하숙집에 친구가 살았는데 고향으로 돌아가게 되어서 제가 살기로 했어요. 그런데 이사를 가서 보니까 반 지하 방이어서 햇빛이 잘 안 들어왔어요. 제가 항상 밤에 친구 집에 놀러갔기 때문에 햇빛은 생각하지 못했어요. 저는 밝은 것을 좋아하는데 어떻게 해야 할지 걱정이에요.

# 색인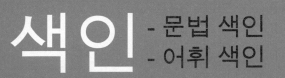
- 문법 색인
- 어휘 색인

# 문법 색인

## ㅈ

## ㅊ

YONSEI KOREAN 2

Linking Korean

# 最權威的延世大學韓國語 2 課本

2013年8月初版　　　　　　　　　　　　　　　　　　定價：新臺幣590元
2023年11月初版第九刷
有著作權·翻印必究
Printed in Taiwan.

| | |
|---|---|
| 著　者：延世大學韓國語學堂 Yonsei University Korean Language Institute | 叢書編輯　李　　　瓩<br>文字編輯　陳　怡　均<br>內文排版　楊　佩　菱<br>封面設計　賴　雅　莉<br>錄音後製　純粹錄音後製公司 |

| | |
|---|---|
| 出　版　者　聯經出版事業股份有限公司<br>地　　　址　新北市汐止區大同路一段369號1樓<br>叢書主編電話　（０２）８６９２５５８８轉５３０５<br>台北聯經書房　台北市新生南路三段９４號<br>電　　　話　（０２）２３６２０３０８<br>郵政劃撥帳戶第０１００５５９-３號<br>郵撥電話　（０２）２３６２０３０８<br>印　刷　者　文聯彩色製版印刷有限公司<br>總　經　銷　聯合發行股份有限公司<br>發　行　所　新北市新店區寶橋路235巷6弄6號2F<br>電　　　話　（０２）２９１７８０２２ | 副總編輯　陳　逸　華<br>總　編　輯　涂　豐　恩<br>總　經　理　陳　芝　宇<br>社　　長　羅　國　俊<br>發　行　人　林　載　爵 |

行政院新聞局出版事業登記證局版臺業字第0130號

本書如有缺頁，破損，倒裝請寄回台北聯經書房更換。　　　ISBN　978-957-08-4245-6 (平裝)
聯經網址 http://www.linkingbooks.com.tw
電子信箱 e-mail:linking@udngroup.com

國家圖書館出版品預行編目資料

最權威的延世大學韓國語 2 課本/
延世大學韓國語學堂著 . 初版 . 新北市 . 聯經 .
2013年8月（民102年）. 360面 . 19×26公分
（Linking Korean）
ISBN　978-957-08-4245-6（第2冊：平裝附光碟）
[2023年11月初版第九刷]

1.韓語　2.讀本

803.28　　　　　　　　　　　　　　101022726